シオン・ヴァスティ
海の防人である人魚。海底都市にて『海神』を封印している、巫女の一人。
「この度は助けていただきありがとうございました」
反響するような静かな声で人魚——シオンは自己紹介した。

マルスが挿入について尋ねると、シオンは顔をそらして口元を隠しつつも頷いた。

起き上がったマルスはシオンの足を開き、少し前のめりになって正常位で挿入する。

「入れるよ」

「ど、どうぞ……うっ」

予想以上にあっさり亀頭が呑み込まれる。

シオン特有の潤滑性の高い愛液がそれを可能にした。

「んんっ、ふ、太いっ……！」

[illegible]は、と体内の空気を吐き出しながら、シオンは涙目でマルスを受け止める。

「あっ、あっ、あっ！♥」
マルスに抱きつき胸を押しつけ、リリアは上下に腰を振っていた。
付き合いは短いが、これまでの期間でリリアが
一回も見せたことのない淫靡な顔と声だ。
騎乗位で自分の気持ちいい場所にマルスのモノを擦りつけていた。
――すごく気持ちよさそう。そして、幸せそう。
マルスもリリアも顔を真っ赤に染めて息を荒くしている。

「イ、イってるときはむりっ！♥

あっ！♥　あっ⁉♥」

自分自身で身体のコントロールができず、ハズキは快楽を逃がすために必死にジタバタする。

手はシーツを握りしめ、足の指は開いて閉じてを無意識に行っていた。

腰をがっちり掴まれているため、末端を動かすほかに快楽から逃れる術がない。

パンツの中に手を入れ、割れ目に中指を這わせる。すっかり濡れてしまっていた。
完全に発情しているとわかるほどの濡れ方で、足や尻の割れ目に染み出している。
それに気づいたリリアは顔を赤くした。
自身が淫乱であると思い知らされる状態だ。

「ん……んっ」

片手で口を押えていても声が出る。
マルスにすっかり調教され、気持ちいい時は

「手抜きはダメですよ！
おチンポギンッギンにしてもらわないと
いけないんですからっ！」
「ち、痴女っ！　痴女！」
服装はメイド服――とは言いがたい代物だった。
白と黒のモノトーンで
フリルがついているところはメイド服っぽさがあったが、
スカートは穿いておらず、股間がギリギリ隠れるくらいの
ミニエプロンだけを着けていた。
ハズキの服装はチャイナドレスに似ている赤いもの。
前面はほとんど隠れている。
スリットはかなり深く、腰の少し上まで開いていた。
しかし背中はほぼ全裸だ。
固定するためのヒモが肩と腰に巻かれているが、
背中の九割以上は露出している。

エルフ奴隷と築くダンジョンハーレム
Dungeon harem
Made with elf slaves
ー異世界で寝取って仲間を増やしますー
4
火野あかり
Author Akari Hino
ねいび
Illustration Neibi

CONTENTS

Dungeon harem Made with elf slaves

ダッシュエックス文庫

エルフ奴隷と築くダンジョンハーレム4
—異世界で寝取って仲間を増やします—

火野あかり

プロローグ

人は誰にでもやり直したいことがある。
全《すべ》てに満足し納得して生きている者など誰もいない。
あの時、ああしていたなら——。
その後悔に目を瞑《つむ》って、今日を生きている。

もし、やり直せる機会が与えられたなら、誰だってその光に手を伸ばす。
後悔が大きければ大きいほど、必死に、みっともなく、自分勝手に。
誰にどう評価されようと構いはしない。自分が満足して生き、死ねるなら。

これはそんな機会を与えられた男の物語。
あるいは、報《むく》われなかった者たちの執念の物語。

第１話

「でっかい樹って、どれくらいでっかいのかにゃー？」

馬車を運転するネムがぼんやりとした声で聞く。

そして大きく欠伸《あくび》をし、手で涙目を拭《ぬぐ》う。

マルスもつられて欠伸しそうになった。

馬車旅も最初は楽しいが、同じような道が続くと飽きる。延々《えんえん》と永遠に同じ道が続く気さえした。

次なる目的地はリリアの故郷で、かつてエルフの王国が存在した世界樹の森だ。

世界樹には七大ダンジョンの一つがあるが、その内情については統治する側にいたリリアでさえよく知らないという。言うなればご神木のようなもので、あまり関《かか》わらないようにしていたようだ。だから行って確かめるほかないのが現状である。

一通り基本の物資――食料、衣服、消耗品《しょうもう》、娯楽品《ごらく》――は集め終わっているので、あとは世界樹のダンジョンの特色に合わせた物を現地で手に入れられれば準備は完了だ。

寿命《じゅみょう》を延《の》ばす【禁忌《きんき》の魔本】の取得が最優先目的であることは変わらないが、これまでと少し事情は違い、世界樹周辺の土地を入手することが目的に追加された。

これは土地を取り戻したいというリリアの願望によるものだ。

現実的には全《すべ》てを取り戻すことは不可能だろう。それはリリアもわかっている。

マルスは個人レベルでは金持ちだが、国家レベルの金持ちではないのだから、他国の国有地を買い上げることは難しい。

それに世界樹の森は人間たちによりだいぶ開発が進んでしまっていて人も住んでいるから、金を積んでも手放させることは容易ではない。エルフの土地だったのは百年以上も昔の話だ。

何もかも上手《うま》くいったとして、エルフの一族の墓のため一区画を買い取れれば上出来の部類だ。

植物はもちろん、その植物を育《はぐく》む水源が人間たちの興味を引いてしまった。

世界樹が自然を支え、豊かな資源を生み出しているのが狙《ねら》われた要因だ。

いわば油田と同じ状況であるため、売り払う者はまずいない。

「雲の上まで伸びてるらしいよ。正確な高さは……わからないな」

マルスは同じくぼんやりと返事をする。そもそも二人はまともに会話する気がなかった。黙っているのも退屈なので適当に言葉を発しているだけだ。

うららかな晴れた日で、眠気を誘う心地いい日差しが照っていた。

昼食後なのもまた眠気を誘う。何か話していないと眠ってしまいそうだ。

荷台のリリアとハズキは揺れる馬車の中で小さく寝息を立てていた。

「俺たちも少し昼寝しようか？」

「急がなくていいのかにゃ？」

「大丈夫だよ」

丸半日馬車を運転しているからネムも相当疲れているはずだ。前世の車でさえ、半日も運転していれば休憩《きゅうけい》混じりでもキツイ。動力の安定しない馬車ならなおさら疲れる。馬だって疲れる。

「一日二日で何かが変わる旅じゃないからさ。馬は俺が見てるから、ネムちゃんも少し寝るといいよ」

「なら上で寝てもいいかにゃ？　あそこ好きにゃ」

ネムの言う上とは、馬車の幌《ほろ》の上のことだ。

そこに毛布を敷いて寝ると日光や風が当たり、すごく気持ちいいのだ。

さすがにマルスの体重では乗ることはできないが、小さく軽いネムならば可能である。

マルスはネムを持ち上げ、幌の上に乗せてやり、自分も休憩することにした。

◇

マルスは馬車を降り、【夢幻《むげん》の宝物庫】の中から取り出した椅子《いす》に座る。

みんなが昼寝してしまったので、地図を見て考え事をすることにした。

眠いには眠いが我慢《がまん》できないほど強い眠気でもなかったのだ。

考え事というのは、どういうルートをたどって世界樹に向かうか。

どこをどう通ってもたどり着けるため、かえって迷う。

それくらい世界樹というものは大きく、どの地にも属していると言えるのだ。

地形的に見れば、植物というよりは高山に近い。

世界を一つの植木鉢《うえきばち》に見立てるなら、その中心に植えられている巨大すぎる植物である。その根はありとあらゆる場所まで伸びていた。

——せっかくだし海沿いのルートもありだな。この世界で海は見たことないし、みんなもそうだ。何しろ砂漠生まれ砂漠育ちが半数を占めているくらいだから。

たまにはのんびり釣りでもしたい。

村の川で釣りをするのがこの世界での子供の頃の趣味だった。旅に出る際に釣りの道具を持っていく余裕はなかったから、しばらくやっていない。最近衝動買いした物がたくさんあるので、ぜひ使いたいと思っていた。

海水浴ができるような安全な場所も探せばあるだろう。

そこで海鮮バーベキューというのも珍《めずら》しくていい気がする。新鮮な海産物はこの世界では貴重だ。

何より、この間手に入れた潜水艦の試運転をすべきだろう。

いざ海底へ向かうと決めたとき、現地に着いてから使えないことが判明するなど徒労《とろう》過ぎる。

「決まりだな」

ぼそっとつぶやくと、馬車からハズキが降りてくる。

最初の頃は馬車に乗るたびに酔っていたハズキだが、今ではすっかり慣れて眠ることすらできるようになっていた。

「おはようございます……ふわぁ！　めっちゃ寝た気がしますっ！　すっきりっ！」

ハズキは全身で伸びをし、マルスの座る椅子のそばまでやってくる。

手元にある地図が気になったようで、しゃがみ込んで視線を落とした。

「おはよう。どの道を通るか考えてたんだ。それでさ、海に寄ろうと思うんだけど」

「海ってあの海ですかっ⁉　塩水だらけだっていう、あの伝説の……！」

「そう、その海。伝説ではないけども。せっかく世界を見て回ってるんだし、遊べるときは遊ぼうと思ってね」

「砂漠生まれには伝説なんですよっ⁉」

「そ、そうか……」

ハズキは思いついたようにパンと両手を叩《たた》き、目を爛々《らんらん》とさせて前のめりになって言う。

「なら水着ですねっ⁉　急いで作りますっ！　ずっと興味あったんですよっ！　前から色々考えててっ！」

「ま、まぁ最悪下着でもいいし、別になくてもいいよ？　俺はパンツで行くつもりだし」

「ダメですっ！　だってせっかく大っぴらに露出《ろしゅつ》できるんですよっ⁉　見られるなら可愛《かわい》い

のかドスケベなのがいいですっ！」

「何その変態的発想……！　普通に可愛いのがいいじゃダメだったのか⁉」

有識者の顔でハズキは熱弁を振るう。

見た目こそおとなしそうなハズキだが、その顔の下には世界でも有数の変態が棲《す》んでいる。

すっかり水着の脳内設計図の作成に入ってしまっているようだった。

「リリアさんのはヒモみたいなのにして、ネムちゃんはワンピース……色は……悩むっ！」

「参考までに、ハズキちゃんはどんなのにするつもりなの？」

「そうですねぇ……極力全裸《ぜんら》みたいなのにしようかなと思うんですが……」

「それ、ハズキちゃん基準で〝可愛い〟に入るの……⁉」

「わたし、マルスさんに恥《は》ずかしいところ見られるの大好きなのでっ！」

「ほかに誰かいるかもしれないんだぞ⁉」

あどけなさの残る笑顔で恐ろしいことを言う十八歳の少女にマルスは戦慄《せんりつ》した。

ハズキはドMで露出好き、おまけにウサギも真っ青になるほど性欲が強い。

「まったく、本当に痴女《ちじょ》ですね……」

馬車からリリアもやってくる。

こちらは寝ぼけ顔ではなく、苦い顔をハズキに向けていた。

エルフの長い耳由来《ゆらい》の聴力で二人の会話を耳にして目覚め、顔の締まりが戻るまで聞き耳を立てていたのだろう。話の流れを理解している様子が言葉の端に見えた。

「私はご主人様以外の前で卑猥《ひわい》な物は着ませんよ。見知らぬ下衆《げす》を喜ばせる趣味はありません」

着ない発言にハズキは心底《しんそこ》がっかりした視線をリリアに向けていたが、リリアも同じ視線をハズキに向けていた。

しかしマルスからすれば、リリアが自身で選ぶ服もたいがい煽情《せんじょう》的に思える。

布地は薄いし少ないし露出度は高い。

元王族で奴隷《どれい》という属性もあり、ドレスやボロきれなど肌《はだ》が見える服に慣れているからだ。

「それにしても海ですか。海底ダンジョン以外で行くことになるとは思っていませんでした」

「なんやかんやで俺たちあんまり観光したことないだろ？　しても街くらいだ。ハズキちゃんやネムちゃんはあんまり外の世界を知らないし、俺やリリアも知識しかない。実際に触れてみないとわからないことも多いと思うんだ。砂漠では長袖《ながそで》のほうがいいって、やってみないと実感できなかったしさ」

「確かに。まぁ砂漠だけは二度とごめんですが……」

砂漠でリリアは珍しくへばって弱音を吐いていた。

そこにいるだけで疲れるから嫌なのだろうが、性格的にリリアは弱いところやみっともないところを見せたくないのだ。

だから砂漠には二度と行きたがらないだろう。とはいえ、これからハズキの里帰りで何度か行くことになる。けれど、マルスはそのことは言わなかった。

結局本日の進行はここまでと決め、夕方までダラダラ過ごす。

一度腰を下ろすと先に進む気がしなくなる。

リリアとハズキは森で山菜採《さんさいと》り、ネムは馬たちとともにまた眠っていた。

馬が寝る場所を作ってやり、飼い葉と水を与え、蹄鉄《ていてつ》の様子を確認してやればやることはそれほどない。

ドワーフの国で作ってもらった蹄鉄は軽くて上質だ。

そのほか、マルスの装備である剣や包丁などの日用品も上等なものに変わった。

製鉄に関してドワーフの技術は他の追随《ついずい》を許さないレベルにある。

特にお気に入りなのは調理器具の数々。

さすがにステンレスやテフロン加工とまではいかないものの、前世で知る水準にたどり着くのはそう遠くないと確信できる出来だ。

日常の大半《たいはん》がキャンプ生活のマルスにとって、ガジェットの充実は素直に嬉《うれ》しい。

「ご主人様、そこの森で色々と採ってきましたよ。キノコがたくさんありましたね。しかも高級品ばかりですよ！」

リリアが少し自慢げにカゴを持ってくる。

中にはキノコを中心とした山菜やら何やらが満載されていた。

しかしマルスが気になったのは、リリアの後ろで泣いているハズキのほうだ。

「な、何かあったの？」

「な、なんかにゅるにゅるしたのに犯されましたっ……！　マ、マルスさんだけって決めたのに、く、屈辱《くつじょく》ですっ……！」

半べそをかいてハズキはマルスのそばにやってくる。

よく見れば服が多少焦《こ》げていた。

「犯された⁉　魔物にか⁉　人か⁉」

「ただのヒルですよ。人でも魔物でもありません。痴女が『沼だっ！』と近寄って行って……あまり言いたくありませんが、バカとしか言えませんね」

こんな大きさの、とリリアは指で大きさを示す。せいぜい二、三センチくらいだった。

「ああ、そういう……ハズキちゃんは自分から危険に寄っていくよな。リリアが一緒だったなら、ちゃんと消毒は済ませたね？」

ええ、とリリアは頷《うなず》いてみせる。

血を吸う生物であるし、沼は汚いので消毒も治療も必須《ひっす》だ。

「さらに、ヒルには火だと言ったら、自分で自分に魔法を使ってこの有《あ》り様《さま》です。痴女は痴女でヒルに驚いたようですが、仲間がいきなり火だるまになる光景を見せられた私のほうがよっぽど驚きましたよ……」

まったく……とリリアは本気で呆《あき》れていた。

「……ハズキちゃん、沼ってそんなに気になるもんなのか？　さっきも海を伝説呼ばわりしてたけど」

「み、水を見ると嬉しくなりません……？　砂漠生まれ限定なんですかね……」

「今度からは綺麗《きれい》な水だけにしような。沼はホントにいいことないぞ。あと自分に魔法はマジで禁止ね。ハズキちゃんがそれやるとただの焼身自殺だ」

「はい……あんな生き物いるの初めて知って驚いちゃって……」

結構ショックだったようで、ハズキは珍しく意気消沈していた。

ひとまず大事ないとわかったので、安心したマルスはハズキの頭を撫《な》でる。髪が少し焼けてチリチリしていた。

——すごいんだかすごくないんだかわからん子だ……天才ってこういうものなんだろうか？

魔法と数学、裁縫《さいほう》のレベルは相当高いと思うが、逆に一般的なジャンルに関してハズキはダメダメだったりする。特定ジャンルにだけ異様に特化している。

全体的に水準が高いのはリリアだ。

「にゃあ……苦いのがいっぱい入ってるにゃ……今日のゴハンこれだけにゃ……？」

眠りから覚めたネムが音もなく後ろに立っていて、しゅんとした顔でカゴの中に視線を落としていた。

テンションの下がり方が耳やしっぽのへたり具合でわかる。

ネムもハズキも子供舌なので——マルスも若干《じゃっかん》当てはまる——野菜類をメインにすると露《ろ》骨《こつ》に残念そうにする。

「いや、今日はハンバーグの予定だ。これは付け合わせ用でリリアに頼んだんだよ。あと保存用」

「美味《おい》しい粘土《ねんど》みたいなやつにゃ⁉」

倒れていた耳をピンと立て、ネムは嬉しそうに飛び跳《は》ねる。

調理の過程が面白《おもしろ》いらしい。

気を取り直してみんなで料理しようとマルスは仕切った。

「結局普通に丸く作るのが一番美味《うま》いんだよな。──ハズキちゃんのそれは作り直し。デカすぎて中まで焼けないぞ。というかなんだそれ？　ボール？」

「えええっ⁉　あれだけ触ってるのに、このリリアさんのおっぱい型がわからないんですかっ⁉」

「男子中学生か！　──ってこのツッコミはわかんないか。じゃあそっちのぺったんこなのは……？」

「……これはわたしの残念おっぱいですけどっ」

ハズキが並べていたハンバーグは雑な造形だった。

感性があまりに男子中学生で、マルスは思わずツッコんでしまう。

転生者であるマルスはその手の比喩《ひゆ》が自然に出てきてしまうが、この世界では通用しない。

だから全員よくわからないという顔をし、すぐに受け流す。

リリアだけがいつも多少疑問の色を浮かべた顔をしていた。

「――少し盛っていませんか？　貴方《あなた》はこんなにないでしょう」

「……おっぱいの下の肉まで入れた感じですけどっ！」

えぐる感じで！　とハズキは弁明していた。明らかに盛っているようである。

「ハズキちゃん型がハンバーグの理想だな。そして、こう……真ん中をへこませるんだ」

「へこんでまではいませんよっ！　むしろぷくっとしてるでしょ、ぷくっとっ！　見てくださいっ！」

「焼くうえでの問題！　ほらほら、肉の脂《あぶら》が手の温度で溶けちゃうから、さっさと作ろう！」

普段は優しいが、料理に限ってはしっかりと手順を踏んでこなしたい頑固《がんこ》さをマルスは持っていた。


「海にゃー。おっきな水たまり？　って本に書いてあったにゃ。楽しみにゃ」

「実のところ、私も楽しみです。一度は行ってみたいなと思っていたのですよね。奴隷になる前は森に棲んでいましたし、奴隷の頃はとにかく自由に憧《あこが》れていましたから。海や空はどこまでも繋《つな》がっていて、自由の象徴《しょうちょう》のように思っていました」

出来上がったハンバーグを食べながら、リリアとネムはそんな会話をしていた。

――人はきっと、本質的にはどこまで行っても自由にはなれない。

マルスはリリアの希望に対してそんなことを思った。

異世界までやってきた自分でさえ、前世の自分を完全には切り離せていないのだ。

さすがに記憶や感性が薄れてきている部分も多く、身体《からだ》の年齢やこちらでの生活による価値観に精神が引っ張られてしまっているところも少なくないとはいえ、精神のベースには日本人だったときの記憶がある。

この世界の常識も前世の知識から解釈してしまう。

興《きょう》が削《そ》がれるようなことを言うつもりもないので、焚火《たきび》の火を調整しながらみんなの話を引き続き聞く。

「大切な思い出になりますから、あまり変な水着は作らないようにお願いしますよ」

「あれ？　リリアさんの中のわたし、注意しないと確定で変なの作る感じになってます……？」

「事実でしょう。せっかくの技術を卑猥な方向にだけ伸ばして……」

これについてはハズキ自身でさえ何も言い返せなかったようで、気まずそうに半笑いで黙りこくる。

誰が見ても宝の持ち腐れではあった。

「ま、まぁ色々作ってみるということで……お色直し？　みたいにたくさん着ればいいじゃないですかっ！」

「室内でしたらまぁ……やぶさかではないですが」

ちらっとマルスを見て、リリアは若干照《て》れた顔で恥ずかしそうに言う。

素直に見たかったマルスは笑顔で頷いた。

第2話

数日後――。

「変な匂《にお》いするにゃ……」

馬車を走らせながら、ネムがすんすん鼻を鳴らす。

「ん、もう匂いするか。たぶん海の匂いだと思うよ。俺にはまだわからないけど……ちょっと魚に近い匂いじゃないか？」

「そんな美味《お》しい匂《い》いではないにゃ？」

きっと海の匂いだろうとマルスは断じる。比較するものがない以上、ネムが海の匂いを認識できないのは仕方ない話だ。

「海っ！　リリアさん、海ですよっ！」

「まだ先ですよ。ネムの嗅覚《きゅうかく》でようやく匂いを感じられる程度なのですから。――ちょっと！　着替えはいくら何でも早すぎでしょう⁉」

馬車の荷台の中でハズキは立ち上がって服を脱ぎ始める。

「じゃじゃーんっ！　実は中に着てましたっ！　どうですっ⁉」

「制作過程は見てたけど、マジですごいな……手作りでそんなの作れるもんなのか。そして普通に可愛《かわい》い！」

ハズキが着ていたのはオフショルダーフリルのピンク色の水着で、下はスカートタイプ。色味はパステルカラーのような薄めのピンクだ。

「でしょでしょっ！　ちゃんとしたのにしないと本気で怒られそうなので真面目《まじめ》に作りましたよっ！　まぁ形だけで、水を弾《はじ》いたりはしないんですけどね。手持ちの生地《きじ》にそういうのはなかったので……」

「痴女《ちじょ》は本当に手先が器用ですね……これで中身がマシならよかったのに」

「はい、リリアさんのはドスケベ水着にけってーいっ！　これをつけてくださーいっ！」

ハズキは三枚のシールのようなものを差し出す。

局部だけをギリギリ隠せるサイズだ。

「貴方《あなた》は……！　これなら裸《はだか》のほうがまだマシでしょう！」

「隠さなきゃいけない意識があるのに全然隠せてないのがいいんじゃないですかっ！　わっかんないかなぁっ！」

リリアは無言でハズキの頭にチョップした。

「仲いいにゃあ」

「うん。あの二人はあれでいいんだろうね」

仲直りを前提にした喧嘩《けんか》は見ていて微笑《ほほえ》ましい。

「マルスにゃんはあんまり海楽しみじゃないにゃ？　ハズキにゃんほどぎゃーぎゃー言わないにゃ。リリアにゃんもあれは楽しみにしてる顔にゃ」

「いや、楽しみだけどそこまではしゃぎはしないってだけ。俺もう大人だしさ」

マルスはそう思っていた。

この世界だけでも十八歳になろうとしているのだ。

いくら海が珍《めずら》しくてもはしゃいで我を失うほどのことではない。

そう思っていた。

二時間後――。

「海だ！」

マルスは駆けた。

馬車を止めた瞬間に服を脱ぎ、パンツ一丁で走りだした。

文化的に海水浴をしている者がいないから人がいた形跡は全くなく、海は青く澄《す》んでいて綺《き》麗《れい》で、砂浜にはゴミ一つ落ちていない。

南国の海さながらの光景に理性は吹き飛んでしまう。

前世で行った海と比較しても極上だった。まるで金持ちのプライベートビーチのようだ。

走り幅跳《はばと》びの要領で十メートル以上跳び上がり、海の中に突っ込んでいく。

──あれ、俺何やってんだ？

飛び込んだ直後、水の冷たさに全身が包まれ、頭も冷えてくる。

よくわからないテンションで行動し、『身体強化』まで使って一番に飛び込んでしまった。

少年の身体《からだ》の衝動が少年の心を呼び覚ましてしまう。

「やばい。普通に楽しんじゃってるな……！」

水面に浮かび、頭上の太陽を視界の端に捉《とら》えてマルスはニヤけてしまった。

「マルスさーんっ！　ウッキウキですかっー⁉」

遠くからハズキが声をかけてくる。その明るい声にはハズキ自身、大いに高揚している響きがあった。

「ああ！　みんなも着替えておいで！」

笑いながらそう言い、マルスは砂浜へと泳いでいく。

跳びすぎたせいでかなり遠くまで来てしまっていた。

「すごい……実際に見るとこんなに綺麗なのですね……！」

「すっごいにゃ！　青いし……青いにゃ！」

リリアとネムは海を見て目を輝かせる。

特にリリアの食いつきがいい。

普段あまり感情を表に出さないリリアではあるが、海はよほどお気に召したようでとても嬉《うれ》しそうだ。

表情は明るいし目はきらきらしていた。

照りつける太陽が白い肌《はだ》に反射し、ただでさえ綺麗な見た目がさらに強調される。

ネムはまだ情報の整理ができていないらしく、青い、大きい以外は言葉が出てこなかった。

「わたし、ダンジョンの宝物庫見たときよりウッキウキしてますっ……！　これが伝説の海っ！」

「今日明日はここで過ごそう！　野営してもいいし、宝物庫で寝てもいい。俺は野営がいいな」

快適な【夢幻《むげん》の宝物庫】で過ごすよりキャンプがしたい。

比較的余裕のある生活をしていると進んで不便をしたくなる時もあるものだ。

「それにしても、この服は妙に食い込みが強い気がするのですが……ハズキ、貴方大きさを間違えていませんか？」

困ったような恥《は》ずかしそうな顔でリリアは水着の食い込みを直していた。

リリアの水着は黒のビキニで透けた長い腰布《こしぬの》を巻いており、片足だけが出ている。

可愛いというよりセクシーさ重視で、格好《かっこう》の割には上品である。

「リリアさんのサイズに合わせて作りましたけど……太ったんじゃないですかっ？」

「太ってません！　私は普段の食事でも節制していますから！」

「じゃあお尻《しり》が大きくなったんですねっ！　さらにドスケベな体型になったのかなっ？　――いひっ！♡」

赤面したリリアにバシンと尻を叩《たた》かれ、ハズキは身を縮《ちぢ》こませて嬌声《きょうせい》をあげる。もはや叱責《しっせき》ではなくご褒美《ほうび》同然の反応だった。

「ネムのもぴちぴちにゃ……胸のとこがちょっとキツイにゃ」

「成長してるっ……⁉　先月測《はか》ったばっかりのサイズで作ったんですけどっ⁉」

ネムはワンピースタイプで、スクール水着のようなものを着せられていた。髪もまとめられている。リリアも髪はやはり後ろで結んでいた。

「みんな可愛いな」

淫靡《いんび》な姿は見慣れているが、こういう可愛さが引き立つ水着だと印象が違う。改めてハーレムなのだなと実感した。

前世ならこの中の誰か一人だけを海に連れて行っても相当注目されるだろう。リリアやネムは人間離れした近寄りがたい美しさを持っているので、案外ハズキが一番モテるかもしれない。

最も隙《すき》が多いのがハズキだからだ。性欲由来《ゆらい》なのか、童顔の割に妙な色気があるのもモテ要因の一つである。

リリアは男に声をかけられればあからさまに嫌な顔をするだろうし、ネムは動物的感覚により隙が少ない。そして二人とも典型《てんけい》的な美人過ぎてモテないタイプである。

「マルスさんにはこれですっ！　でもいいんですか？　こんな地味なので？　ほぼほぼ普通の服ですよ？」

「そうそう、こういうのでいいんだよ。機能的だ」

　マルス用の水着は膝上《ひざうえ》短パン型のものだ。

　こだわりは全くない。

「俺は火を起こして拠点《きょてん》を作っておくよ。海から上がるとちょっと寒いから。みんなは遊んでおいで。あまり深いところに行かないようにね」

「はいっ！　砂漠の人魚見せちゃいますよっ！　お風呂で鍛《きた》えた犬かきを見せる機会がやってきましたっ！　――つめたっ⁉」

　飛び跳《は》ねつつ嬉しそうに、ハズキは足先を押し寄せる波に当てていた。

「砂は熱いのに水は冷たくて変な感じするにゃ」

　びく、とおっかなびっくりな様子でネムは海に足をつける。

　奴隷《どれい》時代は水をかけられていたから、その時の恐怖を思い出したのかもしれない。

「最初は冷たいけど入ってるうちに慣れるよ。あとは砂で遊んだりもできるな。首だけ出して埋めたりするのも定番だ」

　砂で城作ったりね、とマルスは続けた。

「――あれ、なんでみんなわたし見るんですっ？　埋めるのわたし一択《いったく》？　墓守《はかもり》を墓に埋めちゃいましょうみたいな？　わたし、生き埋めにされる系女子ですかっ⁉」

——俺も無意識にハズキちゃんを見ていた。

埋めるとしたら……と考えると、どうしてもイジられキャラが思い浮かぶ。

「いや、俺が埋まろう。言い出した責任を持つ！」

マルスは妙な男気を見せることにした。

言うまでもなく、海に来て一番テンションが上がったのがマルスだ。

ただ遊びたいだけだった。


パラソルやベンチ、焚火台《たきび》などを設置しながら、マルスは遊ぶ一同を見守る。

こんな時はリリアに手伝ってもらうのが常《つね》だが今日は別だ。

明るい顔で楽しそうに笑うリリアをもっと見たかった。

そのためなら上がったテンションを抑え、拠点《きよてん》作りに尽力するのもやぶさかではない。

波打ち際で三人ははしゃぐ。

「ぎゃーっ！　み、水かけないでくださいっ！　冷たいっ！　あははっ！」

「ひっ、ネム！　私は何をするのでも心の準備が必要な性質《たち》なのですから、いきなりはやめなさい！」

「にゃはは！　みんな弱いにゃ！」

ネムはバシャバシャと海水をリリアたちにかけて遊んでいた。

「強いとか弱いとかでは——ひゃんっ⁉」

ぞくぞくっと全身を色っぽく震わせて、リリアは嬌声に近い悲鳴を上げた。

ネムだけでなくハズキまでリリアに水をかけ始めたのだ。

「あははっ！　挟《はさ》み撃ちですよっ！」

「ハズキ！　調子に乗るんじゃありません！」

「し、沈めないでくださっ、つ、つめたっ！」

水かけ合戦に乱入したハズキの肩を掴《つか》み、リリアは沈めるように体重をかけていた。

「こっちに魚がいるにゃ!?　ちっちゃいやつにゃ！」

「う、海ですから当然でしょう」

ぶるる、と震えながらリリアはしゃがんで肩まで浸《つ》かって海水の温度に慣れようとしていた。

「うわ、ホントだっ！　で、でも青くて美味しくなさそうっ……」

ハズキは足元にいる警戒心《けいかいしん》のない魚を物珍しげな顔で見る。

生きた魚を見る機会はほとんどないのだ。魚にしても同じなのだろうから、警戒心はあまり感じられない。

「捕まえて食べてみるにゃ？　焼けばだいたい美味しいにゃ」

「いやいや、そっとしておいてあげましょうよっ！　美味しくないかもと思ってるの捕まえるほど食べ物に困ってませんよっ！」

なんだか納得していない様子で目を細め、ネムは首を傾《かし》げていた。

食べられる時に食べるべきでは？　という考えがネムの価値観の根底にある。

「今日はもっと可愛らしく遊びますよ。漁《りょう》はたぶん違うでしょう。少なくとも私は可愛いとは思いません」

「確かに……漁は野生な感じしますもんねっ……野生の美少女……」

「貴方は自信があるのかないのかわかりませんね……ん、ほら、足元に貝もいますよ」

足裏《あしうら》の感触でわかったらしく、リリアは砂の中から貝を掘り出す。

ド変態だが一番乙女《おとめ》の感性が強いハズキは目を輝かせた。

「い、いいなぁっ！　素敵《すてき》じゃないですかぁっ！　わたしも探しますっ！」

「貝殻《かいがら》なら砂浜にも落ちていましたよ。あとで綺麗なものを拾い集めてみましょう」

「ビンに詰めたら綺麗でしょうねぇ……集めまくりますっ！」

「今後手に入る機会はそうないでしょうからね。いい思い出になります」

——やっぱり海で正解だったな！

慣れた手つきで火を起こしつつ、マルスは満足げな表情を浮かべて三人を眺《なが》めた。

「へ、変なの捕まえたにゃ！」

「何それ、気持ちわるっ⁉　絶対魔物ですよ、それっ！　なんか威嚇《いかく》っぽいのしてるじゃないですかっ！」

「カニですよ。食べたことはあるでしょう？　小さいものですが分類は同じです」

「言われてみればっ……！　小さいけどハサミありますね」

ネムが持っていたのはせいぜい四、五センチのカニだ。

足を目一杯広げ威嚇していた。

リリアたちは見慣れぬ珍妙な生き物たちに翻弄《ほんろう》される。

そんな微笑ましい光景を見つつ、マルスはキャンプの準備を続けた。

何の保証もないが、いつまでもこんな時間が続くのだとどこかで確信していたように思う。

人生を変えるような事件はこんな平和な日常の中で芽吹《めぶ》いている。

過去は払拭《ふっしょく》しない限りいつまでもついてくる。

マルスはそれを痛感することになるが、まだ予感すらしていなかった。

第3話

「マルスにゃん！　変な魚いたにゃ！　すっごいにゃ！」

三人に砂に埋められ寝ていたマルスは、血相《けっそう》を変えてやってきたネムに起こされる。

顔を何度かパシパシと叩《たた》かれ目が覚めた。

時間は知らぬ間に過ぎて夕方頃だ。

海風は冷え、身体《からだ》を覆《おお》う砂も冷たくなっていた。

隣のパラソルの下、リクライニングできる椅子《いす》に寝そべっていたリリアは、自然と強くセレブ感を漂わせていたのだが、いつの間にかいなくなっていた。

「ん……変な魚？」

「で、でっかいのにゃ……！　と、とにかく見てにゃ！　ネムじゃ上手《うま》く言えないにゃ！」

寝ぼけているしよくわからないまま、砂の中から起き上がる。

髪に入り込んでいた砂を払いながらリリアとハズキのもとへ向かうことにする。

周囲には砂の城が三つあった。

マルスが寝ている間にみんなはずいぶんと楽しんだらしい。

一番立派《りっぱ》なのはネムのもので、一番ぐちゃぐちゃなのがハズキのものだろう。

——たぶん遠くの深いところから迷い込んできた巨大魚だろうな……サメや魔物じゃなければいいが。

「でかい魚がいたって聞いたんだけど……？」

「ご主人様！　と、とにかく見てください！」

リリアまで慌《あわ》てていた。一体何にこんなに驚いているのだろうとマルスは疑問に思う。

だが次の瞬間、皆が慌てている理由がわかった。

波打ち際にいたのはピンク色の髪をした一人の女性。

見た目の年齢は二十代半《なか》ばから後半くらい。

胸は大きく、ウエストは細い。

パッと見た印象はリリアに似たグラマーな女性だ。

しかし、最も目を引いたのはそれらの女性的な特徴ではない。

「え、まさか人魚？」

下半身が魚だった。

しっかりと鱗《うろこ》に覆われ、立派なヒレが末端についている。

人魚は動かないが、死んでいるわけではなく気絶しているだけのようだった。

「お、おそらく……！　まさか実在するとは……！」

人間以外の異種族がいるこの世界でも、人魚の存在はおとぎ話のカテゴリーだ。

なので知識があるリリアが誰よりも驚いているのも仕方ない話ではあった。

「でっかい魚は美味《おい》しいにゃ。今日はこれ食べるかにゃ？」

ネムは人魚の頬《ほお》を興味深そうに指先で突っつきながら言う。

人魚という存在を知らないため、たとえ上半身が人間でも珍《めずら》しい魚にカテゴライズしてしまっているのである。

「俺に見せたらもう食べ物にカウントしちゃうの⁉　下半身の魚部分より上半身が気になりすぎるでしょ！　ダメダメ、絶対食べちゃダメ！」

教育を間違えたとマルスは後悔した。

食べ物を大事にすることとなんでも食べ物にするのは全然違う。

人魚を解体するなどただの殺人現場だ。

「ど、どうします……？」

「──この人魚、結構色々ケガしてないか？　ひとまず治癒《ちゆ》しよう。今は俺がいるから何か起きても大丈夫だ」

マルスは【夢幻《むげん》の宝物庫】の中から剣を取り出す。

「現実の人魚について詳《くわ》しく知りませんので、私もご主人様の判断を待ってから治癒をと思っていました。敵かもしれませんから」

「うん、それでいい。まさか実在するなんて思わないもんな。周囲が無干渉《かんしょう》ってことは元々排他《はいた》的な存在の可能性もかなり高いし、強い攻撃性を持っているかもしれない。ちょっと可哀《かわい》相《そう》だけどすぐに治療すべきではない」

多少ドライに見えても誰彼構わず無条件に助けるべきではないとマルスは考える。

──自分の周りさえよければそれでいいんだ。ま、人間として最低なのはわかってるけど。

正直なところこの世界には困っている人が多すぎてキリがないし、いつでも感謝されるわけでもないし、何の得にもならない状況は多い。

ましてや人魚は謎の種族だ。元気になった途端《とたん》に襲《おそ》いかかってくるような、知性ある魔物同然の生き物である可能性は十分ある。

治癒するにも戦闘準備を整えてからが理想的だ。

「ところで、ハズキちゃんはなんでずっと黙ってるんだ？　何かされたの？」

「──この人魚さん、おっぱいがすごいじゃないですかっ！　リリアさんと同じかそれ以上ありませんっ⁉　会う人会う人みんなおっきいんですけどっ⁉　なんか巨乳の実みたいなのがあるんじゃないですかっ⁉　わたしが知らないだけで、みんなそれ食べてるんでしょっ！」

「不機嫌の理由それか……ハズキちゃんはむしろないほうが可愛《かわい》いよ。ない良さがある」

呆《あき》れはしたものの、ハズキが人魚を人として認識しているのは治癒の後押しになる。

「さ、助けよう。そこまで深手《ふかで》は負ってないみたいだから、すぐ治るだろ。お願いできるか？」

「ちゃ、ちゃんと助けますよっ！　ちょっと羨《うらや》ましかっただけですっ！」

かなりへこんだ様子でハズキは治癒を開始した。

そして少しして人魚が目を覚ます。

周囲を薄目で何度か見回して確認し、人魚は口を開いた。

わけのわからない言葉をいくつかつぶやいて、通じないことがわかるとマルスたちの知る言語を話し始めた。

「——助けてください！　こ、言葉は通じていますか？」

「あ、ああ、治癒はこちらのハズキちゃんがしたよ」

——これはきっと面倒《めんどう》なことになる。だってもう治癒はした。これ以上何を助けろって言うんだ。

マルスの直感が働く。

伝説級の存在に遭遇《そうぐう》して何もないはずがないのだ。

「わたくしとともに海底へ来てくれませんか⁉」

——ああ、やっぱり面倒なことになった。

マルスはリリアのほうを見やり、一度頷《うなず》いた。

「……話を聞かせてくれないか？」

聞いてみないことには判断のしようもない。

しかし、今のマルスが「海底」と聞いて思い浮かぶものはただ一つ。

七大ダンジョンの一つ、海底都市クリティアス。

古《いにしえ》の地図に記されたその名をマルスは覚えていた。

第4話

焚火《たきび》の火がパチパチと爆《は》ぜ、真っ暗な夜を輝かせる。

聞こえるのはそんな音だけで、誰も声を出さなかった。

五人もいるのに静かな夜の始まりだった。

ざざざ、とざわめく海辺に全員集まっていた。

「わたくしはシオン・ヴァスティと申します。見ての通り、人魚と呼ばれる種族です。この度は助けていただきありがとうございました」

反響するような静かな声で人魚――シオンは自己紹介した。

身体《からだ》の奥底《なか》に響いてくるような、不思議な声なのだ。

半ば目を閉じていて、薄目で周囲の様子をうかがうような感じだった。

マルスたちを恐れているというより、彼女としては自然な態度なのだろう。

ハズキに似た内気さを感じさせる。だが人見知りというわけではなさそうだ。

自己紹介に淀《よど》みがなかったからそう思えた。

「体調は大丈夫？　その、海の中じゃなくても息できる？」

「おかげさまで。呼吸は見ての通り問題ありません。どうやら地上でも呼吸できるようですから。わたくしも初めて知りました」

――敵意は感じない。少なくとも人魚は全員攻撃的ってわけではないようだな。

剣はすぐ取れる場所に置いたままだ。残念ながら、人魚は出会ってすぐ信頼できるような存在ではなかった。

「それで、海底都市で何があったのですか？」

リリアが単刀直入《たんとうちょくにゅう》に聞く。

海風で冷えるため服を着替え、肩に毛布をかけていた。

マルス同様、ダンジョンで何事かあったのだろうと察している言い方だ。

「まず、海底都市そのものの説明をした方がよろしいでしょうね。わたくしたち人魚は海の防人《さきもり》です。海底都市にて『海神』を封印《ふういん》しているのですよ。わたくしはその中の、巫女《みこ》の一人」

「海神？」

「ええ。その名の通り海の神。しかし人間がする区分では魔物に属するものでしょう。強大な魔物は神と言ってもいいほどの力を持ちますから、わたくしたちは神と呼び、畏《おそ》れています」

「それが海底都市の役割ってわけか」

こくりとシオンは頷《うなず》いた。

「あなたたちがダンジョンと呼ぶ場所に海神を封じていました。ですが……突如《とつじょ》封印の扉が開き、海底都市はダンジョンの一部と化してしまいました。同族ももはや……ダンジョンに潜った戦士を除けばわたくしくらいしか生きていないかもしれません。皆、わたくしと同じように散り散りに逃げましたが、海には魔物がたくさんいますから」

ダンジョンの扉が開き、魔物が溢《あふ》れ出した。

いきなりの襲撃《しゅうげき》に一般人は逃げまどい、戦士たちは応戦したものの、元を断たねばいくらでも湧《わ》いてくると判断し、都市を放棄《ほうき》してダンジョンに入っていったのだ。

シオンは魔物に追われながらも逃げ出し、なんとかここまでやってきて、力尽きて倒れてしまったのだった。

「一体どうしてダンジョンが急に？」

「わたくしたちにも原因はわからないのです。ここ最近、ダンジョンが鳴動《めいどう》することが多々ありましたが、その理由もわからず。部族の中ではほかのダンジョンに何か異変があったのではと言われていました。あなたたちの歴史に残っているかは知りませんが、世界の要所のダンジョンは全《すべ》て繋《つな》がっているのですよ。この世界の成り立ちに関《かか》わっていると昔から言い伝えられています」

「……え？」

——もしかして、俺たちのせいか？

リリアを見ると気まずそうな顔でうつむいた。

間接的にマルスが海底都市を脅《おびや》かすことになった可能性があった。

「そ、それで、その海神が解放されたらどうなるの……？」

「世界中の海は荒れに荒れ、人間なら船が出せるような環境ではなくなります。生物にしても大半《たいはん》は生きられないでしょう。海の環境が変われば、地上も今と同じではいられません。生命の根源たる海が乱れれば滅びが始まるのは自明の理」

「超深刻じゃないか……！」

——これ俺のせいだったら魔王同然だろ！

俺のせいで世界が滅びそうなんですけど！

「はぁ……」

マルスは深くため息をついて考える。

——俺は世界レベルの視点なんて持ってないわけで、どこまで行っても結局場当たり的だ。

その場の解決ができても、その先に新しい問題を生んでいるだけなのかもしれない。

転生したからって神になったわけじゃない。

ただの日本の一般人が異世界の一般人になっただけなのだから。

だから長い目で見れば間違った方向に進んでしまっている可能性は十分ある。

誰だって覚えがあるだろう。

いつか別れる、結婚するつもりなどない相手と付き合っているとき。いずれ転職するつもりで就職したとき。どうせものにならないとわかっている物事に打ち込んだりするとき。

誰もが頂点を目指せるわけじゃない。それでも生きていかなければならない。

たとえ底辺であろうと、頑張るしかないのだ。

しかし、頂点に属する人間から見れば、時間を無駄にしているだけの間違いに他ならない。

そういう意味で、長い目で見て間違いを続けているなんてことはいくらでもある。

今までだっていくらでも間違ってきた。

人生なんてものは、自分は上手《うま》くやっているつもりでも、その実たくさんの失敗を積み上げているものだ。その結果がわかるのは次の事柄が起きてから。

今回はまさにその典型《てんけい》だろう。

「俺たちはどうすればいい？　助けてって言ってたけど」

聞くまでもないことだが言葉で直接聞きたい。

「あなたたちはきっと強いのでしょう。わたくしの眼《め》には魔力や潜在的な強さが見えますから」

シオンは閉じていた両目を開く。

金色の眼が自《みずか》ら発光するように輝いた。

「ですから言葉は選ばず単刀直入に申します。――わたくしとともに来て海神を討《う》ってほしいのです。一族が総力を挙げてもせいぜいできるのはダンジョンに押し込める程度。それも数の減った現状では不可能でしょう。可能であれば元を断ちたく思います。あなたたちなら、あるいは」

「それは……俺たちにダンジョンを攻略しろって意味で合ってる？」

シオンは頷いて、さらに深く頭を下げる。

断る理由はいくらでも挙げられた。

だが断るべきではないという気持ちが頭をもたげる。

現実的な目線で言えば世界樹は必ずしも一番の優先事項とは言えないからだ。

優先させていたのはリリアの感情である。

どちらを大事にするべきかと問われれば、まず間違いなくリリアだとマルスは答える。

正直、世界なんてどうでもいいと内心思う。

世界が滅びるより今の関係が変わるほうがよっぽど嫌だ。

しかし理性的に考えれば世界の危険を回避することを重視するのが正解だとも思う。

「——一日考えさせてくれないか。今日明日は楽しく過ごしたいんだ。初めての海だからな」

「もちろんです。今更《いまさら》数日違っても何も変わりません。そもそも強制するつもりもありません。

しょせん、わたくしにできるのは請願《せいがん》だけ」

請願という言葉を使うも態度は少し違う。

——この人、俺たちが七大ダンジョンをいくつか踏破《とうは》したと気づいてるな。

お願いというより罪悪感につけ込むような声音《こわね》だ。

ハズキがそうであるように、一部の者は他人の魔力を目視できる。

シオンもそうだとしたら身に宿る超常の力——【禁忌《きんき》の魔本】の魔力を感知できてもおかしくはない。

今や全員が何かしらの力を持っているから、見る者が見れば容易にわかってしまうのだろう。

これまでのように隠して過ごすのはそろそろ難しくなってきた。

だが大っぴらにダンジョン踏破者だと宣言して回るような胆力はないとマルスは自身を定義している。

どうにも性《しょう》に合わないのだ。どこまで行っても小市民の一人である。

たとえ、世界で最も多くのダンジョンを踏破した者になっても。

◇

「断《いな》きまーすっ！　ヒヒーン！」

「いただきます、でしょう。くだらないことを言うのはやめなさい」

「痛いっ⁉」

ハズキが妙なテンションで発言し、リリアがそれにツッコむ。

海のおかげか、全員明るい空気があった。人魚に遭遇《そうぐう》したという一点を除いて、何も考えず楽しいだけの時間だったからだ。

夕飯の時間で、メニューはカレーだ。

キャンプと言えばカレーだろうとマルスが作った。

「こ、これが地上の食事……！」

これまで理路整然と話していたシオンは、マルスたちが料理をし始めると目の色を変える。

おっとりしていた印象が百八十度逆転し、表情は明るくなり興味津々《しんしん》の様子だ。

カレーを盛った皿をシオンに差し出す。

口をぽかんと開け、シオンは自分自身を指さした。

これは自分に？　と言いたげだ。

マルスは笑顔で頷く。

「何食べるのかわからないから、一応俺たちと同じものをと思ったんだけど……食べられる？」

「た、食べたことがないので……」

シオンは恐る恐るスプーンを摑《つか》み、ルーの部分をその先っぽで突っついていた。

水中に住んでいるのなら、火を使う料理は食べたことがないのかもとマルスは考えていた。

今回のカレーは牛肉の具が入ったものだが、牛は海の中にはいない。

つまりシオンからすれば何から何まで未知の物の可能性がある。

当然味を知らず、また、食べ方なども知らないわけで、警戒心《けいかいしん》を持っても無理はない。

「これはこうして掬《すく》って食べるんだ。この白いご飯と一緒にね」

マルスは自分の皿のカレーをぱくりと一口食べ、毒は入っていないとアピールもする。

味は良く、その出来の良さにマルスは自分で自分を褒《ほ》めたくなった。

「にゃあ……ネムもお腹空《なかす》いたにゃ。こっちのはまだダメなのかにゃ？」

ネムは口を尖《とが》らせ不満げな声を出す。

リリアやハズキはもう食べているのに、ネムの分だけがまだできていないからだ。

「甘口はまだ煮込み足りないね。もうちょっと待ってて」

ネムはシオンのカレーをじーっと獲物《えもの》を狙《ねら》うように見ていた。

強めのスパイスが苦手なネムの分だけは別に甘口のを作っているのだ。さらに野菜嫌いなのでよく煮込んで原型を小さくして食べさせている。

鼻息が荒い。昼間、目一杯遊んで体力を消耗《しょうもう》しているため、いち早く栄養が欲しいのだろう。

「ネム。人前でみっともないですよ。ほら、スープを飲んで待ちなさい。温まりますよ」

しぶしぶ受け取ってネムはふーふーと息を吹きかけていた。猫舌《ねこじた》なのでスープ類はいつも最後に冷めてから食べている。

そんなやり取りを見たシオンは警戒心を多少解いてカレーに口をつける。

スプーンは少し震えていた。

「で、では……いただきます。――あっ!?」

「大丈夫？　熱かったかな。一応少し時間置いて冷ましておいたんだけどさ」

「は、はい。冷たくない物を食べるのは初めてで少し驚いてしまって」

「味はいける？」

「はい！　表現しがたいのですが、口触りが魚とは違い、味も複雑で……感動しました」

一人で納得するように頷いて、シオンは残りのカレーを今度は意気揚々《いきようよう》と口にしていく。

自分の料理を美味《うま》そうに食べてもらえるのが嬉《うれ》しいマルスは満足げな顔をしていた。

「普段は魚だけなの？」

「いえ、海藻《かいそう》や貝類、甲殻類《こうかくるい》なども食べますよ。まぁ海のものだけなのかという意味ならその通りです。魔物は多いですが食べられませんから」

他に食料はありませんし、とシオンは答えた。

「食べながら聞いてくれ。――人魚って不老不死なの？」

「いえ。地上ではそのような認識なのですか？」

「そうそう。肉を食べると食べた者も不老不死になる、とかって言われてる」

ピク、とスープを飲むネムが耳をマルスに向けた。

「シオンにゃんを食べれば全部解決にゃ……？　でもしゃべったあとだと食べにくいにゃあ……」

「わたくしを食べても不老不死にはなりませんよ!?　それは人間の創作です！」

これまで冷静だったシオンがネムの発言にたじろぎ、声を大にして否定した。

さすがにネムも冗談で言ったので、にゃははと明るく笑う。

猫のネムと人魚のシオンは潜在的に相性が悪いのかもとマルスは唇《くちびる》を真一文字《まいちもんじ》に引き結んだ。

「俺たちは不老不死の魔本を探してるんだ。長命種のリリアと一緒に生きて、死ねるように」

正確に言うなら圧倒的な長寿を望んでいる。

リリアを見ると恥《は》ずかしそうに微笑《ほほえ》んでいた。

うっすらと目を開けて、シオンはマルスを見据《みす》える。

何か見透かすような金色の眼から視線は外さない。

やがて、ほんの少しだけシオンの口角《こうかく》が上がった気がした。

「残念ながらわたくしにお手伝いできることはありません。人魚は人間と比べれば長生きしますが、命を他者に分け与えることまでは……」

「まぁできたとしても別に食べたりはしないから安心してくれ。何か外部的な要因でってなら話を聞いてみたかっただけさ。例《たと》えば人魚の魔法で不老不死になるとか、そういう食べ物があるとか」

【禁忌《きんき》の魔本】で不死の魔法が手に入ると仮定するならば、天然でも存在する可能性はある。

そして人魚が不老不死ならばなおのこと、その可能性があると思ったのだ。

残念ながら空振《からぶ》りに終わってしまったが、元から期待は大きくなかったのでショックはない。

「でもやっぱり人魚も不老不死ってわけではないんだ」

「人魚には寿命《じゅみょう》という概念がないと言ったほうがいいかもしれません。そういった意味では限りなく不老不死に近いかもしれませんね。人魚が死に至《いた》る要因は外傷、病気、そして魔力の枯渇《こかつ》です。逆に言えば、魔力が尽きることなく、回復できる状況で、重大な病気や怪我《けが》さえしなければ死にません。と言っても魔力の最大値はだんだんと減っていきますから、いずれ死は訪れますが」

自然死することはほぼないに等しいです、とシオンは続けた。

——理想的な半不老不死ではないか？

不老不死の最大の障害は、死ねなくなること。

今の状況だと、不老不死を手に入れても次は死ぬために冒険を続けることになるだろう。

だが人魚にはいつか終わりがやってくる。理想的に思えた。

「ちなみにシオンさんは何歳くらいなの？　失礼だけど教えてほしい」

見た目はせいぜい二十代半《なか》ばのお姉さんといった印象だが、この世界では見た目と実年齢が嚙《か》み合わない者があまりに多い。リリアが二百歳を越えているなど誰もわからないだろう。

「七百年は生きていますね。正確には把握《はあく》しておりません」

「七百!?」

「あ、ええと、人間の感覚では長く感じるかもしれませんが、日々の生活を積み重ねているだけなのでそれほどすごいわけではないのですよ？　海の中しか知りませんので知識もありませんし、長生きなので焦《あせ》りという感情がほとんどありませんし。今日やらなかったことを百年後にしても大差ないのです。戦士たちは長年の鍛錬《たんれん》もあり強いですが、わたくしのような巫女は一般の者と大差ありません。——ただ、長く生きているだけ」

静かな声色《こわいろ》は潮流《ちょうりゅう》の弱い深海のようにどんよりしていた。

——ああ、この人は冷静なんじゃなく、感情が冷え切っているんだ。

理屈より先に感情でマルスは理解した。

長命種と呼ばれる種族の大半は退屈に耐えかねて感情を失っていく。出会った頃のリリアもそうだった。

話しかけても反応が薄く、何をしていてもすぐ虚《うつ》ろになってしまうのだ。

今は普通に感情も出すし話もできるが、最初はそうだった。

「はぇ……すっごいですねっ……」

「七百年って何年にゃ……？　ご飯何回にゃ……？」

「百二万二千七百回ですよっ」

「……？　それだと一日四回は食べてないかにゃ？」

ハズキとネムは困惑《こんわく》し、わけのわからないやり取りをしていた。

マルスも正直しっくりこない年数だ。

前世の日本を基準にするなら、七百年前というのは鎌倉《かまくら》時代後期から室町《むろまち》時代前期にあたる。

食事が海の中で完結しているくらいなのだから、きっと地上のように様々な娯楽《ごらく》があるわけではないだろう。

だとしたら、日常の仕事をこなすだけで七百年も生きていれば感情が死ぬのも無理はない。

七百年同じ仕事ができ、娯楽がない生活でも平気な人間ならばそうはならないかもしれないが、そんな者はおそらくいないだろう。

俺なら無理だなとマルスは確信した。

不老不死を目指すのも、リリアやハズキ、ネムがいるからだ。

大好きな者たちと一緒ならば永遠でもいいと思えるからだ。

この世界に来た頃のように孤独な部外者だったなら、不老不死など考えもしなかった。

前世でも現世でも部外者だった。

どこにいても地に足がつかない感覚が拭《ぬぐ》えなかった。

「七百年……私からしても途方もない年数ですね」

「だよな。想像も難しいよ」

本当に不老不死に近い存在に相対すると現実味が増す。

不死の魔法を手に入れた後の生活が頭をよぎる。

皆の心が凍《こお》らないよう、しっかりケアしていかねばならないなと考える。

何もない生活の辛《つら》さは誰よりもわかっているつもりだ。


さすがに夜は冷えるため、【夢幻《むげん》の宝物庫】で休むことに決めた。

リリアを始め、シオン以外は全員入っていく。

「シオンさんも中で休まないか？」

「その空間は……？　海中ではないですよね？　す、少し怖いです」

あまりに当然すぎて忘れていたが、【夢幻の宝物庫】はダンジョン攻略者が持つ魔法だ。

馴染《なじ》みがあるのはマルスたちだけ。

マルスはシオンにざっくり説明した。

半信半疑な様子ではあれど、何度もせわしなく出入りするネムを見て真実であると理解したようだった。

「風呂場で過ごしてもらおうと思うんだけど、塩水じゃないとダメだったりする？　怖いならここにいてもらってもいいんだけど……」

「いいえ、水の種類ではなく地上への単純な恐怖でして。同じくらい興味もあるのですが」

今やってるように肺呼吸もできるので問題はありません、とシオンは補足する。

そして、自分の発言がマルスたちを信用していないと言っているも同然だと気づき、少しバツが悪そうな顔をする。

――まだ助けると回答してないから無理もないか。

「まぁ……かえって過ごしにくいかもしれないな。その分だと布団《ふとん》で寝たりもしないんだろうし」

「普段は海の中、波に揺られて眠ります。流されないように海藻で身体を固定して。地上の方々にはよくわからない感覚だと思いますね。皆、その布団という布を被《かぶ》って眠るのでしょう？」

「もしかして興味ある？」

シオンの声は若干《じゃっかん》興味ありげに聞こえた。

「は、はい。地上のもの全般に興味があります。今の段階でさえ見たことのないものばかりで、助けてと言ったにもかかわらず、そちらのほうのことで心が躍《おど》っていたりして」

そんな素振りはすでに何度かあった。

興味半分怖さ半分で距離を詰めきれないのだろうとマルスは察した。

「信用はできないだろうけど、俺たちはシオンさんに何もしないよ。異種族だからって差別したりイジめたりもしない。それはわかってもらえると思う」

「ですが……彼女たちは奴隷《どれい》なのでは？　正直に申せば、そこが信用しがたいところなのです。その魔法は意志を捻《ね》じ曲げたりできるのでしょう？　命を救ってもらったうえ、助力を請《こ》うた身で言うべきではないと思い、今まで黙っていましたが」

「他人から見たらそう思うのも無理はないね。ネムちゃん……あの元気なしっぽの生《は》えた子以外は奴隷だ」

「あの子は奴隷ではないのですか⁉」

「首輪だけなんだ。ほら、奴隷紋《もん》も二つしかないだろ？」

自分の手の甲《こう》を見せ、シオンを納得させる。

「人間の悪いところなんだけど、主人のいない異種族には何をしてもいいって風潮があってね。だから他人からは奴隷に見えるようにしてるんだ」

攫《さら》われたり面倒《めんどう》に巻き込まれないようにね、と付け加えた。

異種族の者が奴隷になる原因の多くが人攫いによるものである。

人間に捕らえられ売られてしまうのだ。

これは人間の女の子でも例外ではない。ハズキが一人旅を選ばずゼリウスとともにいたのはそういう面での理由もあった。

「地上は物騒《ぶっそう》なのですね……」

「誰かの損《そん》は手っ取り早く自分の得になるからね。そのためなら何でもするって連中は多いよ」

行く先々で、様々な違いを感じ取ってきたマルスが痛感する世界の共通項は、人の悪意と欲。

万全《ばんぜん》な法整備や警備、監視カメラのない社会ではやりたい放題である。

冒険者に代表される力だけの連中がのさばっているような世の中だから余計にだ。

何度かマルスを見てうつむいてを繰り返して、ようやく覚悟を決めたシオンはマルスにお姫様だっこされて宝物庫に入る。

信用も信頼もまだ薄いが、まずは知ろうと決めたようだった。

◇

「遊び疲れましたねぇ……髪ガッサガサですっ！　一生このガサガサのままってことはないですよねっ……!?」

ハズキが自分の髪をいじりながら不安そうに言う。

海水が乾いて塩になってしまっているだけなので洗えば元通りになる。

「それに……身体がいつもの日焼けより痛くありませんか？」

「ヒリヒリするにゃ！」

リリアはむずむずするのか居心地《いごこち》悪そうに真っ赤になった自分の身体を触っていた。

ネムはその感覚すらも楽しんでいるようだ。

「砂が反射して日光が強かったのかも。——ハズキちゃん、もう浅黒くなってない？」

ハズキの肌がほんのり黒い。

リリアやネムの白い肌《はだ》についた火傷《やけど》質の赤みとは少し違う。

元々ハズキは形質的に日本人に近いため、日焼けも普通にするようだった。

リリアたちは黒くはならない。

実際、ハズキの故郷の女たちは浅黒い肌の者が多い。ハズキはかなり色白の部類だった。

「久々にがっつり日焼けしましたねぇ……まぁすぐ元に戻りますけどっ。これでも小さい頃は結構色黒だったんですよ？　砂漠を毎日歩けば誰でもそうなりますからっ」

たたた、とハズキは風呂場のほうまで駆けていき、入浴の準備を始める。

「おお……！　す、すごい、見たことのないものがこんなに……！」

目を爛々《らんらん》と輝かせ、シオンは【夢幻の宝物庫】の部屋を見ていた。

下半身がヒレでうまく動けないため、マルスに抱きかかえられた状態だ。

腕はマルスの首に巻かれ身体が密着している。

——やっぱり胸はリリアと同じくらいあるな。感触はネムちゃん寄りの張りの強いタイプだ。

マルスは押しつけられた胸の感触と左腕のぬめりに集中していた。

魚の下半身だけあって多少濡《ぬ》れているのだ。

今いる場所は中央部で、普段はリビングとして使用している部屋である。各々《おのおの》の私室や物品の保管庫に繋がっており、どこへ行くにもこのリビングを通る。

結果、皆の私物があれこれここに置かれている状態になっていた。

特にネムはリビングの食卓で遊んでいることが多いので、隅《すみ》の方には遊び道具がたくさんあった。

「見たいものがあったら言ってくれ。連れていくか持ってくるからさ」

「ネムのおもちゃもいっぱいあるにゃ。一緒に遊ぶかにゃ？　ネムは色々作るのが好きなのにゃ」

遊び友達が欲しいのか、ネムは積極的にシオンに話しかける。

もはや美術作品レベルまで上達した粘土細工《ねんどざいく》を見せる。みんなの胸像などをよく作っていた。

シオンもまた興味深げに何度も頷いて感心している。ネムは誇らしげに胸を張っていた。

いつまでも抱えているわけにはいかないので、ひとまずシオンをソファに座らせてやる。

下半身についた海水や砂が気になってしまったが、この際それは仕方ない。掃除すればいいだけだ。

「すごいでしょう。ここにある家具は世界各地の逸品《いっぴん》名品ばかりなのですよ」

「わたくしの蒐集《しゅうしゅう》品にはない物ばかりです！」

感動しすぎて泣き出すのではと思うほどシオンのリアクションはよかった。

ダンジョンの宝物庫で見つけた物や、なんとなく良さそうだからと買った物ばかりで、実のところそれほどこだわって集めたわけではないのだが、それでも褒められれば嬉しいものだ。

「蒐集品？」

「はい。時々沈んだ人間の船などを見つけることがありまして、その中にある物や流れてきた物などを集めているのですよ。人魚でこの趣味がない者はおりません。皆、それぞれ自慢の物を持っていますから。戦士たちの武器もだいたいそうですよ。というか、武器を見つけたから戦士になるといった感じでして」

「シオンさんはどんなのが自慢なの？」

「わたくしの一番は青い石のついた首飾りです。金属だとか重量のある物は波に漂わないので、とても珍《めずら》しいのですよ。広い海で出会うものは運命的だと思いますね。わたくしたちの出会いも運命なのかもしれません」

高揚しているせいか、シオンは早口で口数多めだった。

この広い世界でたまたま気まぐれで寄った海、たまたま選んだ海岸で伝説級の存在である人魚と出会った。

確かにこれは運命なのかもしれないとマルスは思う。まるでダンジョンに呼ばれているようだ。

リリアはため息をつきながら、こらえきれずといった様子で微笑んだ。

「行きましょうか、海底都市。一族のお墓を作るのはその後でも十分間に合いますから」

「いいのか？」

「ハズキヤネムがよければ。いつも言っているでしょう？　急ぐ旅ではないと。寄り道を楽しみましょう」

「――遠慮してない？」

一番大人な性格のリリアは何においても遠慮がちだ。

ただそれは何事も諦《あきら》めがちな性格とも言える。

誰かが笑って幸せに生を謳歌《おうか》し次代に命を繋げている間、どこのサイクルにも入れず、リリアは鎖《くさり》に繋がれて一人絶望し続けていた。

そのときの慣れがあるから、大抵《たいてい》の物事は他人に譲《ゆず》って我慢《がまん》できるのだ。

そう、我慢できるだけ。好き好んでそうしているわけではない。

だからもう一度尋《たず》ねる。

今度は何気ない会話のテンションではなく、真面目《まじめ》に。

「――本当にいいのか？」

「彼女を見捨てて一族のお墓を作れたとして、そんな状態では悼《いた》むものも悼めませんよ。なので本心からの提案です。それに海底ダンジョンで不死の魔法が手に入るかもしれませんしね。個人的には後顧《こうこ》の憂《うれ》いがない状態で世界樹に挑《いど》みたく。何もかも晴れやかな気分で故郷に戻りたいです。それに現実的なところで言えば、案内がある状態で海に行けるのは僥倖《ぎょうこう》かもしれませんよ」

「そうか……まさか潜水艦をこんなに早く使うことになるとはな」

現在潜水艦はハズキの宝物庫に入れてある。

宝物庫は、マルスが持っているみんなの家同然の大型のものと、リリアが持つ小型のもの、ハズキの持つ大型のものがある。

リリアとハズキのものは生活は可能でも実質、物資置き場に近い状態になっている。

シオンの隣に座り、マルスは手を差し伸べた。

「シオンさん、俺たち行くよ。できるかどうかはわからないけど、海神を討伐《とうばつ》する。ただ条件もある。明日と明後日《あさって》は自由にさせてくれないか？　いつ死ぬかわからない生活だから、できるかぎり思い出を作っておきたいんだ」

「もちろん！　ありがとうございます！」

ぎゅっと抱きついてきてシオンは礼を言う。

シオンの声はやはり不思議で、身体の奥底に響くようだった。

人魚は基本的に声を出して話さない。

海中で生きる生物なので、声の元である振動を利用するのだ。

さらに言語も全く違う。

シオンは言語を問わず会話できる魔法を使用していた。

かなりの高等魔法だ。人魚の標準スペックは人間を遙《はる》かに凌駕《りょうが》している。

寿命が魔力に依存《いぞん》している種族だけあって、潜在的な魔力量が他の種族の比ではないのだ。

「ひ、ひとまずお風呂に入りましょう。シオン、貴方《あなた》はどうですか？」

抱きつかれているマルスにジト目を向けつつ、リリアは上《うわ》ずった声でシオンを誘う。

しかしシオンはぽかんとした様子だった。

「人魚というのはやはりお風呂には入らないのでしょうか？」

「正直何のことなのかわからず……」

「暖かい水、と言えばいいでしょうか？　そこで身体を洗うのですよ」

「ああ、それならわかります！　海の中でも温かい水が出ている場所がたまにありまして、わたくしは大好きです！　人魚たちにも人気の場所ですね！」

――人魚にもスパ的な場所があるんだな。

海底には地上よりもたくさんの火山があり、当然その周辺に温泉化した場所がたくさんあるのはわかっていたが、人魚が楽しんでいるとは思いもしなかった。世界は広い。

「ならみんなでお風呂に入ってくるといいよ！　ハズキちゃんは色々こだわってるから、きっと楽しめると思うよ」

「ですね。ハズキはこういったことについては一番優《すぐ》れています。可愛《かわい》さと変態さが奇妙に両立をしているというか……未《いま》だにハズキの嗜好《しこう》の有り様を掴みかねています」

うん……とマルスも低めの声で返事する。

次の目的地は海底都市クリティアスに決まった。

第5話

シオンはリリアに連れられて風呂場へやってきていた。

先ほどまで服を着ていた一同は皆、あられもない姿を晒《さら》す。

隣のリリアだけはタオルで身体《からだ》の前面を隠していた。多少恥《は》ずかしそうな顔をしていた。

タオルとは濡《ぬ》れた身体を拭《ふ》くためのものだと説明は受けたが、身体が濡れていても何とも思わない身としてはしっくりこないところもある。

不思議な集団だな、とシオンは思った。

仲間や友人関係というのはこういうものなのだろうか。

七百年という長い年月を過ごしてきたのに、こんな関係は誰とも築けなかった気がする。

まず、誰かと会話をしたのは百年以上ぶりだ。

何一つ誰とも共有してこなかった。

広い海の中、狭い家に閉じこもっていた。

——多少、せわしない気もしますがね。

思わず口元がほころぶ。

ただそれも地上の生き物のいいところなのだろうとも思う。

短い寿命《じゅみょう》だからこそ、一日一日にたくさんの事柄を詰め込みたくなる気持ちは理解できる。

人魚は生活に必要なこと以外やることがないから、大抵《たいてい》のことはいつやっても大差ない。

「お、お湯が染《し》みて痛いっ……！」

「にゃわわっ……これはごーもんにゃ⁉」

きゃーきゃーと騒ぎながら一同はシャワーを浴びていた。

何から何まで新鮮な光景だ。

足のある生き物の裸《はだか》も初めて見た。足はこうなっているのかと感心すらする。

風呂にある物は生活環境が違いすぎて用途を想像することすらできない。

実際に使っているところを見て初めてわかる。

「貴方《あなた》、ずいぶんと身体が冷たいのですね？」

「そちらは逆にずいぶんと温かいですね？」

背中にリリアの熱い手が触れる。

先ほどマルスに触られていたのでびっくりはしないが、地上の生き物が発する熱には驚かされるばかりだ。火傷《やけど》するまではいかないものの、それに近い衝撃がある。

海底都市でダンジョンを守り、興味があるのに地上とは距離を取って何もしてこなかった自分とは前へ向かう意思の熱量が違う。

きっとそんな意思が生む熱が身体からにじみ出ているのだろうとシオンは感じた。

「あれは……何をしているのですか？　甘い匂《にお》いがします」

ハズキとネムが丸いスポンジのようなものを使い、何かを泡立《あわだ》てて身体に擦《こす》りつけている。

日焼けのせいで苦痛を感じているようで、擦るたびに顔をゆがめていた。

匂いは花のものだったが、シオンは一度も見たことがないためその質は理解できなかった。

甘いという感覚だけかろうじて知っている。

「身体を洗っているのですよ。人魚は洗わないのですか？　まぁ……考えてみれば必要ないのかもしれませんね。年中水の中にいるわけですし」

人魚の身体は汚れない。

リリアの言うように環境もその要因だが、老廃物《ろうはいぶつ》の発生そのものが少ないからだ。

「で、ですがよければわたくしもあれをやってみたいです！」

「それはもちろん構いませんが……洗っても大丈夫なのですか？　その……ヌメりは取ってはいけないのでは？」

リリアの視線がちらりとシオンの下半身に向く。

——地上では動くことすらままならない下半身。

今までは何とも思わなかったのに、彼女たちと比べると劣っている気がしてきた。

単に環境への最適化の問題だとわかってはいるが……。

そこでシオンは自分の能力の一つを思い出す。

あまりに使う機会がないためすっかり忘れていた。

「リリア様、少々足を見せていただいても？」

「あ、足ですか？　い、いいですが、あまりここは見ないでいただけると」

床に下半身を置いている状態なので、シオンの視点は低く、ちょうど視線の先にリリアの股《また》がある。

前をタオルで隠していたが、足の根本の作りが気になる。

お願いしてみると、リリアは凄《すさ》まじく真っ赤な顔をし、目をシオンから外してタオルをまくり上げる。

そこには薄《うっす》らピンク色をした一本の筋《すじ》があった。

指で触れてみるとふわりと飲み込まれ、反発感はない。

いつまでも触っていたくなる柔らかさだ。

ぷにぷにと指を動かすと、リリアがシオンの頭にチョップして一歩退《ひ》いた。

「んっ⁉　ど、どこを触っているのですか！　いくら同性でもそこまでは許しませんよ！」

「え、あ、何かまずいところでしたか？」

「こ、ここは性器です！　人魚にもあるでしょう⁉」

「ああ、これが地上の者の交接器なのですね！　わたくしのものと全然違います！」

何から何まで好奇心をくすぐられる。

リリアは本気で嫌だったようで、かなり距離を取られてしまった。

「シオンさん、わたしより距離感すごいっ……」

「ネムのときもベタベタ触ってたにゃ。変わんないにゃ」

「さすがのわたしもおまんこまでは触らなかったでしょっ！」

どうやら距離感が変らしい。

言われるまでそんなことは思いもしなかったため、少々恥ずかしくなってしまう。

思えば人魚同士でもうまく接することができなかった。

もしかするとみんなにそう思われていたのかもとシオンは悲しくなった。

「ところで、こちらの膨《ふく》らみはなんでしょう？　この二つに割れている場所です」

「そ、そこはお尻《しり》です。言われてみれば、貴方にはないのですね……」

シオンの下半身は完全な魚だ。

つまりは流線形で、人間のような凹凸《おうとつ》はない。

「ふむふむ……だいたい理解できました！　それでは——」

下半身に意識を集中させ、魔法を発動する。

「あ、足が生《は》えた!?」

「にゃ!?」

「すっごっ！　え、すっごっ！　何です、その魔法っ!?」

魚の下半身から人間の下半身へ。

今のシオンを見て人魚であるとわかる者はいないだろう。

「これが足……！　二つに割れていて変な感覚です」

初めての足はおぼつかない動きしかできなかった。

下半身で体重を支えることに不慣れなのだ。重力にさえ慣れていない。

転びそうになってしまい、リリアに支えられてなんとか立つ。

だが感動した。

ちゃんと足を見たことがなく、これまでできなかった夢の一つが叶《かな》ったからだ。

「――もしかして、私の足を参考に？」

「はい！」

背格好《せかっこう》や体型が似ていたため、リリアの足を参考にした。

性的な興味ではなく、形態模写のための観察だったのだ。

形態模写はほとんどコピーの魔法であり、やろうと思えば全身真似《まね》ることもできる。

人魚の魔力だから可能なものであって、人間が習得するのは難しい。【禁忌《きんき》の魔本】でようやく習得できるレベルの魔法だ。しかも維持《いじ》し続けるにはさらにたくさんの魔力を使用する。

つまり、シオンは寿命を削《けず》ってこの魔法を使用していた。

「確かによく見ればリリアさんのとそっくりですねっ！」

「自分の足がもう一つあるのは奇妙な気分です……と、特に性器周りをこんな目線で見ることになるなんて」

見ていられないといった顔でリリアは目をそらす。

「見た目を取り繕《つくろ》っただけで、中身はわたくしのままですよ。足についても繰り返し動かしてみて調整していきます。おそらく、関節や筋肉などがめちゃくちゃなので」

しかし見かけだけでも取り繕えたのは嬉《うれ》しい。

これである程度なら自由に歩き回れるからだ。

「わたくしも皆さんの冒険について行けるでしょうか？」

――冒険がしたい！

いつの頃からか、シオンはドキドキしなくなった。

人魚の大半が経験する心の冷えだ。

そして多くは戦いという方法で生を実感するようになる。

死線は最も手っ取り早く自分が生きていることを教えてくれる場所だ。

戦いに興味がなかったシオンは地上の物を集めることで乗り切ってきた。

広い海を泳ぎ回り自分の宝物を集めるそれは一種の冒険と言える。

だが一人でする冒険にはもう飽き飽きしていた。

時間の止まった蒐集品《しゅうしゅう》に囲まれていても空《むな》しいだけだと思えてきた。

海底都市は危機的状況にあると理解しているが、好奇心は止められそうにない。

ダンジョンを攻略し、海神を斃《たお》す。そして海底都市を救う。

人魚の巫女《みこ》としてやるべきことはわかっている。

しかし個人の望みはただ楽しむことにある。

マルスたちとはまだ数時間しか一緒にいないのに、これまでの人生全《すべ》てよりワクワクしていた。

だからもっとみんなと一緒にいたい。

きっと驚きに満ち溢《あふ》れた未知の世界に連れて行ってくれるから。

――やり直したい。

まだまだ続く人生を、この人たちと。

「おおっ！　よろしくお願いしますっ！」

「よろにゃ！」

身体を洗っていた二人はやたらと軽いノリで仲間入りを賛成した。

リリアも同様のようで、口を挟《はさ》んだり否定することはなかった。

仲間意識は強そうだが加入に関してはそう難しくないのかもとシオンは驚いた。

「自分で歩いてくれるなら助かりますね。ん、そういえば、ダンジョンの中に空気はあるのでしょうか……？　なければ攻略以前の問題なのですけれど。全員で水死しに行くようなものです」

「大丈夫ですよ。わたくしが空気を生み出す魔法を使えます。水がある状況だと不都合な場合が人魚でもたくさんありますからね。例《たと》えば金属類は水の中だと錆《さ》びやすい。そういった物を置く場所は地上と同じ状態にしています」

「泳がなくてもいいと？」

「その空間から水を追い出してしまうので歩くことが可能ですよ。海底都市の中にも空気のある場所はありますし。今でこそなくなりましたが、大昔はほかの種族と交流していました。その際の、彼らのために息ができる空間を整えてあります。いつの間にかそうした交流はなくなってしまいましたが……やはり海の中ですから、来るのが大変なのでしょうね」

マルスが現在所持している潜水艦をシオンは知っていた。

正確には、同じ型のものをいくつか見たことがある。

大昔にその潜水艦に乗って謎の一団がやってきたことがあったのだ。

全身をゆったりしたローブで覆《おお》っていて、種族すらわからない一団だった。

彼らは超常の魔法を難なく操《あやつ》り、海底都市に文明を与えて去っていった。

シオンの地上についての知識は彼らが人魚に伝えたものの残滓《ざんし》で、残りは漂流物から得たものや人魚たちの噂《うわさ》話で知ったものだ。

「一緒に来てくれって言ってたから、空気は普通に大丈夫なのかと思ってましたっ！　だってそうじゃないなら誘わないいじゃないですかっ？　マルスさんもそう思ったんじゃないです？だから聞かなかったんですよっ！」

ドヤ顔でハズキがリリアに言う。

若干《じゃっかん》煽《あお》るような顔だ。

「こ、小憎《こにく》らしい……！」

ぐぬぬ、と怒るリリアをハズキが自慢げに嘲笑《あざわら》う。

両者ともに全裸《ぜんら》なのが締まらない。

気づけばシオンは大声で笑っていた。

いつぶりにこんな笑っただろう。そもそも何百年も笑っていない気がする。

何もかも予想できる海底とは違う。何から何まで予想できない。自分の思う当たり前が通用しない。それもそのはず、他人と交流しているから。

――温かい気持ち。わたくしはこの感覚を知っている。

ああ、そうか、とシオンは自分の中で納得できるものを思い出した。

――この明るさは太陽に似ている。

海底から眺《なが》めていた温かな光だ。遠くにしか感じられなかった命の光だ。

心だけが死に、同じ日々を繰り返す人魚には生み出せない光だ。

そしてもう一つ思う。いや、気づいた。

多分、自分はこの状況を望んでいた。

巫女の役割から逃げられる状況を。海底都市に終わりがやってくることを。

「シオンにゃんも仲間にゃ。でもネムの手下にゃ？　そういう順番にゃー」

こっちに来い、と言いたげな手つきで、湯船の中のネムが手招きする。

いつの間にか湯船の縁《ふち》に顎《あご》を乗せ、うつ伏せの状態で全身を脱力させてお湯に浮かんでいた。

「ええと……ネム先輩？　でしたっけ、先達《せんだつ》の地上での呼び方は？」

「！　先輩にゃ⁉　それにゃ！　ネム先輩にゃ！」

ばしゃっと湯船から出て、ネムはとても嬉しそうな顔でシオンに近づいてくる。

そしてペシペシと背中を叩《たた》いてきた。

「じゃ、じゃあわたしはハズキ大先輩……ハズキ総帥《そうすい》でっ！」

「何の総帥ですか……ネムだけならともかく、皆に肩書がつくとごちゃごちゃするでしょう」

だいたい、貴方が総帥ならご主人様はどんな肩書になるというのです、と呆《あき》れた声でリリアがハズキをたしなめる。

「まぁ……こんな感じで緩《ゆる》い空気ですが、腕前は確かなので安心してください。マルス……ご主人様の方針でして、普段は冒険者仲間というより友人関係として過ごしています」

主人が望んだと言うが、リリアの表情は自身がこの関係を望んでいるように見えた。

その感情はシオンにも理解できる。

ほんのひと時の穏《おだ》やかな時間が、長い寿命を生きていくうえで糧《かて》になるものだ。

小さな感情の共有が何より大事なのだ。

第6話

「足!?」

「にょーんって生《は》えてきたにゃ!」

みんなが風呂から上がってくると、先ほどまで確かに魚の下半身だったシオンが歩いていた。服はリリアのものを借りているようだ。

毎度の如《ごと》くびしょ濡《ぬ》れの全裸《ぜんら》で飛びかかってくるネムを受け止めつつ、マルスはシオンのほうを注視する。

――魔法って本当に何でもありだな。それにしても、人魚が足を手に入れるなんてまるで人魚姫じゃないか。

知らぬ間に馴染《なじ》んでいるけど、こっちは魔法じゃなさそうだなと少し冷静に思う。

「ネムちゃん、身体《からだ》拭《ふ》いて髪乾かさなきゃ。風邪引くよ」

風呂上がりのネムは絶対にマルスに抱きついてくる。

ネムは風呂で消えてしまった匂《にお》いを上書きするためにマルスにくっついてくるのかもしれない。

これはリリアに言われて気づいたことだ。

自身の匂いを擦《こす》りつけ、自身にマルスの匂いをつける。

要するに愛着行動の一つである。

ネムはネムなりに愛情表現をしていた。

「めんどくさい、にゃあ！」

「せっかくデザートにアイス作ったのになぁ。ちゃんとしない子の分はないぞ？」

「ハズキにゃん、乾かしてにゃ！　急ぎにゃ⁉」

一緒に脱衣所まで走っていくネムとハズキをリリアとともに笑う。

氷菓《ひょうか》の類《たぐい》はこの世界ではかなり珍《めずら》しい。

用意するのも大変なので滅多《めった》に出せないのだ。

マルスが作るのはアイスクリームというよりもシャーベットに近いものであるが、仲間内での評判は最高にいい。甘味にだけは全員本当に目がない。こちらでは、角砂糖一つ手に入れるのに家族全員分の一日の食費に相当するくらい高級品だからだ。

シオンが少し言いにくそうに口を開いた。

「可能でしたらわたくしも冒険に連れていってもらえないでしょうか……？」

「構わないよ。こっちからお願いしたいくらいだ。俺たちじゃわからないことが多すぎるからね。海自体初めてだし、海の中のことなんて何も知らないから」

できることを聞いて作戦に組み込み、攻略の確度を少しでも上げる。

マルスに言わせれば、だいたいの物事は準備段階で結果が決まる。

これまでのダンジョンの踏破《とうは》も同じだ。

今回の場合、海中を移動するなか魔物に襲《おそ》われたら即ゲームオーバーという現実もあり得る。

だから海の中で戦えるシオンの存在は必須《ひっす》なのだ。

本当なら自分が頼むべきことだが、シオン自《みずか》ら言ってくれるなら都合がいい。

「その……できればこの先も一緒にという話でして」

「お、俺はいいけど、シオンさんは海を離れてもいいの？　家族が心配するんじゃないか？　危険だし根無し草だよ？」

「家族……実はわたくしには夫がいます」

シオンのテンションがあからさまに下がったように感じた。

いる、なのか、いた、なのかで状況は違うだろう。

「既婚者なんだ。旦那《だんな》さんは……？　その、生死は確認した？」

「おそらくダンジョンに乗り込んでいると思います。夫は戦士階級ですから。少なくとも都市周辺では亡骸《なきがら》を見つけてはおりません」

「助けられる者は全員助けるつもりだ。だからシオンさんの旦那に会ったら助けるよ。その場合は一緒にいたほうがいいでしょ」

「――夫の生死にかかわらず、今後もわたくしを連れて行ってほしいのです。海の底から連れ出してほしいのです」

開かれた金の両目がマルスを突き刺す。

そしてシオンは土下座《どげざ》した。

「ちょ、ちょっと待って！　土下座なんてやめてくれ！」

「地上の者は嘆願《たんがん》の際にこうすると……」

「わ、わかった！　わかったからとりあえず理由を聞かせてくれ！」

マルスはシオンを立ち上がらせ、リリアとともにソファに座らせる。

少し落ち着いたのを確認し、マルスは理由を問いただすことにした。

「夫はわたくしに微塵《みじん》も興味がありません。戦士たる者伴侶《はんりょ》の一人や二人持つべきと言われ、巫女《みこ》であるわたくしを選んだだけなのです」

「お見合いみたいなもんか……シオンさんは好きなの？」

「――好きでも嫌いでもない、というところでしょうか。別宅のほうで過ごしているのか、どこかに狩りに行っているのか、わたくしのいる家には帰ってきません。帰ってこない夫のために毎日食事を用意するのももう疲れました。誰も食べない料理を見ているだけでしたから。それに、会ったのは百年前の婚礼のときの一度だけです」

「……それはもう知り合い以下じゃないか？　たぶんシオンさんの百年と俺の感覚は違うだろうけど、にしたって長すぎだろ」

マルスの価値観なら友人以下の存在である。

仮に人間の十倍の寿命《じゅみょう》だとして、十年会っていない夫婦はもう破綻《はたん》しているだろう。

まして一度しか会ったことがないなど論外だ。

リリアは苦い顔で聞く。マルスも聞きたかった事柄だ。

「子供はいないのですか?」

「いません。まず、わたくしは夫と夜を共にしたことがありませんから」

「結婚したのに初夜すらなかったのですか……!?」

「交尾すれば子供ができますからね。夫はそれが嫌なのです。家に縛《しば》られるから」

シオンの言葉に、リリアはあからさまに嫌悪の表情を浮かべた。

自分も気をつけようとマルスは生唾《なまつば》を飲む。

少なくとも家庭的であって責められることはないのだ。

無論自分の子供ができたとき、ないがしろにするつもりは毛頭ないが、むしろ親バカになりそうで心配しているくらいだが、より一層気をつけなければならないと自戒《じかい》する。

ちらりとリリアを見つつ、マルスはこれまで聞いたことを踏まえて回答した。

「そういうことならまぁ……これから先も一緒でもいいんじゃないか?」

恋に恋する中学生のカップルでももう少し親密だろう。

そんな男と一緒にいたほうがいいとはとても言えなかった。

というか、一緒にいることとすらしないのだから。

マルスの返答にリリアが同意の色を見せる。

現実的なことを言えば、これから一緒にダンジョンに挑《いど》む者の機嫌を損《そこ》ねるべきではないため、本心がどうあれ受け入れたフリはすべき。

リリアはきっと女として同情の目線で見ている。

こうした感情由来《ゆらい》の案件に関しては尊重したほうが良さそうだ。

「では！」

「ああ、これからもよろしくね、シオンさん。じゃあできることを教えてもらえるかな。一緒に来るなら戦力として数えさせてもらうからね」

「はい！」

とても嬉《うれ》しそうにシオンは自分の能力について話した。

総括《そうかつ》すると、シオンの能力は人間のそれとは大きくかけ離れたものだった。

現段階で言えば最強だ。マルスたちは拡張性と知識による応用力が強みだが、能力値だけで見るならシオンには敵《かな》わない。

本人は謙遜《けんそん》していたが、まず単純に魔力の総量が人間とは比べものにならないほど膨大《ぼうだい》だ。

人間の中なら限りなく最上位に位置するハズキを軽々と凌駕《りょうが》していた。

種のアドバンテージは絶大である。

さらにどことも交流がない、海中という特殊環境で熟成されてきた固有魔法の数々と、オンリーワンの能力を多数持っていた。

弱点を挙げるなら、その膨大な魔力がそのまま寿命であること。

そして魔力の総量こそ多いものの、回復力は異様なまでに低いこと。

簡単にまとめると、派手《はで》に魔法を使えば命が危うくなってしまうのだ。

初期値が高いものの、だんだん弱くなっていく。充電できない機械のようなものである。

――とっておきの場合、もしくはシオンさんしか解決できないとき限定だな。

能力の把握《はあく》が済んだマルスは今一度ダンジョンについて考える。

気がかりなのはダンジョンそのものが海底にあること、つまり環境が人間に適さないという点だ。

空気を作り出すのは可能であるらしいが、そこにいる魔物だとかはやはり想像が難しい。

マルスが所持する魔物の図鑑はどこにでもいる魔物ばかりが紹介されていて、大枚はたいた割には役に立たない。ネムが絵を描く資料にするくらいにしか使えなかった。

例《たと》えば前回の鉱山にいたゴーレムは一番オーソドックスな岩のゴーレムだけが載《の》っており、ダンジョンで一番多かった強力な金属系のゴーレムは載っていなかった。

海の魔物についても同様のことが言える。

強力な魔物ほど載っていないのである。

なぜなら、そんな強力な魔物に遭遇《そうぐう》した段階で、筆者は生きていられないからだ。

――結局、魔物に関してはぶっつけ本番なんだよな。これだけは何度挑んでも怖いままだ。

基本はヒットアンドアウェイでいいし、ボス――今回は海神の公算が高い――以外は全部逃げても構わない。

戦闘で得られるものは消耗《しょうもう》だけだ。戦えば戦うだけ損《そん》をする。

──でも、今の俺たちなら環境が少し違っても問題ないだろう。

未使用の【禁忌《きんき》の魔本】は四十冊あまり。

一つ一つが習得に一生かかるような魔法だ。

どれか一つを使えるだけでどんな冒険者パーティにも重宝される。

一つ習得すれば一人だった頃のマルスよりも強い。小さなダンジョンならば単独で踏破することさえ夢ではない力だ。

今はまだ不老不死の魔本との交換材料になる可能性が高く、温存しているが、状況に合わせて適宜《てきぎ》使用していけばいくらでも強くなれる。

マルスたちは良く言えば落ち着いていた。

悪く言えば、油断していた。

日常に緊張感がないのもそのせいだ。

成功体験という甘い毒が一同を緩《ゆる》く侵《おか》していた。

一同で最強であるシオンは、人魚の中では特別強いほうではない。

そんな能力アベレージの高い人魚たちが海神をダンジョンに押し込めることしかできないということは……。

第7話

「おっ⁉♡　あっ、あああっ！♡　イッグっ、イグっ！♡　――おおんっ⁉♡」

全身を大きく動かし、四つん這《ば》いのハズキは悲鳴に近い喘《あえ》ぎ声をあげて絶頂した。

体勢は咆哮《ほうこう》じみた喘ぎに適した狼《おおかみ》の遠吠《とおぼ》えに似た姿で、首を上にあげて大口を開き、少し舌《した》を出していた。

「入れただけなのにイって……！　な、中がすごいうねる……！」

一緒に絶頂したいのか、ハズキの膣肉《ちつにく》が内部に向けて引っ張るようにうねる。

射精をおねだりするような刺激で劣情はさらに増す。

身体《からだ》が勝手に願いを聞き入れようとしているのか、金玉がせり上がってきて体内に精子を送り込もうとしていた。

ぷしゅぷしゅと小刻《こきざ》みに潮《しお》を吹いているのが金玉に当たる水気と温かさでわかる。

「あ、頭トビそっ、あ！♡　おチンポすごすぎっ……！♡」

――ホント、ドスケベすぎる！

マルスも大興奮《こうふん》し、柔らかい尻《しり》を揉《も》みほぐしながら獣《けもの》の如《ごと》く激しく腰を振る。

自分のカタチを覚えている膣内がにゅるにゅる絡《から》みつくせいで、腰から脳まで電撃が走ったような感覚に襲《おそ》われていた。

もはや射精することしか考えられない。

普段は我慢《がまん》できても、一度性欲を刺激され、タガが外れればもう我慢するのは不可能だ。

常人《じょうじん》を遥《はる》かに凌駕《りょうが》する身体性能なうえ、抜かずに十回射精できるような精力を持ち、思春期の強烈な性欲を抱えた身体は欲求に素直である。

射精の感覚を思い出せば出しきるまで落ち着かなくなってしまう。

ハズキはだらしなく伸ばされた舌先から涎《よだれ》を垂《た》らし、真っ赤になった顔で涙を流していた。

体内の強烈な異物感がもたらす反射的な涙だ。

一見すれば強姦《ごうかん》にも似た荒々しいセックスだが、表情を見れば同意のうえで行われているのだと誰もが察する恍惚《こうこつ》の表情をしていた。

三人の女たちの中でハズキだけはよくアヘ顔を晒《さら》す。

尋常《じんじょう》でないほど性欲が強いのは、尋常でないほど敏感で絶倫《ぜつりん》だからだ。

誰よりも気持ちよくなれるからしたいのである。

「あああっ!?♡　イ、イってるどぎはむりっ！♡　あっ！♡　あっ!?♡」

自分自身で身体のコントロールができず、ハズキは快楽を逃がすために必死にジタバタする。

手はシーツを握りしめ、足の指は開いて閉じてを無意識に行っていた。

腰をがっちり掴《つか》まれているため、末端を動かすほかに快楽から逃れる術《すべ》がない。

一切遠慮なく膣奥をゴリゴリと突かれ、ハズキの体格では少し無理がある長さのチンポを根本までガッツリと挿入《そうにゅう》される。

挿入されただけで絶頂してしまっているのに、マルスの激しいピストンが緩む気配はない。

というのも、絶頂しようがしまいが、マルスが満足するまで腰を止めないでほしいとお願いしているからである。

バチンバチンと音を立て、肉厚な尻とマルスの骨盤が接触する。

接触して波打つ尻が煽情《せんじよう》的に見えるせいで、マルスの腰はいつまでも止まらない。

「いひっ、ひっ！♡　ぎぼぢっ、あっ！♡　おチンポすごぃぃっ！♡　た、玉がクリに当たってっ、あぁっ！♡」

膣奥まで挿入し、膣の入り口まで一気に戻し、再度また奥まで突く長い長いピストンがハズキの好みだ。

それがマルスの極太《ごくぶと》の肉棒であるなら最高に気持ちいい。

膣内のありとあらゆる性感帯が蹂躙《じゆうりん》されるからだ。

ピストンされたまま、虚《うつ》ろな目でハズキは自身の手首を見る。

どちらかと言えば小柄なハズキの手首と、自分の膣内を気持ちよくしてくれているものの太さは、そこまで大きな差はない気がした。

高くせり上がったカリがガリガリと音が出てしまいそうなほど激しく引っかかり、硬《かた》い竿《さお》にまとわりつく太い血管たちが不規則な刺激をもたらす。

膣内からは愛液がとめどなく溢《あふ》れ、白く濁《にご》ってベッドに落ちていた。

自分の体内がマルスの形に変えられていくのが快感だった。

ハズキには所有されたい欲がある。

動物的な価値観を持ち、強いオスに支配されることを好むタイプだ。

要するに強引なアプローチが好きなのだが、性的嗜好《しこう》もまたそちらに傾いている。

そこにさらに人間の変態的欲求が混じり、今ではすっかりペット願望のある変態に育っていた。

口にすればマルスでさえドン引きするのがわかっているので言わないものの、全裸《ぜんら》に首輪だけされ、リードに引っ張られて四つん這いで外を散歩するなども憧《あこが》れのプレイの一つにある。

淫乱《いんらん》だから誰でもいいというわけではなく、むしろ淫乱だからこそ相手の選定には厳しく、かなりハイスペック嗜好でもあった。

何もかも持っている人物の所有物でなければダメだ。

「ひいっ、ひぃぃっ！♡　イってるのにイクっ！♡　あーっ！♡　ずっとイグっ！♡」

びくん、と腰を上げたハズキの尻をマルスは叩く。

パン！　と小気味《こきみ》いい音が響き、一瞬遅れてハズキが大絶叫した。

「あああっー！♡」

尻から波及した衝撃が全身に伝わり、絶頂していた身体に重ねて何度も絶頂がやってくる。

びちゃびちゃびちゃと激しく潮を吹き、この小さな身体のどこから出ているのだろうと思うほどの音量で声が出た。

「奴隷《どれい》なのに自分だけ気持ちよくなっていいと思ってるのか！」

「ご、ごめんなざいっ！♡　おまんこぎぼぢよぐでっ！♡　ずっとイッででっ！♡」

楽しんでくれているならマルスは全然構わないのだが、ハズキがこういうプレイをしてほしいと希望を出していたので乗ってやる。

ほんの少しの罪悪感はあれど、それを遙かに上回る嗜虐《しぎゃく》的な興奮もあった。

ハズキのリクエストを一言でまとめると、マルスの精液をこき捨てる便器になりたいというものだ。

人間的な扱いは求めておらず、好き放題に性欲をぶつけてほしい。

マルスからするとハズキの身体を使用してオナニーをするような感覚だ。

気遣《きづか》いなく自分が気持ちよくなるためだけに使えばいいし、そんな自分勝手な行為なのにハズキがとてつもなくいい反応を見せるため、付き合いが長いリリアよりも一日あたりの回数は多い。

リリアとする場合は一回が長い。リリアの体力はハズキと比べればそう高くない。

性欲だけをぶつけ合うわけではなく、身体を密着しながら会話するなどコミュニケーションの一つとして行うから長い行為になりがちだ。

リリア相手の場合、体力を使い果たす前に二人はまどろみながら眠ってしまう。

しかしハズキは一日を丸ごと自慰《じい》で消費してしまうような性欲モンスターだ。

砂漠を平然と数十キロ歩く体力も持ち合わせているので、本気で気絶するまで終わらない。

「だ、出すぞ！　しっかり受け止めろ！」

ハズキの腰を持ち上げ自由を奪い、マルスは全力で腰を振る。

与えた快楽を逃がすことなど許さないし、本日一発目の特濃《とくのう》精液をしっかり感じさせたい。

マルスは尻に力を入れ極限まで射精を我慢しながら、射精直前の最も気持ちいいピストンを一回でも多く味わうため加速した。

「あひっ、イっ、おっ！♡　ザ、ザーメンくだざいっ！♡」

そして限界がやってきて、コリコリした膣奥に亀頭《きとう》を押しつける。

「うっ！　ぐっ！」

びゅるっ！　びゅー、びゅるるるっ！　びゅっびゅっ！

どくん、と一回大きくチンポが跳《は》ねる。

あまりの硬さと脈動でハズキの身体は少し持ち上がった。

マグマのように熱い精液が尿道をひっかきながら飛び出ていく。

その勢いの強さは高圧の水鉄砲に負けず劣らずで、子宮口《しきゅうこう》で射精がはっきりとわかるものだった。

頭の中が真っ白になり、マルスの知能指数は植物同然のレベルまで堕《お》ちる。

どっくんどっくんと射精の脈動が起きるたびに心拍《しんぱく》も速まり、バチバチと視界がまばゆく光る。

完全に無責任な生中出《なま》しを、思う存分楽《ぞんぶん》しんでいた。

若く敏感な身体でするそれは、大人同士のそれとはレベルが違う快楽をもたらす。

子育てなど二人とも考えず、あとで避妊《ひにん》の魔法を使えばいい、今は気持ちよければそれでいい、と、雌雄《しゆう》の分かれた動物の快楽の頂点を甘受する。

髪から滴《したた》る汗《あせ》が目に入る痛みも気にならないくらい、絶頂の快楽に二人で浸《ひた》る。

二人してだらしなく開いた口から涎を垂らしていた。

およそ高等動物の性交ではなく、ケダモノたちが人目もはばからずする本能のままの交尾《こうび》だった。

射精がまだ終わっていない状態で、マルスはハズキをそのままベッドにうつ伏せに寝かせてまた腰を動かし始める。

尿道に残った精液はぴゅっぴゅと出っ放しだった。

膣内の細かなヒダの隙間《すきま》まで自分の精子を塗りつけるようにし、今度は体重を乗せて寝バックだ。

ハズキの背中の汗を潤滑油《じゅんかつゆ》にして体の密着度を高める。

両肩を掴んでハズキの自由を限定し、バスバスと音がしそうなほど激しく突き込む。

何度か射精するまで血の昇った頭は冷めず、チンポも硬いままだ。

「おうっ！♡　ぎっ、イっ！♡」

マルスの体重を受け止めて呼吸が苦しいのか、ハズキは喘ぎというより呻《うめ》きに近い声をあげる。

「乳首ダメっ！♡　あ、そっぢもイグっ！♡」

身体の下に右腕を潜り込ませ、つねるように乳首をいじくり回す。

さらに左腕をハズキの細首に回し、ブリッジでもさせるかの如く持ち上げる。

さすがに締め上げまではしないが、ハズキは酸欠気味で朦朧《もうろう》としながら幾度《いくど》も絶頂を繰り返す。

奴隷になりたいと自分で言い出したハズキの望みは完全に叶《かな》えられていた。

第8話

「あ、相変わらずあの二人のときは激しいですね……」

　リリアはボソッとつぶやいた。

　その声はマルスにもハズキにも届かない。二人は交尾《こうび》に夢中だ。

　尻《しり》と下腹部の衝突部分を赤く染め、結合部からは真っ白で粘性《ねんせい》の高い液体をまき散らし、動物のような荒い息遣《いきづか》いで快楽のためだけの交尾をしていた。

　リリアもたまに激しくされたい気分の時があるが、ここまで激しくされると気絶する自信がある。

　というか気絶する。

　ハズキが仲間になる前はしょっちゅう気絶させられていた。

　マルスの初めての相手はリリアだが、その時のマルスは本当に我慢《がまん》できないといった様子でリリアを求めていた。

　平均して一日に十回はしていたし、食事やトイレなど必要最低限の時間を除いて不眠不休で丸一日中セックスしていたことも多々あった。

お互いの性器が擦《す》り切れるほどだ。治癒《ちゆ》の魔法がなければお互い使い物にならなくなっていたかもしれない。

ただ覚えたてだったのもあり、リリアもリリアで相当快楽に溺《おぼ》れた。

ハズキを痴女《ちじょ》と呼ぶも、リリアもカテゴリーで言えば十分以上に痴女の類《たぐい》だ。

そんなリリアもセックスのために様々な準備をして待っているが、昼間の海やシオンの合流で身体的にも精神的にも疲れていて、一度でさえ気絶してしまいそうな予感がある。

今日の参加はリリアとハズキのみだ。

強制参加というわけではなく、各々《おのおの》の体調や気分で参加を決める。ハズキでさえ常《つね》に参加しているわけではない。皆勤賞《かいきんしょう》はリリアだけ。マルスが不参加の場合は普通に寝て終わりだ。

ネムはアイスを食べた直後、食卓に落ちるように伏せて寝入ってしまった。

一日中かなりはしゃぎまわっていたし、食事の段階で寝落ち寸前だったので、そのままネムの私室に運んで寝かせてやった。

体力がゼロになるまで動いて唐突《とうとつ》に電池切れを起こすのがネムの特徴だった。

シオンにはハズキの部屋を貸し与えた。

今目の前で淫獣《いんじゅう》さながらに喘《あえ》いでいる女の部屋とは思えないくらい可愛《かわい》い物もたくさんあるし、一番シオンの興味を引いたからだ。

様々な書物で溢《あふ》れたハズキの部屋は人魚のシオンにとっては宝の山でもある。

何しろ海の中では本など手に入るはずがない。

浮気、という感覚はリリアにももちろんあって、マルスがハズキ相手に盛っているのは内心、穏《おだ》やかではない気持ちもほんの少しだがまだある。

ハズキを生涯《しょうがい》で一番の友達だと思っているが、友情と女としての感情はまた別なところにあるのだ。

だが、現実的に考えるとマルスの精力を分散させてくれているのは助かるとも思っていた。

少し落ち着いたマルスがするイチャついたセックスのほうがリリアの好みだ。

手を繋《つな》いでキスをして、リリアの感覚を重視してくれる優しいセックスである。

ゆっくり丁寧《ていねい》にねっとりと味わうようにピストンし、あまり力強く突かれると痛い子宮口《しきゅうこう》を気遣いつつしてくれる。

リリアの絶頂は、誰からも蔑《さげす》まれていた自分を大事にしてくれるという精神的な面もかなり影響している。

肉体と精神の両面から導かれる絶頂は、快楽だけでなく凄《すさ》まじい幸福感があった。

横になって二人の交尾を眺《なが》めていたリリアだったが、ぐちゅぐちゅ鳴る粘着的な音と、寝室中に充満するオスとメスの淫液《いんえき》の性臭にむずむずし始める。

人前で自慰《じい》なんて、と出会った時のハズキに言ったのは自分だが、今なら気持ちがわかる。

両足を擦《こす》りつけ合い、太ももに力を入れ、触らずに性器を刺激する。

乳首はすっかり勃起《ぼっき》していて、クリトリスも大陰唇《だいいんしん》の中でぷっくり膨《ふく》らんでいた。

ここまで濃厚な行為を見せられれば、発情しないほうが生物としてはおかしいと自分で自分に言い訳する。

我慢の限界を迎え、身体《からだ》が刺激を求めて、無意識に手を下腹部に伸ばしてしまう。

マルスとハズキがお互い目の前の異性に夢中になっている今なら、自慰をしてもきっとバレはしないだろう。

パンツの中に手を入れ、おまんこの割れ目に中指を這《は》わせる。すっかり濡《ぬ》れてしまっていた。

完全に発情しているとわかるほどの濡れ方で、足や尻の割れ目に染《し》み出している。

それに気づいたリリアは顔を赤くした。

自身が淫乱《いんらん》であると思い知らされる状態だ。

なぜそう思ったのかというと、ネムは比較的性欲が薄いからである。たまに気持ちよくなりたいという程度しかない。

獣人《じゅうじん》のネムには発情期が存在する。

逆に言えば発情期以外は性欲がほとんどない。孕《はら》むことができないため本能が疼《うず》かないのである。性的刺激は感じるものの、率先《そっせん》して性交したがりはしない。たまに求めてくるのは万年発情期である人間の血が混ざっているからだ。

そしてエルフも明確に発情期が存在する。

しかもリリアは純血のエルフなので、本来なら毎日発情するようなことはないのだ。実際、奴隷《どれい》生活の間も発情期以外で身体は疼かなかった。

だというのに、今のリリアは毎日マルスとセックスしたいと思っている。

もし人間だったならド変態のハズキよりも強い性欲を抱えていたかもしれない。

恥《は》ずかしく思いながらもリリアは大陰唇を細指で挟《はさ》み、柔らかい肉の中でクリトリスを刺激する。

いきなり強い快楽を享受《きょうじゅ》せず、焦《じ》らして焦らして感度を高めていくのがリリアのお気に入りのやり方だ。

「ん……んっ」

片手で口を押えていても声が出る。

マルスにすっかり調教され、気持ちいい時は素直に声を出すようになってしまった。

感じたまま淫《みだ》らに喘ぐとマルスが興奮《こうふん》し、ただでさえ太く長いチンポがより一層太く硬《かた》くなるのがたまらなく嬉《うれ》しい。

羞恥《しゅうち》があると快楽が増す。ハズキが淫語《いんご》を連発するのも見せたがるのも実は理解できる感情だった。

あと何回ハズキの中で射精すれば相手してくれるだろう？

疲労した身体で相手して、たった数回でへばってしまって失望させたくないから順番を譲《ゆず》ったが、そんなことしなければよかったと後悔した。

マルスの激しい腰振りを見ていると、他人の視点で自分がされているときの姿も想像できる。

きっと今ハズキが晒《さら》している痴態《ちたい》を自分も晒しているのだろう。

ハズキが性的な発言に対するリリアの注意をあまり聞かないのも無理ないかもと思った。

普段の自分も交尾に夢中になってしまっているのだから、説得力がないのだ。

知らぬ間にリリアの指は膣口《ちっこう》の周りを撫《な》でていた。

指の腹の指紋《しもん》が極小の刺激をくれる。

気づけば中指はすっぽりと膣内に侵入していて、マルスがしてくれるのを真似《まね》して愛撫《あいぶ》してしまっていた。

みっともなく恥ずかしいが、高まった性欲は発散せねばいつまでも身体の奥底で蠢《うごめ》く。

腰をくねらせ、もし見られれば発情していることが一目でわかるような顔をしてしまう。

「あっ、んっ……！♡」

意図しない高い声が漏《も》れ、リリアは焦《あせ》って口をふさぐ。

すぐに抱いてもらえる準備はしておきたいが、自慰はあまり見られたい行為ではない。

幸い——若干《じゃっかん》見られたい気持ちもないわけではないが——マルスたちには見られずに済んだ。

——もう。私もいるのにあんなに夢中になって。

少しむっとする。存外嫉妬《ぞんがいしっと》深い自分に失望する。理性は納得していても感情が完全には納得していない。感情の制御《せいぎょ》ができない不完全な自分を恥じた。

一夫多妻など、この世界では珍《めずら》しくもなんともない。

貴族どころか一般人でも金があれば複数の妻がいるほうが普通だ。

まして今のメンバーはそれぞれ役割も違うわけで、嫉妬するのはナンセンスだと理解している。

リリアの嫉妬の根源は、成り行きではなく自発的に選ばれたのだという矜持《きょうじ》から来ていた。

ハズキやネムは行きがかり上、一緒にいることになった。

しかしリリアだけはマルスが自発的に選んだのだ。

終わりの見えない永遠の夜の中から優しく手を引いて連れ出してくれたのだ。

得することなど何一つなく、一緒にいるだけで自分まで馬鹿《ばか》にされ蔑まれるのに、それでも連れ出してくれたのだ。

月よりもよほど明るく感じたあの時のマルスの言葉をリリアは生涯忘れない。

引かれた手の温かさも忘れない。

『おいで。これから一緒に生きて行こう。俺も、ひとりなんだ』

見た目や声のトーンにそぐわない寂《さび》しげな言葉の選び方が、心の深いところに落ちて反響した。

今ではすっかり大好きな主人をいつ好きになったのか。思い返せばたぶん、その時だった。

マルスは一目惚《ひとめぼ》れだと言っていたが、自分もきっとそうだ。

似た者同士だとどこかで感じたのだ。

世界の外に生きている者同士だと。

心の奥底に同じ虚無《きょむ》を抱えている同志として、仲良くなるのにそう時間はかからなかった。

とはいえ恥ずかしさや種族の違いもあり、恋愛関係になるまで半年近くかかったが。

自分だけがマルスの支えだという誇りもあった。

なのにハヅキたちは軽々とマルスの心に入り込んでくる。

もっとも、ダンジョンでさえ自分以外の仲間を連れて行こうとしなかったマルスが変わったのは自分の影響だとわかっている。

誰かと一緒にいるのが楽しいとマルスに思わせることができたからこそ今があるのだ。

つまりは嫉妬の原因を作ったのはリリア自身なのだ。

それをわかっているから、嫉妬《じ》しつつ嬉しくも思う。

――たまには前のように独《ひと》り占めしたいですけれどね。

自分で行う予想できる快楽に浸《ひた》りながら考える。

気持ちいいが頭が真っ白になってしまうほどではなかった。

だんだんとムラムラが高まってきて、頭の中がぼんやりしてくる。

待っているのが苦痛だ。

勝手に体が動き、ハヅキを押しつぶして貪《むさぼ》るように激しく腰を突き入れるマルスに近寄っていく。

強い快楽に溺れ切っているのか、周囲が目に入っていないようだった。

とても寂しい気分になり口を尖《とが》らせる。だが責める気にならないのは、自分だって性交中は周りを見ている余裕がないからだ。

リリアはマルスの汗《あせ》ばんだ背中に触れ、筋肉に沿って撫でる。

交尾の邪魔をされれば怒らないまでも不愉快《ふゆかい》ではあるだろうから、意識がそれない程度に存在を認識させる。

「マルス、私も……」

手だけでなく上半身を背中に寄せると、驚いた様子でマルスの理性が戻ってきた。

「はぁ……はぁ……ご、ごめん、ちょっと我を忘れてた」

「大丈夫ですよ」

下を見るとハズキが小刻《こきざ》みに痙攣《けいれん》していた。

絶頂してからもずっとマルスに猛烈なピストンをされていたから、気絶し絶頂で戻ってきて、を繰り返していたのだろう。陸に揚《あ》げられた魚のようにビクついていた。

マルスが起き上がると、じゅぽ、と大きな音を立ててチンポが抜け、マルスの下腹部にべちんと音を立てて当たる。

如何《いか》にハズキの膣が密着していたのかわかる音だった。

愛液と精液が隙間《すきま》を隅々《すみずみ》まで埋めていたのだ。

「んおっ⁉♡」

竿《さお》を引き抜かれたハズキは強烈な痙攣とともに大きな喘ぎ声をあげる。

直後、大量の精液がハズキからこぼれだしてくる。

たった一回の射精でどれだけ出されたのかと感心半分畏《おそ》れ半分で思う。

リリアが顔を近づけるとマルスは抱きついてキスする。

先ほどまでと態度はかなり違い、息は荒れていても優しさがあった。

お互いの唇《くちびる》の柔らかさがよくわかるようにソフトに触れあう。

ハズキはいつの間にかマルスの下にいて、真上を向きそうなほど硬く勃起したままのチンポにむしゃぶりついていた。

淫液にまみれたチンポを飢《う》えた獣《けもの》のように舐《な》めしゃぶり、そんな淫らな振る舞いの自分に興奮しているのか、時々性器に触れずに絶頂しているようだった。

舌《した》を絡めてキスしながら、リリアは見る者が見ればとても贅沢《ぜいたく》な光景なのだろうと思った。

二人の女の心も身体も独占しているのだから。

「わ、私もえっちしたいです……」

「ああ、もちろんだ！　昼間が楽しかったからか、今日は妙に元気なんだ」

「ほ、ほどほどにして寝ましょうね？　明日は釣りの予定ですし、ネムも楽しみにしていましたから」

「ほどほど……ま、まぁ頑張るよ」

――これはきっと朝まで。

我慢すると言いながら、マルスはリリアの胸を揉《も》みしだいていた。

他人に触られるのは基本的には不愉快だが、マルスに触られていると身体の奥が熱くなる。

始めてしまえばやはり朝までしてしまいそうだ。

ベッドに優しく倒され、両手を繋いでキスを始めた段階で、今日は出し切らないと収まらない日だろうなとリリアは察した。

マルスにがっついた素振りが見え始めたのだ。

キスは捕食するようだし、握られた手にも力が入《はい》っている。

そしてそんなキス一つでリリアはあっさり陥落《かんらく》し、結局朝まで三人は繋がり続けた。

◇

「なんだかお疲れではありませんか？」

翌朝十時過ぎ、ようやく起きてきたマルスたちはシオンに問いただされる。

シオンとネムはとっくに起きており、二人で遊んだり本を読んだりしていたようだ。

すでに朝食も食べたらしい。好き放題に食材を選んだようで、キッチンには朝なのに大型の魚の痕跡《こんせき》が微《かす》かに残されていた。ちなみに、ネムはメンバーの中で一番早起きだ。時間で言うと五時頃には起きている。一回の睡眠が短いようだった。

「ええと、ちょっと寝不足でね。シオンさんは眠れた？」

「はい！　あのような寝具、初めて使わせていただきましたが、瞼《まぶた》を閉じたと思ったらもう朝で……感動しました！　柔らかいし暖かいし肌触《はだざわ》りもよく……！　ハズキ総帥《そうすい》、ありがとうございました！」

「あっ、総師の響きすごい気持ちいいっ……！　このわたしが大出世ですよっ⁉」

ぶるる、と身震いしてハズキは感動していた。

初対面のリリアに痴女呼ばわりされて以来、ハズキの地位は低い。

呼び名だけで全く意味のない総師であっても嬉しいという、ある意味悲しい状態だった。

「みんなは昨日も遅くまでこーびしてたからにゃあ。この家は音が聞こえにくいけど、ネムの耳には聞こえるんだにゃ」

「交尾……ですか？」

「シオンにゃんは知らないにゃ？」

「い、いえ、それは知っていますが……あの、え、三人ともですか？　まさか三人とも伴侶《はんりょ》なのですか？　それともその……交尾するだけの関係？」

シオンは薄目を完全に開いて驚愕《きょうがく》していた。

反応を見るに、どうやら人魚は一夫多妻を歓迎している文化ではなさそうだ。

――まぁ、傍目《はため》から見たら俺はなかなかのクソ野郎ではある。

ハーレム持ちの十八歳なんてどこの王族だよ。

うーん、と唸《うな》りながら苦笑したくなる。

一般人が出世したものだ。だけども一般人なりにできることをやっていく。

ひたすら一つの技術を愚直《ぐちょく》に磨《みが》き上げ、最効率を求め、この世界の特色であるダンジョンの攻略を目指してきた。

結果、今があるわけだが、当初思い描いていた予定とはずいぶん違ってきた。

最初はリリアと二人で生きていければそれでよかった。

だというのに、今は幸せにしたい人物がたくさんいる。

――欲ってのは際限がないもんだ。

「全員俺の妻だよ。だからまぁ……そういうこともしてる。――奴隷だからって強制はしてないぞ!?」

「ですねっ！　むしろわたしたちのほうが誘いまくってるくらいですしっ！　昨日も最高でしたっ！」

思い出して恍惚《こうこつ》とした表情を見せるハズキにリリアは冷たい視線を向け、シオンは何が何やらという顔をしていた。

他人に言うな、とリリアは言いたいのだ。

「は、はぁ……確かに、強制の空気は感じません。わたくしには魔力が見えるのですが、奴隷紋《もん》のような種類の魔法は濁《にご》った色がその者の魔力に混じるのですよ」

「へぇ……使われたことないので全然わかりませんでしたっ」

「……？　一度も？」

「ないですねっ。普通に口で注意はされますけど、無理矢理ってのはありませんっ。注意も『ですよね！』ってのばっかりですし」

「わかっているなら自重なさいよ……」

シオンがまたもや驚いた顔でマルスを見る。リリアはわかっているならしっかりしろという旨《むね》のツッコミをしていた。ハズキのせいですっかりツッコミキャラだ。

「みんないい子だし、強制するようなことも実際そんなないからね。使うとしたら本当に危ない時、戦闘から全力で逃げさせるとかそういう使い方になるんじゃないかな」

理性や判断力を奪うのは好みではないし、と続ける。

奴隷紋を使用する連中の主な用途は、戦闘や重労働など普通はやりたくないことをさせたり、好みの女に対してエロ目的で使うものだ。

マルスはどちらも命令する必要がないので使う理由がない。

使う可能性が一番高い相手を挙げるとすればハズキだろうか。

不注意が目立つので、命令してでも止めなければならない状況が起きる可能性がある。

「この首輪も私が好きでつけているだけですよ。服に合わないから外そうと何度も言われていますが」

「だって可愛くないだろ？　ゴツすぎなんだよな。せめてハズキちゃんたちのみたいな軽いのにしたほうが見た目はいい」

「この首輪が私たちを繋げてくれた。だからこの首輪がいいのです！」

リリアは両手で首輪を隠して一歩下がる。

本気で嫌がっているのではなく、少女っぽいちょっと意地悪げで可愛らしい態度だ。

「地上の方はすごいですね……わたくしたちの文化とは何もかも違います！」

「ま、まぁ俺たちも一般的ではないよ。それにしても、引かないんだ……？　客観的に見ると一人に定められない浮気男なんだけど」

「一人に定めて、選ばれなかった者を不幸にするより良いのでは？　当人たちが幸せなら、外から見える姿などどうでもいいではありませんか。体裁《ていさい》ばかり気にして自分や他人を縛《しば》るなど、愚《おろ》かしい」

シオンの言葉には鋭いトゲがあった。

夫が体裁のためだけに結婚した女。それがシオン・ヴァスティだ。

百年単位で会いもしない男に自由を奪われている。

彼女の態度にはその悲哀がにじみ出ていた。

今後も一緒に連れていってほしいというのが本心からの発言だったのだと理解した。

第9話

「お昼ご飯は自分で、ですか？」

「気分的にはね。釣れなかったらほかの人のを食べればいいし、言ってみただけで気にしなくていい。たまには競争もいいかなと思って」

海に着いて二日目、今日の予定は潜水艦の試運転と釣りである。

潜水艦は一応の修復は終え正常に作動するだろうとドワーフに言われているが、鉱山では試すことができなかったため、ぶっつけ本番だ。

ただその前に船として使いたい。

潜水艦の上部は普通の船と同じく平らになっており、船として使える。

その上で釣り大会をし、耐久性はあるのかどうかを確かめるつもりだ。

「一位は夕食のメニューを決める権限、デザート付きだ。それも一週間分」

「えっ！　毎日お肉でもいいんですかっ⁉」

「アイスとケーキどっちも作ってもらうけど、いいにゃ⁉　ぴざ？　も作ってもらうけどいいにゃ⁉」

「もちろん構わない！　ケーキだって二種類でも三種類でもいいぞ！」

——誰が勝っても結局みんなの好きなものまとめて作るけどね！

茶番である。

命に関《かか》わらないことなら競争があっても面白《おもしろ》いだろうと思っての提案だった。

マルスを除けば全員釣りの経験はない。

能力的にはイーブンだし、昨日の海の様子を見る限り魚たちの警戒心《けいかいしん》もかなり薄いので、楽しむ程度には釣れるだろうとマルスは考えていた。

釣り竿《ざお》は棒に糸と浮きと釣り針をつけただけの簡素《かんそ》なもの。リールなんて便利なものはこの世界には存在しなかった。

ハズキの宝物庫から潜水艦を取り出し、砂浜に下ろしてからみんなで押す。

潜水艦はそれほど大きなものではなく、サイズは小型バスほどだ。形状は弾丸《だんがん》のような流線形である。

気密性は抜群《ばつぐん》で問題なく浮き上がった。

あとは船体を適度に沈めるための水、バラスト水を入れてやれば、船から潜水艦まで用途に応じて使える。

潜水艦として利用する場合には核《かく》にした特別な魔鉄鋼——サードニクス魔鉄鋼に大量の魔力を注ぎ込み、核の魔法を発動させ、エンジンとして使用する。

以前までの核の場合、例《たと》えば天才クラスのハズキが持てる全《すべ》ての魔力を注ぎ込んでも足りなかったのだが、元から大量の魔力を保有しているサードニクス魔鉄鋼に挿《す》げ替えたおかげで、あまり魔力が高いほうでないマルスでも起動できるようになった。

船として使うならオールで漕《こ》ぐ。ここは物理だ。


「ぜんっぜん釣れませんねっ……」

「私は一匹釣れましたよ。小さいし食べられないようでしたので、釣れた数には入れて逃がしてあげましたけれどね。海の中のほうが幸せでしょうから」

船の先端部で釣り糸を垂《た》らし、ハズキはうなだれていた。

エサを取られるばかりで何も釣れない。

釣りを始めてからまだ三十分も経《た》っていないが、早くも退屈《たいくつ》そうにしていた。

反対にリリアは自慢げな様子だ。初めての釣りで早々に釣果《ちょうか》が出たからである。

——だいぶ気が短いな、ハズキちゃんは。

海の透明度は高く、沖まで出ても底が見える。

透明すぎると距離を測《はか》るのが難しいが、深さは十メートルほどだろうか。

多少深いところまで進み、錨《いかり》の代わりに使う予定のない魔鉄鋼を沈めて停止させた。

「こんなにいっぱいいるのに、どうして釣れないんですかねっ？」

「見える魚は意外と釣れないもんなんだよ。向こうも見てるからね。でもまぁこれだけいればすぐ釣れるよ。——お、また来た」

つんつんとエサが突っつかれた感触のあと、ぐい、と竿が曲がる。

一瞬待ってからマルスは竿を引いた。

「大きいのがかかっていますよ！　ハズキ、網《あみ》の用意を！」

リリアが興奮《こうふん》した声で言う。

水が透明なので獲物《えもの》の大きさがわかった。

ハズキが用意した網で掬《すく》いあげる——はずだったが、ハズキは足を滑らせ海に落ちた。

「ぎゃっ⁉　し、死ぬっ！　海に呼ばれてる感じしますっ！」

「何をしているのです！　ほら、早く掴《つか》まりなさい！」

ハズキはあまり泳ぎが達者《たっしゃ》でないため、ここまで深い海だと命の危険がある。

リリアは釣り竿をハズキに近づけ掴ませた。

そしてマルスが手伝い引き上げる。

危険があったので『身体強化』も使った。

必死に釣り竿を握りしめて船上に上がってきたハズキは、ただでさえ釣れなくて不貞腐《ふてくさ》れていたのにこの悲劇のせいで泣いていた。これ以上ないほどの号泣《ごうきゅう》だ。可愛《かわい》い顔が台無しだった。

「わたしが釣られてどうするんですかっ……リリアさんが一番大物釣ってるじゃないですかっ……一週間野菜三昧《ざんまい》ですねっ！　もうっ！」

「い、いえ、さすがに貴方《あなた》は数に入れませんよ。大物を釣った人物が、というなら入れますが、数の勝負ですし……まず魚ですらないですし……」

「じゃ、じゃあわたしはただ落ちただけっ？　何の意味もなくっ……！　ぐやじいっ！」

「私が勝ったときはハズキの好きな夕飯にしましょう！　だから落ち着いてください！」

地団駄《じだんだ》を踏んで騒ぎまくるハズキをリリアが珍《めずら》しく機嫌を取るようになだめていた。

「と、とりあえずお風呂に入って着替えてきな！」

マルスも一緒になってなだめる。

不注意が原因とはいえ、下手したら死ぬような不幸に見舞われたのは事実だ。

取り乱しているところを見ても相当怖かったのだろうとわかる。

「ぐすっ……そ、そういえばどんな魚だったんですかっ」

ハズキに悲劇を招いた魚が気になるようだった。

元はと言えばその魚が大物だったせいで網の出番になったのだ。

釣り上げたのは鯛《たい》に似た魚だ。この世界では高級魚に分類されるものだった。

「お、いいね。これはすぐ捌《さば》いちゃおうか。傷《いた》むの早いし、刺身《さしみ》にして食べながら釣りするのも楽しいよ」

「――罠《わな》ですかっ⁉　わたしが食べることばかりに夢中になっちゃうって知りながらっ！　白いご飯も一緒にお願いしますっ！」

「そこは食べながら頑張ろうよ⁉」

半べそでご飯を要求するハズキを落ち着かせ、宝物庫の中で釣り上げたばかりの魚を捌くことにした。ハズキも風呂に入るからちょうどいい。

経験者のマルスは釣果レースには参加していない。

だから目をつけていたのは高級魚ばかり。浮き下の長さを調整し、深いところの根魚《ねうお》を中心に狙《ねら》っていた。

すでに何匹か釣っており、昼ご飯には刺身だけでなく漬《づ》けなども用意し、海鮮丼《かいせんどん》や手巻き寿《ず》司《し》を作ろうと頭の中で思い描いていた。

——持ってきた食材頼りになるかと思ってたけど、意外と釣れるもんだ。それにしてもハズキちゃんはトラブルに好かれすぎだろ。

やっぱり楽しい。

みんなも楽しんでいるようだし、この企画は成功だ。

魚を捌いて宝物庫を出た後、船上を歩き回り、ネムとシオンのペアのほうへ行く。

色々騒いでいたのに二人はずっと真剣に海を見ていたので気になる。

先輩と慕ってくれるからか、ネムはシオンを気に入っているようでそばにいることが多かった。

「すご⁉　何匹釣ってるんだこれ⁉」

二人の足元から吊《つ》り下げられた網の中には数えきれない魚が入っていた。

釣った魚の保管方法は網をそのまま海の中に入れた生《い》け簀《す》方式だ。

麦わら帽子《ぼうし》から出した耳をピコピコ動かし、ネムは目をつぶっていた。

寝ているわけではなく、手の感覚に集中しているようだ。

マルスが近づいても反応しない。

何か作るときなどもネムは没頭する質《たち》で周りが見えなくなる。

ネムが小さな声を出すと海面が微《かす》かに揺れた。すかさず耳がまた反応する。

「『にゃ！』」

——そうか、エコーロケーション……！

ネムがダンジョンで声の反響音から環境を把握《はあく》していたのを思い出す。

その魔法は【禁忌《きんき》の魔本】から得た声の魔法だ。ネムの聴力が合わさってエコーが成立する、真似《まね》しようにも真似できないもの。

今のネムは海中の岩などの環境、魚の数や場所、それらの動きがわかっている。

そして油断した動きの魚を狙い撃ちにしているのだ。

一匹釣ればそれがそのままサンプルケースになるから、あとはそれをひたすら続けるだけ。

——もはや魚群探知機じゃん。これアリかな⁉

現代の釣りより高度な技術を用いるネムを許していいのか少し迷う。

魔法を使ってはいけないルールは制定していないから、少々ズルさがあっても認めるほかない。

だがもう一つのほうは見過ごせなかった。

「——あのさ、ここやたら魚多くない？　シオンさん何かした？」

ネムの足元にいる魚が異様に多い。イワシの群れさながらの状態だ。釣り堀でもここまで密集していない。

「はい。ネム先輩に魚を呼べないかと聞かれましたから、わたくしが呼びましたよ？」

「……魚呼べるの？」

「ここに来るまでわたくしが歌っていたでしょう？　あの歌は魚類をわたくしのそばに呼び寄せるのです。わたくしたちはそうして食料を確保していますから」

――何そのチート……食料チート？

マルスは唸《うな》りながら頭を掻《か》いた。

「――禁止！」

「だ、だめでしたか!?」

「駄目ってことはないけど……リリアたちのほうがあまりに不利だからね。勝負にならない量がいるもん」

「申し訳ありません……先輩が喜んでくれたので、調子に乗ってしまいました」

しゅんと頭を下げるシオンに強くは言えず、これまでのカウントをどうしようか考える。

出た結論は全員を尊重した形だ。

「やっぱり、シオンさんに魚を呼んでもらってみんなで釣ろうか。そっちのほうがみんな楽しめるもんな。ということで、勝負はなし！」

「にゃ!?　ネム頑張ったのににゃ!?　いっぱい釣ったにゃ～！　ゴハン決めたいにゃ！」

「大丈夫。それはもちろん作るよ。勝負は終わりってだけ」

「アイスもにゃ？」

「当然！　俺も好きだからね」

将棋盤をひっくり返されたとばかりに騒ぐネムの機嫌を取る。

釈然《しゃくぜん》としない顔ではあったがひとまず落ち着きは取り戻した。

その後、船上で昼食となった。

初めての手巻き寿司に翻弄《ほんろう》される一同を笑いながらの食事だった。

ちなみに、この世界では海苔《のり》は高級品どころか存在しない。マルスが自作したものを使った。確か紙に似た作り方だったはずと試してみただけで、出来はイマイチである。味そのものは似たような物が作れたがやはり少し青臭いのだ。職人の技術に感服することがこの世界にやってきてからやたら多い。

「シオンさん、馴染《なじ》めそう？」

楽しそうな会話に一区切りが見えたとき、マルスはシオンに尋《たず》ねた。

ほかの面々もその会話に注目する。

「馴染めていませんか……？」

「いやいや、馴染んでると思う。本人的にはどうなのかなって思ってさ。冒険って言ってもね、こういう日常と地続きなんだよ。仲良くできないとダンジョンでも同じように喧嘩《けんか》する。ちょっとした喧嘩は全然いいんだけど、ほら、リリアとハズキちゃんなんかしょっちゅう喧嘩してるし。でも致命的な喧嘩はまずいんだ」

前回、ドワーフのルチルがリリアと大喧嘩した。

最終的には仲直りできたものの、修復不可能なまま終わることが多いのが現実だ。

例えば人魚には天敵はいないか？

エルフや獣人《じゅうじん》、人間に恨《うら》みはないか？

そういった不安要素を今の段階で把握しておきたい。

即ダンジョンに潜らず、こうして遊びの日を入れたのはそういった意味を含めての判断だ。

海底都市を救うのは構わないが、人間関係がこじれるのであればやはり世界樹を優先する。

冷酷に思われても自分たちの利益と安全を守るためにはそうすべきなのだ。

残念ながら、救いたいものには優先順位がある。

今の段階ではシオンのために命を懸《か》ける理由はあまりない。

それでも行くなら利益を越える情が必要なのだ。

「ネムはシオンにゃん好きだけどにゃ？　一緒にいたらいつでも魚を食べられそうにゃ。それにネムは先輩だからにゃー！　後輩は好きにゃ！」

「私も特に嫌ではありませんね。エルフと確執《かくしつ》があるわけでもありませんし。強《し》いて言うなら、私の足がもう一対《いっつい》あることに違和感があるくらいでしょうか。ただそれも実害があるわけではありません」

「わたしもですっ！　おっぱい触らせてくれたらもっと好きですっ！」

ハズキらしい発言に皆が呆《あき》れた顔をする。

まだ濡《ぬ》れたままで頭にはバスタオルを被《かぶ》っているのに、テンションはいつも通りだ。

「胸くらいなら構いませんけど……？　女性が女性の身体《からだ》に興味があるのですか？」

「えっ！　いいんですかっ⁉　じゃ、じゃあ後でお願いしますっ！　おっぱいは性別にかかわらず憧《あこが》れだと思いますよっ！　特にない人にとっては！」

少しわかってしまう自分がマルスは悲しかった。

毎日触っているに等しいのに未《いま》だみんなの胸に視線を向けてしまうし、触りたいと思ってしまう。

エロは抜きにしても触っていたい感触なのだ。

「皆さんありがとうございます……！」

——嫌われるようなことをしていないから、当然の結果ではあるか。

何についても興味深そうにしているのも、教えたがりの心を刺激する。

実際みんなシオンに聞かれるがまま気分よく色々教えていた。

まさに可愛い後輩といった立ち位置なのである。

今回はダンジョンにだけ専念すれば良さそうだなとマルスは楽観的に思った。

メンバーの精神的な問題のほうがダンジョンより難しいといつの間にか思い込んでいたのだ。

ちょっとしたミスであっさり死んでしまう極地である認識が薄れていた。

ダンジョンは綱渡《つなわた》りに似ている。

一切先の見えない渓谷《けいこく》の間を繋《つな》ぐ綱渡りだ。

闇《やみ》の中、これで合っているのかどうか頭を悩ませ続け、足を踏み外さないように慎重に進み、ようやく一歩前に進める場所だ。

しかも、進んだ先が正解かは最後までわからない。

一本道だと思った綱渡りが蜘蛛《くも》の巣状に張り巡《めぐ》らされているかもしれないし、最後まで繋がっているのかさえわからない。

正解がわからないからこそ、できる範囲での最善手を選び、悪手《あくしゆ》を避けていく。

ダンジョン攻略という点から言えばマルスは今までそうしてきた。

しかし、今回は緩《ゆる》んでいた。

全ての計画の要《かなめ》に「十全な自分」が必要であることを失念《しつねん》していた。

第10話

翌日は料理の作り置きに専念した。

さらに翌朝、さすがに十分な休息をとった一同は潜水艦に乗り込んだ。

昨晩はハズキでさえ禁欲したほどだ。

目的地は海底都市クリティアス。到着時間は不明。場合によってはしばらく船の中で過ごすことになる。

今回の道中、一番キツイのは【夢幻《むげん》の宝物庫】で寝起きできないことだ。

【夢幻の宝物庫】は出入りが同じ座標に限定されるからである。

船は進むし、止めていても海流に流される以上、次に出てきたとき深海なんていう悲惨《ひさん》な事態も起こり得る。

幸い物資の取り出し程度はできるのでまだマシだ。

料理も全員で作り置きを山ほど作っておいたし、食材も一年分以上は余裕である。

「緊張するな……」

「ほ、本当にこれで海の中に行けるのですかね……水圧でぐしゃっとなったりしませんよね

「……？」

「い、一応そのための魔法が込められてるらしいぞ。推進力《すいしんりょく》だけじゃなくて」

「ダンジョンに入る前が一番緊張します。今回は特に」

ごくりと喉《のど》を鳴らし、リリアは潜水艦の内壁をぺたぺた触る。

強度が不安なのだろう。マルスも同じことを何度かしたのでわかる。

運転は前世では運転免許を持っていたマルスが行うことにした。

アクセルとブレーキしかなく、舵《かじ》はハンドル操作で動く簡単な機械だ。

車との違いで大きいのは上下の動きがあること。これればかりは感覚で掴《つか》んでいくしかない。

ブルルン、とエンジンが稼働《かどう》し始めた音がする。

推進力は魔法なのでクリーンな乗り物だ。

「シオンさん、方向の指示は頼むよ」

「はい！」

「楽しそうだね？」

「あ、その……不謹慎《ふきんしん》で申し訳ありません」

わくわくした顔でシオンは運転席の周りをうろついていた。

咎《とが》められたと思ったのか、急に表情を曇《くも》らせる。

「いやいや、それでいいよ。冒険を楽しもう！」

「そうにゃそうにゃ！　暗くなっても何も変わらないにゃ！　お菓子食べるにゃ？」

「ですすっ！　こっち来てだらだらしましょっ！」

後部座席のほうにいるハズキとネムが楽しげな声でシオンを呼ぶ。

潜水艦の後方はパーティ会場さながらにお菓子がたくさん広げられていた。

ここで寝起きすることになるため、必要ない座席は取り外し、そこに布団《ふとん》を敷いている。

ハズキとネムは布団の上を占有地として定めたらしく、すでに寝間着《ねまき》に着替えてだらけきっていた。

ネムはマルスのTシャツを着て下はパンツだけ、ハズキはベビードール姿だ。

「貴方《あなた》たち、下手をすればこれから死ぬという自覚はないのですか⁉　しかも水死ですよ⁉」

「だーいじょうぶにゃ！　ルチルにゃんがちゃんと直したって言ってたにゃ！　なら平気にゃ！」

リリアは「思考停止だ」とでも言いたげな顔でマルスを見る。

たしなめる気はマルスにはなかった。

運転はマルスが行う以上、残りのメンバーは特に仕事がないからだ。

あえて言うなら乗っていること自体が仕事なわけで、中で何をしていようと何も問題ない。

退屈でイライラされるくらいなら遊ばせている方がマシである。

「まぁドワーフたちを信じるしかないからな。リリアもパジャマパーティに参加してくるといいよ。運転は俺だけで大丈夫だから。ただ、揺れる可能性が高いから気をつけてね。箸《はし》が喉に刺さったりするかもしれない」

ちらっと横のシオンを見やるとハズキたちのほうを羨《うらや》ましげな顔で見ていた。見慣れた海の中をナビゲートするよりパーティに参加したいのだろう。

「シオンさんも行っておいで。だいたいの方角教えてくれればいいから」

「ご主人様は少々甘すぎます！　ネムたちのあの様子、とてもダンジョンに向かう冒険者の姿ではありませんよ!?」

確かにね、と同意しつつ、それでもマルスは咎めない。

リリアの言うことは正論だが、今その正論にさほど意味がないからだ。

「ネムちゃんの言うことはある意味真理だよ。暗い顔して真面目《まじめ》に緊張してればいいってもんじゃない。ダンジョンで切り替えさえしてくれればいいいんだ」

気負うことに大した意味はない。

気負ったからといって、素人《しろうと》がヘビー級のボクサーには勝てないように。

結局はそれまでに積み上げてきたものが全《すべ》て。

挑《いど》む段階で平常に振る舞えるなら、その前に気を緩《ゆる》めていようといまいと結果はあまり変わらないのだ。

何より、彼女たちにはダンジョンに挑む切迫した事情はない。

リリアが好きだから一緒にいたい、が理由であって、それ以外の目的は金銭や魔法など副次的なものばかり。それも今更《いまさら》わざわざ欲しがるようなものではないのだ。金銭だけならもう全員人生十回は遊んで暮らせるほど持っている。

楽しくないのならやる気も一気に下がるだろう。

リリアも似たような結論に行き着いたのか、少しむっとしていたが継ぐべき言葉はなかったらしく、そのまま黙った。

すると後ろからハズキが近づいてきて、リリアの口にチョコレートを入れる。

リリアの大好物だ。

「甘いでしょっ！　甘いは最高ですっ！　もっと自分に甘く生きましょっ！」

「ん……甘さの種類が違うでしょう。美味《おい》しいですけれど」

口の中でチョコを転がしながら、リリアは諦《あきら》めたように後部座席のほうに行く。

そして自分の【夢幻の宝物庫】の中へ腕を入れ、とても洒落《しゃれ》た装飾のついた小箱を取り出した。

「リリアさん、それはまさか……！」

「そう、私が唯一《ゆいいつ》お金を惜《お》しまない高級チョコレートです！　この一粒で人間の庶民《しょみん》一家が一週間過ごせる金額なのですよ！」

リリアはうっとりした顔で宝石でもつまむようにチョコを持ち上げて皆に見せていた。

マルスはダンジョン攻略の報酬《ほうしゅう》を分配している。

生活費や物資の経費は当然別に取っているが、それでも各々《おのおの》お小遣《こづか》いが一億円単位だったりする。

おおかたの使い道は本やお菓子類だ。

娯楽《ごらく》と甘味はこの世界では貴重だし代わりが利《き》かない。

リリアは一同の中ではかなりの吝嗇家《りんしょくか》――つまりケチなのだが、唯一チョコレートにだけは財布《さいふ》のひもを緩めがち。

普段は本当に必要なのか迷い、吟味《ぎんみ》に吟味を重ねて結局買わないタイプだった。

料理の時もきっちり分量を量って作る理系タイプ。

しかし本当に理系のハズキは大ざっぱで適当な料理をする。

対してリリアが求めるのは至高《しこう》、究極の逸品《いっぴん》である。

材料から何から一切妥協《だきょう》なく、さらには包装まで妥協しないほどの究極だ。

交易都市で様々な商人をあたり、たくさんの時間と金をかけてようやく完成した。

マルスも交渉《こうしょう》に難儀《なんぎ》したものだ。

取り出したチョコはそんな代物《しろもの》で、リリアが寝る前に眺《なが》めていたりもする宝物だ。

特別な日に食べるのだと聞いていたが、どうやら今食べてしまうらしい。

マルスがみんなを咎めない最大の理由に気づいたからだ。

定義は人によるが、みんなが生きて笑っている、そんな日だって、特別なのだ。

ダンジョンで何か失敗すれば、もう二度とこんな日は訪れないのだから――。

「先がどうなるかわかりません。取っておいて食べずに終わるかもしれません。それはもったいないので、貴方《あなた》たちにも振る舞って差し上げましょう。――一人一つまでですからね！」

リリアは少し照《て》れくさそうに、でもそれを悟《さと》られないよう気丈《きじょう》に振る舞った。

ハズキやネムが涎《よだれ》を垂《た》らして亡者《もうじゃ》のようにチョコに群がる。

つまみ食いをすれば本気で怒られるのがわかっていたし、これに限っては管理も自身の宝物庫に隠しているという徹底ぶりだったため、仲間内でもこのチョコは伝説になっていた。

現物を見たことがあるのはマルスだけ。

「ほら、シオン。貴方にも分けてあげます。――一緒に楽しみましょう。確かに、今を最大限楽しむべきですから。これは本当に宝物なのでじっくり味わってくださいね！」

リリアはまず先にマルスのほうへやってきて、運転席のマルスの口にチョコを放り込む。

「うまっ！　ちょっと大人向けの味だな！　さすがはこだわりの味って感じだ。濃厚っていうか……こういうのはやっぱり俺じゃ作れない。簡単なようで難しいんだよな。温度とか」

「さすがご主人様。やはり作る側にいると違いがわかりますね！」

食べたのはビターチョコだ。普段マルスが作るのは甘いミルクチョコばかりなので新鮮な味だった。

これならば現代日本でも余裕で通じると断言できる。

こだわりが褒《ほ》められたリリアはご機嫌な表情で後ろに向かう。

「思ってたのと違う味にゃ……苦いにゃ！　これは優勝じゃなくて……三位にゃ！」

「ネム、貴方には二度とあげませんから！」

この味がわからないとは……とリリアは憤慨《ふんがい》する。

逆にハズキは絶賛だ。

シオンにも与えると、無言のまま涙を流し始めた。

「ど、どうしたんですっ？　お腹《なか》痛いんですかっ？」

おろおろとするハズキに、シオンは首を横に振った。

「な、仲間と同じ扱いをされたのが嬉《うれ》しくて……」

「仲間なんだから当たり前じゃないかにゃ？」

「ネムにだってわかるでしょう。真っ当な扱いをされる嬉しさは」

ぽんぽんと背中を叩《たた》き、リリアはシオンを布団の上に誘導する。

誰かに大切に扱われたいのは種族なんて関係なく共通の感情だ。

帰ってこない旦那《だんな》をずっと待つというのはどんな寂《さび》しさなんだろう。

想像するだけでゾッとする。

毎日毎日食事を作り続け、それなのに百年も帰ってこなかったのだから。一度しか会ってくれてないのだから。

――生まれて初めて思った。これこそ寝取るべき状況じゃないか。

いや、言葉にしてみると意味がわからないけど。

少なくとも引き離すのは間違いではない気がする。もう離れてるも同然だが。

一人増えても生活に困ったりはしない。

「――村でも作るかな」

ぼそっと声が出た。

子供ができて人数が増えて……となると、どこかに拠点《きょてん》は欲しい。
差別対象者の異種族を集めて建設するのもいいだろう。
世界樹の森の一部を買い取れたらそうしようとマルスは決めた。
「よし、じゃあ潜るぞ。みんなしばらく摑まってるように。揺れるかもしれない」
壁にはちょうどいい取っ手がいくつかついている。
必要のない物がついているはずがないので、きっと揺れるはずだ。
宣言してマルスはアクセルを踏み込んだ。
ガタガタと不安になる音がし、潜水艦はゆっくりと海の中に沈んでいく。

第11話

「すっご、すっごっ！　海の中ですよっ⁉」

「……怖いにゃ。これ水の中なのにゃ……？」

みんな、潜水艦の窓から外を見る。

景色が真っ青になると同時に現実的な恐怖が襲《おそ》う。

感覚派のネムは潜ってからようやく事態を理解したようだった。

「綺麗《きれい》……」

「ふふふ、皆さんの反応を見ていると面白《おもしろ》いです」

シオンが窓を見る一同を眺《なが》めくすくす笑う。

「わたくしの生まれ育ったところの景色です。綺麗と言ってもらえるとなんだか嬉《うれ》しいですね」

「すっごい綺麗ですっ！　人魚になった気分っ！」

「変な感じするにゃ……！　耳が詰まった感じにゃ！」

にゃーにゃーと騒いでネムは耳を気にする。

気圧の変化で耳鳴りが起きているのだろうと思われた。

海の中は幻想的だった。

澄《す》んだ水は遠くの景色まではっきり見え、色とりどりの魚が舞い、極彩色《ごくさいしき》のサンゴが辺《あた》りを綺麗に染めていた。

まだ深さは十メートルに満たないが今のところ航海は順調だ。

どうやらドワーフたちの腕は確かだったらしい。

潜水艦は現代技術でも造《つく》るのは難しいと知っているため、実はマルスは誰より不安だった。

強行したのはそれしかなかったからである。

この世界では魔法が文化を進めているため、局所的なところでは現代の機械文明を遙《はる》かに凌駕《りようが》している分野もある。そこに賭《か》けた。

――一安心だ。これでぐしゃっと潰《つぶ》れたら謝っても謝りきれん。まぁ深海はわからないけども……。

誰にもわからないよう一息ついて、マルスは背もたれに強張《こわば》った身体《からだ》を預ける。

一気に力が抜けた途端《とたん》、空腹感に襲われた。

みんなのほうを見ると、まだ窓の外の景色に夢中になっていた。

「ちょっと悪いんだけど、お菓子を少し分けてくれないかな？」

聞いてみるも反応はない。

ネムはまだ耳の不調に戸惑《とまど》っており、リリアとハズキは外の景色で頭がいっぱいのようだ。

するとシオンがマルスの声を聞きつけ、みんなが広げていたお菓子の中からクッキーを持ってくる。

そして運転席の彼の隣に座った。

「はい。あーん。ちゃんと噛《か》んで飲み込んでくださいね」

「あ、ありがとう」

――なんだろう、母親っぽい空気だな。

幼児に戻ったような気分だ。

何が嬉しいのか、シオンは嬉しそうにマルスの口にクッキーを断続的に入れてくれる。

恋人同士のやり取りというよりはやはり母親と幼子のそれだった。

奉仕《ほうし》するのではなく甘やかしてくれるような感じなのだ。

シオンはリリアの持つ中ではおとなしめのセーターのようなものを着ていた。

だがボディラインは起伏《きふく》に富んでいて、服を着ていても胸の大きさはよくわかる。

――旦那《だんな》さんはよく手を出さなかったものだな。

人魚と人間では審美眼《しんびがん》が違うのかも。

人間同士でさえ、地域や人種、時代で好みは違う。前世の日本だって平安《へいあん》時代と今ではだいぶ価値観が違うように。

まぁどんな基準でも美人じゃないってことはないと思うけど、とマルスは首を傾《かし》げた。

「あ、そこの海流……と言っても見えませんよね。その海流に乗れば何をせずとも深海に引き込まれますよ。海底都市へは近道です。丸一日もすれば抜けると思いますので、そこからは詳細《しょうさい》に指示いたします」

「了解。右上ね……海流を読むなんてできないから助かるよ。このまま到着するまで運転しなくてはいけないと思ってたしね」

「海の中はいくつも複雑に海流がありますから。それらを乗り継いでいけば楽ができるのですよ」

知ってはいても体感するのは初めてだ。

種族のアドバンテージは努力で埋められるものではないなとマルスは感嘆《かんたん》した。

◇

しばらく様子を見ていたが問題なさそうだったので、海流任せにし、マルスもパジャマパーティに参加することにした。

三人分の布団《ふとん》スペースしかないから五人が座ると少し狭い。

いつの間にかリリアも寝間着《ねまき》に着替えていた。

「みんな、そろそろお腹空《なかす》かないか？　時間的には夕飯なんだけどさ」

「私は少々お菓子を食べすぎてしまったようで……あまり」

「わたしはいつも空腹ですっ！」

「ネムもあんまりだにゃあ」

見た限りでは結構な量のお菓子が消費されている。

何もかも無尽蔵《むじんぞう》なハズキ以外はそれほど空腹は感じていないようだ。

シオンも同様で、マルスは作り置きの料理をハズキとともに食べる。

「それにしてもやることないな。場所がないから遊んだりもできない」

「ここだとお風呂にも入れませんしね……明日以降に備えて今日は早く眠ってしまってもいいかもしれません。潜水艦の行き先も気になりますから、時々起きて確認しましょう」

そうだなと返答し、パーティの後片付けに入る。

全員気だるげだ。布団の上でだらけていると全《すべ》てのやる気が消えてしまうんだよなとマルスは昔を思い出した。

「ネムちゃん寝るの早い！」

片付けが終わりに差しかかる頃、ネムはすでに寝ていた。

電池が切れるように、急に眠ってしまうのがネムだ。


「狭い……」

いつもは巨大ベッドで寝ている身としてはとても狭苦しい寝床《ねどこ》だった。

「に、匂《にお》ったりしていませんよね？　今日はお風呂に入れていませんから……」

「全然匂わないよ。いつもの甘い匂いだ」

隣のリリアは顔を赤くして必死にマルスと距離を取ろうとしていた。

マルスが真ん中で、隣はリリアとシオン。

寝相《ねぞう》が悪いハズキとすでに眠っていたネムは端っこに配置されていた。

両隣との隙間《すきま》はほとんどなく、密着していると言ってもいいくらいだ。

ちょっと暑苦しいが、外が海なのもあって気温が低く、布団を被《かぶ》らないと寒い。

布団を被れば暑いし被らなければ寒いというどうしようもなさがあった。

——シオンさんの身体が冷たいのが、今はありがたい。

ひんやりとした冷たさを左腕に感じる。

右腕にリリアの温かさがあるから、余計にそれが強調されていた。

「なんだか楽しいです。皆さんからすればいつものことかもしれませんが、誰かと何かするのって充実感がありますね」

「これからいくらでも体験できるよ。その前にダンジョン攻略しないといけないけどね……海神ってどんな魔物なんだ？」

「水を操《あやつ》ると言われています。もちろん海も例外でなく。わたくしたち人魚も同じようなことができますが、おそらくわたくしたちの比ではないでしょう。海神がいた頃の海は、人魚でさえ生きていくのが難しい環境だったそうですから」

「形とかはわかる？」

残念ながら、とシオンは首を横に振る。

「私の電撃の魔法が役立ちそうですね。まぁ、生物全般に有用な能力ではありますが」

得意げな顔でリリアは言う。

マルスの通り名である『雷鳴《らいめい》』に憧《あこが》れてリリアが【禁忌《きんき》の魔本】から習得した魔法だ。

弓術《きゅうじゅつ》と合わせて使い、レールガンのように超加速して放つ。

当たれば大ダメージ、外しても電撃のダメージをある程度与えることが期待できる強力な技《わざ》である。

その分扱いは難しいのだが、そこはリリアが頭をフル回転させることで解決していた。

「場所が場所だけに乱発はできなさそうだ。俺たちまで巻き込まれちゃいそう」

「気をつけます」

言わなくてもわかっているだろうが言っておく。

「皆さんはいくつもダンジョンを攻略しているのですか?」

「俺が四つかな。お察しの通り、七大ダンジョンと呼ばれるダンジョンも二つ踏破《とうは》してる。

——だから、もしかすると人魚たちの仇《かたき》かもしれない。言い訳ってわけじゃないけど、ダンジョンが連動してるかもなんて考えもしなかったんだ」

「謝らずとも。ほかの種族に干渉《かんしょう》しないと決めた以上、自分たちで解決できないのが悪い。嫌なら最初から他所《よそ》と仲良くしておけばよかったのです。助けてくれと言える環境を整えるべきだった」

シオンの語気は少し強かった。

ドライな考え方だ。とはいえ、もっともな意見である。解決できないとわかっているなら、あらかじめ対処すべきなのだから。

リリアも静かに頷《うなず》いた。

一族を失った彼女はきっと誰よりもシオンの言葉に納得できる。

ほかの種族に助けてくださいと言えたなら、何もかも変わっていたかもしれなかった。

「俺は万能《ばんのう》じゃない。だけど、できる範囲で助けるよ。そしてさ、できるなら旦那さんにちゃんと別れを告げてほしい。やっぱりそういうケジメはきっちりしてくれると助かる。罪悪感を持って一緒にってのはちょっとだけ嫌なんだ。ハズキちゃんも前に付き合ってたやつがいたんだけど、ちゃんと本人に言ってもらったから」

「もちろん。——マルス様たちに出会ってから、わたくしが如何《いか》にぞんざいに扱われていたのか改めて自覚しました。誰かと一緒に食事したのさえ、もう百年以上も前の話ですもの。マルス様さえよければ、わたくしも妻に迎えてもらえると」

「えっ、妻⁉　いや、いずれはと思ってはいたけどこんな簡単に⁉」

急すぎる、とマルスは声を上ずら《うわ》せた。

「その……恥《は》ずかしながら、わたくしも交尾《こうび》してみたく。七百年以上も生きているのに、未《いま》だ一度も交尾したことがないというのは、やはり生き物として問題があるのではと思いまして。ただでさえ数が多いわけでもないのに、種を繋《つな》ぐことができていません」

「あ、ああ……で、でもあれだよ？　俺たちが普段してるのはどっちかっていうと気持ちいいからしてるだけで、子作りのためってわけではないんだ」

「気持ちいい……ものなのですか？　ただ子種《こだね》をもらうための行為だと思っておりました」

——本来はそういうものなんだろう。でも人間のそれは快楽があるから行い、結果子供ができるのだ。理性を本能で塗りつぶして、ただ気持ちいいからするのだ。

ん、人魚ってそもそも人間と同じ哺乳類《ほにゆうるい》なのか？

胸は大きいし、本来授乳のための器官なのだから、母乳で子育てするとは思うのだが……。

そのときに聞けばいいかとマルスは尋《たず》ねないことにした。

あまりに人間と違った場合ちょっと気まずい。

「ご主人様との交尾は気持ちいいですよ。人間の領域を遙かに超えた性器をお持ちですし、身体《からだ》だけでなく精神まで満たしてくれますから」

「精神まで……!?」

「ちょっとハードル上げすぎだ！　意外と大したことないと思われたら恥ずかしいだろ！」

「大丈夫ですよ。誰だって夢中になります。交尾する生き物なら絶対に」

なぜか自信満々のリリアの発言に困りながら隣のシオンを見る。

薄暗い中でもわかるくらい興味津々《しんしん》な顔だった。

右隣のリリアからも淫靡《いんび》な空気が流れ始めていた。

こうなるとおっぱじめてしまうのが常《つね》だ。

オスに生まれた以上どうしたってセックスはしたい。

どうしても物理的に衝動が溜《た》まっていくからだ。
この衝動はオスでなければわからないだろう。
実際二日開いているから煮えたぎるものがパンパンに詰まっている。
だが、今ではない。
こんな狭苦しいところだし、しかも現在は風呂すら入れない状況だ。
潜水艦にはトイレはあるが風呂はない。
さらに明日はダンジョンに踏み込むのだから休息は取れるだけ取るべき。
むくむくと膨《ふく》らみ始める分身を鎮《しず》めつつ、マルスは目を閉じて言う。
彼女たちを見ているとムラムラが抑えられなくなる確信があった。
「きょ、今日はもう寝よう！　みんなも起きちゃうからな！」
普段ならまだ起きている時間だから眠気は薄い。
だがここでやりだしたらみんなが起きて朝まで続く公算が高い。
そうなると足腰にダメージが残るし、特有の倦怠感《けんたいかん》も残る。
天国のような地獄だなと思いながら、マルスたちは眠りにつくため尽力した。

第12話

「これが海底都市……きっと元は綺麗《きれい》だったんだろうな」

翌日の昼頃、マルスたちは深海にある海底都市にたどり着いた。

サンゴ礁《しょう》に囲まれた天然の要塞《ようさい》だ。

色とりどりのサンゴが光り輝いている。

光届かぬ深海だというのに明るい。だから見つけるのは容易だった。

「ボロボロになっちゃってますね……」

「普通の魚も全然いないにゃ……」

——死の海か。

そんな言葉を連想してしまうくらい海底都市は荒れ切っていた。

住居にしていたであろう場所は破壊され、至《いた》る所にガレキのようにサンゴが散らばっている。

一昔前どころか数世代前の地上にあった物もボロボロになって散らばっていた。

そして魔物がたくさんいた。人魚は一体もいない。

見たこともない種類が多く、腕の生《は》えた魚型だったり気味悪いものばかりだった。

地上のものとは全く方向の違う進化を遂《と》げた深海魚たちである。

「――早く行こう。この艦の中では魔物と戦えない。艦を攻撃されて壊されればそこで終わりだ」

「はい。ダンジョンはあの壊れた門の向こうです」

「みんな、気を引き締めて。ここより先は死地だ。何が起こるか何がいるかもわからない。

――今晩の夕食はネムちゃんのリクエストとハズキちゃんのリクエストだ。絶対みんなで楽しく食べよう」

ほんの少し先の約束があれば前を向ける。

小さな、他人から見ればどうでもいい約束で構わない。

◇

壊れた門を抜け、細い通路のような海底洞窟《どうくつ》を進む。

洞窟は狭く、大型の魔物は通れそうにない。外にいた大きい魔物は入ってこれないだろう。

どんどん下に潜っていくような構造でほぼ一直線だ。

「不気味……ですね。どこに、どこまで続いているのかわかりませんし、いつ魔物に遭遇《そうぐう》するかしれませんし……」

「ああ。一刻も早く艦を降りたい。どこか降りられる場所があればいいんだけど……」

緊張しながらの運転だ。

一応シオンが空気を作る魔法を使えるが、足場がなければ魔物に襲撃《しゅうげき》されマルスたちは艦ともども海の藻屑《もくず》と化す。場合によっては艦ごと食われてしまう可能性すらある。

予想とは打って変わって、ダンジョン内だというのに魔物はいない。それどころか生き物の気配すらない。海藻《かいそう》類すらもなく、ただただ岩肌《いわはだ》があるだけだった。

やがて下りが終わり、今度はどんどん上に向かう。

「……ちょっと明るくなってきてません っ？」

「なってきてるな。何が起こるかわからない。シオンさん、いざってときは頼むよ。みんなを守ってやってくれ」

こくんと頷《うなず》いたのを確認し、マルスはアクセルを強く踏み込む。何か待ち構えているのだとしたら先手を打ちたいと思った。

だが待ち構えていたのは魔物ではなかった。

「陸地……!?」

じゃぽんと音を立て艦が浮き上がる。

目の前にあったのは陸、それも平地だった。

しかもしっかりと整地され、床はこれまでの洞窟の岩と異なりタイル貼《ば》りだ。

左右にたいまつが焚《た》かれていて明るい。先に入った人魚たちが設置したものだろうと思われた。

火が燃えている以上空気はあるようだ。

「なんだろう……神殿？　っぽいところですねっ」

「白くてキレイな場所にゃ。ピカピカしてるしにゃ」

「わたくしもこんな場所だと初めて知りました……」

一足先に艦を降りたマルスは足場に不安がないか、恐る恐る確認する。

あまりに人工物然としすぎていて逆に怖いのだ。

マルスの記憶から適切な表現を探すなら高級ホテルのエントランスや小綺麗な病院のロビー。

リノリウムの床が揺らめく火を反射して輝いていた。

人魚たちの都市はここまできっちりとした建設技術で整備されていなかった。

自然物を組み合わせて作っているだけで、このようにタイルを貼って整えるようなスタイルではなかったのだ。

——このダンジョンを作ったのは人魚ではない。

いや、前からわかっていた。七大ダンジョンは明らかに誰かの意志によって作られた人工物だ。そしてこの時代、この世界の技術ではない。

世界が変わってしまったような違和感。というか、世界が重なったような感覚を覚える。

マルスは内心ざわついたものを感じていた。

正体はわからない。だが何かある予感がする。

「なんにせよ、空気があって床があるというのは安心しますね。小綺麗で助かりました。洗濯できても服が汚れるのは好ましくありませんから」

「ですねぇっ……めっちゃオシャレな場所じゃないです？　こういう白い壁の家に住みたいなって昔から思ってましたっ」

「ネムはちょっとここ嫌にゃ。音が響いて耳が変にゃ。いつもの魔法、ここじゃあんまり使えないかもにゃあ」

三人は平常時とあまり変わらないテンションで準備を整える。

こういうときは女のほうが度胸《どきょう》があるなとマルスは舌《した》を巻く。

思い返せば全員劇的な過去を持っているのだから、多少のことで動じるほうが変なのかもなと思い直す。

リリアは自分の【夢幻《むげん》の宝物庫】から弓を取り出し、潜水艦の中にあった携行品《けいこう》を運び出し始めた。

「皆さん物怖《ものお》じしないのですね……わたくしは出来立ての足が勝手に震えていますのに」

「俺もだよ。入る瞬間は緊張する。きっといつまでも慣れはしないんだろうな」

自分もだと同意してシオンの緊張を緩和《かんわ》させる。

するとリリアがやってきて、自分は別に肝《きも》が据《す》わっているわけではないという説明を始める。

「私も緊張していますよ。感情を乱せば死にます。ですが感情を凍《こお》らせても死にます。だからこそ普段通りにと。普段がもう混沌《こんとん》としていますからね。それが一番不測《ふそく》の事態に対応できる精神状態です」

「わたしたちダンジョン扱いっ!?　ダンジョン入るくらいの心構えがないとお話しできない感

じっ⁉」

「〝たち〟じゃないにゃ！　ハズキにゃんだけにゃ！」

ダンジョンの入り口だというのに三人は騒いでいた。

「あんまり騒いじゃ駄目だよ。魔物に見つかるかもしれない」

「申し訳ありません……」

「いや、そんなしょげなくてもいいよ。というか、俺も安心できた。みんながいつも通りってのはやっぱり落ち着く」

ネムが背中に飛びついてきて、おんぶさせられる。

自分を父親に見立てているのかもとマルスは思っていた。ネムが望むボディタッチが性的なものより家族的なものが多いからだ。

「落ち着くにゃ？　いつも通りにゃ」

「く、苦しい……！　く、首締まってる」

ぱっと腕を放してネムは着地する。

緊張し強張《こわば》っていた身体《からだ》が少し軽くなっている。

これはネムなりの、マルスの緊張のほぐし方だったのだと気づいた。

みんなの命の責任が自分にあると自覚しているから、マルスがダンジョンに入るときは他の者たちよりも緊張が強い。

ただそれは思い上がりであって、実際の彼女たちはマルスが思うよりずっと強いのだと、こういう状況になって初めて思い知らされる。

微笑《ほほえ》みながらネムの頭を撫《な》でて、耳の付け根をほぐしてやる。

——必ずしも守ってやらなきゃならないわけじゃないんだ。

彼女たちに助けられることもたくさんある。

実際、精神面では相当助けられている。

みんながいなければきっと止まっていた。

一人だったときのままならどこかで隠居《いんきょ》していた。もしくは——。

「ありがとう」

「んにゃ？　お礼言われるようなことしたにゃ？」

ピンと来ないネムだったが、リリアは察したようでマルスに微笑んでいた。

「さて、ちゃっちゃと攻略してしまおうか！　不老不死を手に入れるために！」

大切なみんなと生きていく——。

目的は変わらない。

リリアと出会ったときに感じたあの感動を、今度こそまともに生きたいと思ったあの衝動を、なんとしてでも叶《かな》えるのだ。

この人を幸せにしたいと思ったあの感覚を嘘《うそ》にしないために、今日も明日も歩いていく。

全《すべ》ての生き物はきっと、そんな誰かに出会うために生まれたのだから。

第13話

「思っていたよりも楽ではないか。海神も程度が知れる」

　人魚、ゲオルグ・ヴァスティは三又《みつまた》の槍《やり》を魔物に突き刺し、返り血を受けながら真顔《まがお》で言った。

　シオンの夫である人魚だ。

　彼らはマルスたちが到着するよりだいぶ前にダンジョンに潜入し、先に進んでいた。

　彼らもまた足を生《は》やしていたが、その足は人間のものではなく、瞬発力に優《すぐ》れた獣《けもの》のものだ。

「戦士ゲオルグよ、本当にいいのか？」

「いいとは？　何の話だ？」

「お主には嫁がいるのであろう。家族がいるのであれば、街に残ってその者を守るべきではないのか？」

　同じく戦士の男が聞くと、ゲオルグは苦い顔で魔物を討《う》ち捨てた。

「我《われ》はあの女の眼《め》を好かぬ。何もかも見透かしたようなあの眼が気に入らぬ」

「ならなぜ結婚など……」

「結婚しろと皆が言うからだ。独身だと舐《な》められる。別に誰でもよかったのだ」

質問した自分が間違いだった、ともう一人の人魚が苦笑いする。

「生死の確認もしていないのか？」

「しておらぬ。意義がない」

――自分以外どうでもいいではないか。

なぜ守ってやらねばならないのか。

うっとうしい。

守られるような生き物は生きている価値がない。

自分の命さえ守れない生き物は死んでしまえばいい。

なぜ皆、家族など気にするのか。

「とにかく、あの女が生きていようが死んでいようがどうでもよいこと。それに、死別ならば都合が良いではないか。養う必要もないし、既婚者だったという口実も手に入る。ならば死んでいたほうが都合がいい」

「……お主には戦い以外に大事なものはないのか」

「ない。一個の命として精魂尽き果てるまで戦えれば本望《ほんもう》」

ゲオルグの興味は戦いにしかなかった。

生物として強く生きられればそれでいい。次代などどうでもいい。

今が良ければ、自分が良ければ満足だ。

「妻の名はなんという？　もしお主が死んだとき、知らせたい相手がいるなら報告する決まりだ」

「はて……なんという名だったか。覚えておらぬ」

仲間もさすがに引いてしまう。

だが、ゲオルグはそれにも気づかなかった。

シオンのことなど心底《しんそこ》どうでもいい。

死んでいるならそのほうがいい。

名前も顔も覚えていない女など――。

「より強き者と戦いたい。我の望みはそれだけだ。そしてその者を屠《ほふ》り、我が最強だと証明する」

戦いの中で死ねれば満足だ。

もっとも、ゲオルグは自分が死ぬなどと考えたことはない。

長寿だから死は縁遠《えんどお》いものだ。

いつまでも理想の追求は続くと思っていた。

それで自分の人生に不利益はないと思っていた。

第14話

ダンジョンの入り口で【夢幻《むげん》の宝物庫】を開き、みんなで中に入る。

潜水艦という密閉空間にいた疲れとストレス、風呂や着替えなどもあるため、今日はもう休もうと決まった。

時刻も夕方だ。ダンジョン攻略は昼間だけ行うと決めている。

「明日から本格的な進行だ。手荷物をまとめ直そう」

ソファの上でマルスは一同に持っていくリストを見せた。

物資の大半は【夢幻の宝物庫】に入れておくが、それでもダンジョン内で頻度《ひんど》高く使う物についてはリュックなどに詰めて持っていく。

持って歩くだけでかなり疲れるので、ピックアップは重要だ。

とはいえ大きな荷物を持つのはマルスだけで、次いで矢筒《やづつ》があるリリア、そして携行《けいこう》食料——つまりお菓子などを持つハズキが続く。

ネムのリュックはサメの形をした小さなもので、荷物を運ぶには適していない。

武器は肉体だし、技《わざ》に使う物も特にないため荷物はいらないのだ。むしろ軽いことが最重要である。実際リュックすらいらない。ただ魚というものの形状が好きなだけだった。リュックも抱き枕《まくら》もサメモチーフだ。

「シオンさんは武器はいらないの？」

「わたくしは魔法を使い慣れているので、特には。不安な点としてはやはり足で歩くことに不慣れなことでしょうか。文字通り足手まといにならないよう頑張ります！」

「疲れたら休めばいいんだよ。たぶん、今この中で一番体力が低いのはシオンさんだ。だからシオンさんに合わせて進行する。無理せず言ってね」

いつもはリリアに合わせるが、今回は足を生《は》やしたてのシオンだろう。

それにリリアは無理と我慢《がまん》をしがちなので、ほかにペースメーカーがいるほうが安心できた。

「リリア、シオンさんにダンジョン用の服を貸してやってくれるか？　なるべく露出《ろしゅつ》ないやつ」

「はい。シオン、こちらへ」

二人がリリアの部屋へ向かうのを見送って、ハズキたちの荷物をチェックする。

と言ってもハズキは杖《つえ》さえあれば魔法が使えるのでこちらも必要な物は少ない。

「気張ってみたけど、俺たち自身の準備って実はあんまりないよな。ぶっちゃけ武器を使う俺くらいじゃないか、準備いるの」

「ですねぇ……わたしたちは着替えとお風呂道具くらい？　あとは……」

近寄ってきたハズキはマルスの股間《こかん》にその手を乗せる。

顔つきは先ほどまでの少女のものから色を知る女の顔へ。

二日の禁欲でもハズキの性欲はピークにあった。

「スッキリしないと冒険に集中できませんよっ」

「賛成！」

ソファの上にハズキを押し倒すと早くもスイッチの入った表情に変わっていく。

年頃の身体《からだ》は覚えたての快楽に素直だ。ただ普通にセックスするだけでも何度も絶頂してしまうくらい敏感だ。

潜水艦の中にいたため一日風呂に入れていないせいか、甘い体臭に混じり薄《うつす》ら汗《あせ》の匂《にお》いがする。

無性《むしょう》にムラムラする匂いで興奮《こうふん》した。

パンツの中で分身が赤黒く膨《ふく》らんでいるのがわかる。二日ぶりの出番にいきり立っていた。

「――って！　今そんなことしてる場合じゃなかった！」

「ええええっ、しないんですかぁっ⁉」

ガバッと起き上がり周囲を確認する。

後ろには鬼の形相《ぎょうそう》のリリアが立っていた。

「シオンに服を貸しましたよ！　さぁさぁ！　お風呂と食事の準備をしますよ！　――マルス、後で話があります！」

「もしかして今交尾《こうび》しようとしていましたか……⁉　わたくし、地上の者の交尾を見てみたいです！」

「シオンも変なところに興味を持たないように！」

小さくなってマルスはおとなしくなる。

下半身もすぐにしぼんだ。


ジト目で監視するリリアを気にしないようにして料理を作っていく。

ハズキとネム、そしてシオンは風呂だ。

隣のリリアは無言で、だがムっとした顔で野菜をちぎっていた。

宝物庫に備えられたキッチンはアイランド式で、真正面に食卓が設置されている。

「ごめん……」

「謝るようなことをしようと思ったのですか？」

「う、まぁ今じゃないのはあった」

「そうですよ、夜なら構いませんが、あの場は違います！」

シオンもいるのですから、とリリアは頬《ほお》を膨らませた。

「二日も開いてると俺が俺じゃなくなるような感覚の時があってな……簡単に言うと流されやすくなる。下半身で物を考えるというかだな……」

「実際そこまで開くこともあまりありませんものね。朝晩必ず出していましたし……仕方ありません」

横のリリアが床にしゃがみ込み、マルスのズボンに手をかける。

そして出てきた一物《いちもつ》を生まれたての子猫でも扱うように手に乗せ、玉の重みを確かめる。

溜《た》まりに溜まった精子の量が掌《てのひら》でわかるほど重く感じられた。

「え、な、何を」

「期待しているくせに。――ほかの女に目がいかないようすっきりさせてあげます」

「うおっ」

勃起《ぼっき》していないチンポをそのまま口に含み、亀頭《きとう》を転がすようにリリアは舐《な》めしゃぶる。

「き、汚いぞ。まだ風呂入れてないんだから」

「またまた。こうなるのを期待してなのか、ここだけはトイレの度《たび》にしっかり洗っていらしたでしょう」

知っていますよ、とにんまり顔で言ってからまたフェラし始めた。

口の中でむくむくと膨らみ、交尾の態勢を整えると感度が増して、舌《した》のザラザラ感が心地よくなってくる。

調理の手はすっかり止まり、少し腰が引けて自然と斜《なな》め上を向いてしまう。

キッチンとマルスの間にリリアがいるから、調理を継続しようと思うとどうしても前のめりになる。

柔らかい舌と硬《かた》い口蓋《こうがい》、ぬめりのある唾液《だえき》が絡《から》みつき、亀頭が様々な快感に襲《おそ》われる。

裏筋《うらすじ》を小刻《こきざ》みに舐められ、リリアの口の中で完全に勃起してしまった。

膣《ちつ》内とは違う種類の快感だが、これだけでしっかり射精にたどり着けるものだ。

しかしリリアはまだ本気ではない。

今は勃起させてこれからの快楽を期待させるフェイズにすぎないのだ。

悪戯《いたずら》っぽく上目遣《うわめづか》いでマルスの様子を見ながら、今度は口をすぼめ始める。

柔らかい唇《くちびる》が竿《さお》に密着し、膣口《ちつこう》同然に扱《しご》かれる。

じゅぽじゅぽと下品な音が鳴り始めると、リリアも呼応《こおう》するように両足をガニ股《また》に開き始めた。

「や、やばい、これすぐイキそう」

すぐ出てしまいそうなのが恥《は》ずかしくて、マルスはさらに腰を引く。

するとリリアはマルスの尻《しり》に両手を当てて押し戻す。

手は使わずに頭だけを前後させ、まるでセックス同然の動きで精液を搾《しぼ》り取ろうとしていた。

――だ、ダメだ、も、もう持たない……！

喉《のど》の奥へ押され、リリアの唾液が粘性《ねんせい》の高いものに変わり、亀頭に感じる快感がねっとりしたものになっていく。

絶頂が近づき、頭の中と視界が白み始めたころ、リビングに繋《つな》がる扉が勢いよく開け放たれた。

入ってきたのはいつもながら全裸《ぜんら》のネムだ。

もはや注意されたくてしているのではと思うほど毎度全裸で戻ってくる。

「ネ、ネムちゃん、身体拭《ふ》いて！　あ、やば」

「にゃ？　リリアにゃんはどこにゃ？」

きょろきょろ周りを見渡してネムはリリアを捜す。

リリアはマルスの足元で力を緩《ゆる》めずフェラを続けていた。

ある意味で膣内よりも膣内らしく、マルスを射精させることに特化した技術をリリアは持っている。この技術は一番古株《ふるかぶ》のリリアが最高だった。

「リ、リリアはそう、トイレ！　——は、激しっ、いや、そのハズキちゃん方面の意味じゃないから！　か、勘違《かんちが》いしないで」

トイレという言葉の意味を勘違いしたのか、リリアはより一層激しく動き出す。

溜まった精液が尿道に昇り始め、リリアの口内でびくびくと痙攣《けいれん》する。

まもなく射精してしまいそうだが、そんな状況でもないのに見られながらはさすがに自己嫌悪だ。

「にゃあ？　意味わかんないにゃ」

「ネム先輩！　ハズキ総帥《そうすい》が困っていますよ！　——あ、申し訳ありません、わたくしまでこんな格好《かっこう》で……」

同じく全裸でシオンもやってきた。

ぽよんぽよんと暴れまわる大きな胸に、見慣れた下半身の割れ目が目に入る。

「あっ、ごめん！」

びゅ、びゅるっ、びゅるるる！

ピンと直立し、リリアに腰を押しつけ、マルスは口内で果てる。

縦《たて》にびくびく痙攣し、ネムとシオンに射精するときの顔を見せてしまった。

膝《ひざ》がカクカク笑ってしまう。

精神的にはこの状況はまずいと理解していながら、身体は射精を最優先させる。

喉の奥にゴリゴリ押しつけ、二日ため込んだ精液の上澄《うわず》みを流し込んだ。

尿道に残った精液をちゅるちゅると吸われているのがわかる。

精液は固まったように一本に繋がり、リリアの吸引に合わせて引っ張り出される。

射精の勢いだけでなく、吸われる速度まで追加されて快感は高まった。

「ど、どうなさったのですか？」

「い、いや、あの、その」

——上手《うま》く言葉が出てこない。頭の中が真っ白だ。

射精時の男のＩＱはサボテンと大差ないらしい、と以前どこかで聞いたことがあった。

自分はまさにその状況だと白む頭で考える。

「今はダメにゃ。今日はおとなしく乾かすにゃ！　べったりしたかったけどにゃあ」

「ネム先輩？」

匂いで察したのかネムはすんすんと鼻を鳴らし、にゃあと納得した声を出してシオンの腕を引く。

どくんどくんとまだ脈動し続ける分身に呆《あき》れつつ、足元に目を向ける。

リリアは目を赤らめて献身《けんしん》的にフェラを続けていた。

マルスが落ち着いたのを見て、精子の一匹すら竿に残さないように舐《ねぶ》り、ちゅぽんと音を立て口を離す。

「けほっ、けほっ！　た、たくさん出ましたね。それにすごく濃い……」

当然のように飲んでしまうのがリリアだ。

ごくん、と大きな音がしたあと、膨らんだ口がいつもの状態に戻る。

「ご、ごめん」

「気持ちよかったですか？」

「もちろん。止まらなかったくらい」

「ならいいです。少ししか出ないとそれはそれで気になっちゃいますからね！」

ふらふらと立ち上がり、マルスの胸に額《ひたい》を当て引っついてくる。

「このあと……二人でお風呂入りましょうか」

ぽたり、と一滴水音がする。

その水源がリリアの股だというのはリリアの態度からわかった。

二人きりの時にだけする甘えた顔をしていたからだ。

シオンがいなかったならこのままキッチンで始めてしまいそうだった。

第15話

料理の下ごしらえを終え、あとは火にかけるだけというところまで用意した頃、ハズキたちが戻ってくる。

入念に身体《からだ》を洗い隅々《すみずみ》までケアしたのか、全員が一段階増しで綺麗《きれい》だ。

あとは寝るだけだから普通はそんなに気にしない。だがみんなにとってはこれからの時間が本番だ。

「では私はご主人様とお風呂に入ってきますね。料理はあと火にかけるだけですから、貴方《あなた》に任せますよ、ハズキ。——いえ、やはりネムに任せます」

「流れで言ったところで、わたしの料理を思い出してネムちゃんに投げちゃうのやめてくださいっ！」

「自覚があるなら精進《しょうじん》しなさい」

「ハズキにゃんは何でも焦《こ》がすからにゃあ」

心当たりがありすぎてハズキは唸《うな》った。

「わたくしも料理というのをしてみたいのですが！」

「シオンさんならなんとなく、料理を知らなくてもハズキよりまともなものを作りそうですね……」

悲しいことにマルスも同意しそうだった。

知っているいないにかかわらずセンスの差はあるものだ。

残念ながら、ハズキに料理のセンスはない。出来上がりは丸焦げか生焼《なま》けのどちらかである。

◇

脱衣所の扉を静かに閉め、直後リリアを押し倒す。

服の上から彼女の全身を揉《も》みしだき、互いに身体を押しつけるように抱き合って、何日も絶食させられた生き物の如《ごと》く唇《くちびる》を貪《むさぼ》り合う。

リリアは溺《おぼ》れかけた人のように必死でマルスにしがみついていた。

発情しきった荒い息は外にまで聞こえてしまいそうな音量だ。

二人して物分かりのいい身体だった。

あっという間に感情も身体も準備が整ってしまう。

マルスは種付《たねつ》けしたくてたまらなくなり、リリアはそれを受け入れたくなった。

寝そべらせたままリリアの下着に手をかけ、尻《しり》のほうから持ち上げるように脱がす。

リリアもまた腰を上げサポートしてくれた。

そして片足にパンツをひっかけたまま、勃起《ぼっき》しきったチンポを割れ目に押し当てる。

柔らかい肉が愛液と我慢汁《がまんじる》でテカり、元の形に戻ろうと反発してくる。

その割れ目に挟《はさ》み、赤く充血した小陰唇《しょういんしん》に擦《こす》りつけて、にゅるにゅると愛液まみれにし、挿入《そうにゅう》しやすくした。

「入れるぞ」

「はい、来てください♡　んっ♡」

ずぶぶ、とゆっくりリリアの中に侵入し、こもった熱と構造に感覚を集中させる。

マルスがリリアとセックスするたびに思うのが、気持ちよさとはまた違った感覚があること。

どんな体位で挿入しても非常にしっくりきて、包み込まれるような安心感があるのだ。

ふわふわと柔らかい膣《ちつ》内の感触もまたよく、コリコリとした突起《とっき》やザラついたヒダがじんわりと快感をもたらしてくる。

単純な締まり具合ならハズキのほうが強い。だが、実際に射精するまでにかかる時間はリリアとしているときのほうが圧倒的に早い。

胸に顔を埋め、抱きしめられながら腰を振る。

すぐに染《し》み出してきた汗《あせ》の匂《にお》いは甘く、理性は瞬《またた》く間に薄れていく。

身体を不自然に曲げてても、その苦しみより幸福感のほうが圧倒的に勝った。

――全身気持ちいい。そうか、全部でするから気持ちいいのか。

ハズキたちとする時よりもリリアとする時のほうが全身を使う。

その分とても疲れるが満足感は高い。

挿入してから十分前後、リリアも溜《た》まっていたのか、何度も甘イキを繰り返しているらしかった。

膣内が軽く痙攣《けいれん》しているのがわかる。

甘えるようにきゅうきゅう吸いついてくる膣肉がたまらない。

「あっ、あっ！♡　大きくてっ、硬《かた》いっ！♡　きもちいいですっ！♡」

「リ、リリア、声ちょっと大きいかも……！　外に聞こえる」

「だ、だって、か、勝手にっ！♡　は、反射ですからっ！　あっ！♡」

キスで強引に口をふさぎ、胸を揉みしだきながら腰をさらに激しく前後する。

じんじんとチンポ全体が痺《しび》れるように感じられてくると、射精は近い。

普段なら一度止めて射精感が収まるのを待って少しでも長くと思うものだが、今は食事前、そう長く楽しむ時間はない。

「ちょ、ちょっとしか期間があいていないのに、どうして私の身体はこんなに敏感に……！　ま、またイくっ……！♡」

「し、締まりがっ、俺ももうそろ限界！」

始めてからまだ十分前後しか経《た》っていないのにもう終わってしまうなど恥《は》ずかしいにもほどがあるが、回数ができるだけで基本的には早漏《そうろう》の部類だ。

この世界ではそれでも相当遅漏《ちろう》の部類に入るらしいが、個人的には疑問符が浮かぶ。

早くも我慢できなくなり、頭が射精の衝動に支配されてくる。

——どうしても膣内で射精したい。

世の男はこうして一瞬の快楽のために人類を繁殖《はんしょく》してしまうのだなとどこか冷静になりながら、反面身体は素直に腰の動きを速める。

外から見ればカクカクとみっともなく動いているように見えるだろう。

普段理性的に振る舞っているつもりだから余計に恥ずかしい。

「ごめん、もう出る……！」

「奥に、奥にくださいっ！♡」

ぎゅう、と膣内の締まりが強くなり、我慢の限界がやってくる。

どっくんと大きく跳《は》ねたチンポから力強く雄々《おお》しく大量の精子が飛び散る。

膣奥の先、子宮口《しきゅうこう》の奥まで届くのが確信できるほど勢いよく飛び散った。

「あああっ……♡　あったかいのがたくさん……♡」

ぶるぶるとお互いに硬直して震え、感極《かんきわ》まった声で興奮《こうふん》の絶頂を味わう。

外目には滑稽《こっけい》な光景だろうとわかっていても、覚えてしまった甘い気だるさを求めて何度も何度もしてしまう。

場所だってどこでもよかった。お互いが相手なら時間だってどうでもいい。

「ふ、風呂、風呂で続きしよう。今度はもっとイカせるから」

「はいっ……♡　は、早く声を抑えずもっと激しくしたいです……♡」

――明日はダンジョンだってのに、こんなの朝までコースだろ……！

今のセックスは周りにも時間にも配慮して本気ではなかった。

もっともっと乱れて叫んで溺れて、本能以外何もかもかなぐり捨ててするのがこれまでの日常だった。

絶頂の先を目指す探究者がマルス一行だ。

挿入したままリリアを持ち上げ、マルスは浴室に向かった。

第16話

「お風呂というのは疲れを癒《い》やすための場所と聞きましたが……？　お二人とも入る前より疲れているような」

真っ赤にのぼせて帰ってきたマルスとリリアに、シオンが疑問を投げかける。

結局盛り上がってしまい、風呂の中で二人は何度も何度もセックスした。

湯船の中でしてみたり、床でしてみたり、はたまた壁に手をつかせて立ちバックでしてみたり。

始めてしまうと歯止めが利《き》かない。

身支度《みじたく》を整える時間もなく食卓に戻り、ハズキとネムの冷ややかな視線を浴びながら席に着く。

マルスたちが戻るまで食事を待っていたらしかった。

「お腹空《なかす》いたにゃ！」

「ですですっ！　冷めちゃいましたよっ⁉　痴女《ちじょ》ですかっ⁉」

「ハ、ハズキに言われると少々カチンと来ますね……！　ま、まぁ今回は私たちが悪いですが！　悪いですが！」

「お、俺が悪いんだ！」

最初に押し倒したのは自分である以上、悪いのは確実に自分である。

リリアのほうもかなり乗っていたとはいえ、実行に至《いた》ったのは自分の欲のせいだ。

「文脈的に、お二人はお風呂で交尾《こうび》していたということでしょうか？」

「あ、改めて直球で聞かれると答えにくいな。言いにくいけどその通りだ」

「地上の者は密室だとどこでも交尾するんですね！　興味深いです！」

引くどころか興味津々《しんしん》でシオンは両手を合わせた。

意識はしていないのだろうが、なんだか馬鹿《ばか》にされているように聞こえた。

「たまーにお外でもしますよっ？　ダンジョンの中でむらむらっと来た時とかっ。戦いの後ってすっごいむらむらするんですよねぇ」

「ハズキちゃん！」

「おおお！　色々見てみたいし、してみたいです！」

「シオンさん⁉」

ここまで大っぴらに興味を持たれると逆に手を出しにくいではないか。

ハーレムを築いているにもかかわらず、マルスはけっこう奥手だ。

だから性におおらかだと逆に引いてしまう。

人妻に急に言い寄られれば何か裏があるのではと勘繰《かんぐ》ってしまう。

面倒《めんどう》くさい性格だと自覚していた。
倦怠《けんたい》感を抱えたまま夕食を摂《と》る。
シオンの言う通り、確かに疲れは全く取れていない。
と言うか眠いし食欲もあまりない。
賢者《けんじゃ》タイムで冷静になった頭は翌日のダンジョンのほうに関心が向いていた。
――宮殿型ダンジョン。これまでも部分部分で人工物の気配がある場所はあった。
しかし入り口からここまで人工物の匂《にお》いで満ちた場所は初めてだ。
もしかすると、これまでと何もかも違うのではないか。
ここにきてマルスは初めて気づく。
人魚たちの平均スペックについてだ。
人魚は明らかに人間より強い。異種族まで含めても最強クラスだろう。
その人魚が太刀《たち》打《う》ちできない海神とは？
本当に俺たちに勝てるのか？
それどころか、ダンジョン自体攻略できるのか？
唐突《とうとつ》に不安が押し寄せる。

◇

「よし、気をつけて進もう。足場がいいのが逆に気になるから、罠《わな》には気をつけてね、ハズキちゃん。壁にも手をつかないように。ここ絶対罠あるから」

「ついに名指しっ⁉」

「いっつもハズキにゃんだけ罠にかかるからにゃあ。罠と仲良しすぎるにゃ」

「なんですよねぇ……わたしだけの被害じゃすまないので気をつけてはいるんですけどっ……」

ハズキが歩けば罠にはまる。そんな格言ができてしまいそうなほどハズキは罠に呼び寄せられていた。

ある程度の罠は発動してからでもマルスがカバーできるが、心底肝《しんそこきも》が冷えるのでできるなら発動前に何とかしてほしいというのが正直な気持ちだ。

「シオンさんはネムちゃんの後ろに。リリアとハズキちゃんは俺の後ろに。陣形《じんけい》はそれでいこう。先頭は俺とネムちゃんで、罠と魔物の気配があれば指示する」

はい、と全員が頷《うなず》いたところでダンジョン攻略の開始だ。

普段と大して変わりはない。

前衛《ぜんえい》戦闘に向いたマルスと持ち前の聴力で状況把握《はあく》の速いネムが前にいれば、大抵《たいてい》の問題はカバーできた。

ネムは罠の作動音もある程度把握できる。そこにマルスの観察力が合わさればどこにあるのか予想できる。

あとは魔物の強さによって難易度は変わるが、道中のリスクは最小限の形になっている。

「どんな魔物がいるのかにゃー！　ズルズルだけはイヤだにゃあ」

「色々嫌ですねぇっ……」

ハズキの表情に様々な人物が重なった。

思い出すと今でも少しだけ罪悪感に苛《さいな》まれる。そして自分の未熟さが嫌になる。手のひらをすり抜けていった命が自分を責めてくる。

「ズルズルとは？」

「ああ、前に行ったダンジョンでアンデッドがいたんだ。その……人間の死体が動いたりする魔物。見た目が腐っててズルズルしてるから、が名前の由来《ゆらい》」

「ああ……それは確かに嫌です」

「精神的にもちょっとね」

魔物といっても死体だ。元は人間だったのだから倒してもスッキリしない。

誰も得をしない、失うだけの戦いだ。

「にしても、ずっと直線だな」

タイル貼《ば》りの綺麗《きれい》な直線はなだらかに上りになっていた。

「これさ、急に水流れてきて……なんてないよね？」

ほかにも岩が転がってきたり、古典的でも効果的な罠がありそうな気配がある。

ダンジョンにおいて直線は意外と怖いのだ。

「うわっ、超ありそうなこと言うのやめてくださいよっ！」

「前も似たような罠がありましたね……無駄に壮大な造《つく》りの罠が。ハズキ、もうごめんですよ」

「あ、あれはあのオニキスっていうおっきいドワーフさんが起動させたんですよっ！　わたしじゃないですっ！」

ドワーフのオニキスが大暴れした拍子《ひょうし》に起動した罠が、リリアたちをかなり深い地下階層まで運んでしまった。

分断系の罠は非常に怖い。

自分の手の届かない場所でリリアたちが死んでしまうかもしれない。その恐怖は絶大なものだった。

「まっすぐが続くと眠くなるにゃあ。こういう罠なんじゃないかにゃ？」

「あー、絶妙にありそうな罠だな。実際さ、同じ景色が続くと不安になるんだよね。本当に進んでいるのかわからなくなるから。徒労《とろう》って精神に来るんだ」

「穴を掘って埋めてを繰り返させるなど、私も昔やらされたことがあります。無駄なことを続けさせられると本当に病《や》むというか……涙が止まらなくなるのですよ。このダンジョンもそのような意図がある可能性はあるかもしれませんね。肉体と精神の両方を試すために」

初めて聞いた悲しい過去に、マルスはリリアを抱き寄せた。

もう二度とそんな目に遭《あ》わせはしない。

ダンジョンの意図など考えてもわからないが、魔物が配置されている以上何か試す意図がある可能性は高い。

丸一日進んでも緩《ゆる》やかな上り坂はずっと続いた。

一つの罠もなく、魔物の一匹にすら遭遇《そうぐう》せず――。

「一体何なんだ、このダンジョン……」

「何もなさ過ぎて頭がおかしくなりそうですね……」

今日はもう終わりだと半分癇癪《かんしゃく》を起しつつ、【夢幻《むげん》の宝物庫】に戻る。

本当に何もないまま、景色に何の変化もないまま直線は続いた。

ネムが言うには罠の作動音もない。つまり、長い直線は外よりも安全な空間だったのだ。下手をすればこの世界で一番安全な場所の可能性すらある。

しかし真っ白で距離感がつかめず、かつ、横並びになれば窮屈《きゅうくつ》な空間に長時間いるのは精神的にかなりキツイ。

しかも隠し通路があるかもと左右の壁のチェックまでしなくてはならないため、進行は時間の割に遅く、余計に消耗《しょうもう》した。

ストレスは思いのほか凄《すさ》まじく、ハズキやネムは完全にグロッキーだ。

何もしないこと。

それが海底ダンジョン『クリティアス』の最初の難関だった。

「まさか魔物に遭遇したいと思う日が来るとは思いもしなかった」

「パーッと魔法使いたいですっ！」

「ネムも走り回りたいにゃ！」

「すごいわかる。戦闘なんて極力避けるべきって考えの俺でも戦いたくなったもん。でもこれやばいな。気持ちが変に逸《はや》るのを感じるから。平静さを欠いた状態で戦闘になったらまずいかも」

自分がイラついているのがわかる。

魔物を見かけたら何も考えず剣を持って突っ込んでしまいそうだ。

精神に来るタイプのダンジョンは初めてで困惑《こんわく》する。

意義を感じない無駄に緊張感だけが高まるピクニックに、全員が疲れ果て、だらしなくリビングに寝そべってゴロゴロしていた。

「今日はあれだ、なんか料理する気になれない」

「奴隷《どれい》の身分で言うことではありませんが、完全に同意します……なんというか、このまま床にとろけていたいです」

「ドロッドロになりたいにゃ……」

「わかりすぎてニヤニヤしちゃいますねぇっ……」

「わたくしも疲れました……足というのはなかなか不便なものに感じられます。——あ！　リア様の足が悪いという意味ではなく！」

「いいですよ、気を遣《つか》わずとも。海の中をすいすい泳げるヒレのほうが便利そうですもの。というか私の足ももう棒同然です。つまり貴方《あなた》のだってそうなっていて当然」

ゴロゴロ寝転がりながら、リリアにしては珍《めずら》しくダラけて力なく言う。

全員足がパンパンだ。

もう立っていたくないという気持ちを皆、全身で表現し合っていた。

「風呂だ、風呂に入るぞ。今日はもう何もしない！」

ズルズル這《は》いずってマルスは風呂場まで進む。

「入浴剤選ばなきゃ……」

ハズキも這いずってついてくる。

普段ならだらしないと言って怒るリリアも何も言わなかった。

◇

「気が滅入《めい》る……」

「まっだまだ先があるんですねっ……」

翌朝、いきなり目に入る長い直線に全員がため息をついた。

半日ほど歩き続けていると、突然景色が変わり始める。

下りに入ったのだ。

やっと長い道が終わると皆、色めき立つ。

だが、その下りもまた一日続いた。

累計距離百キロ以上にわたたって、何も変化――刺激もなかった。

「はぁっ、はぁっ、はぁっ！」

みんなを【夢幻の宝物庫】の中で休ませて、マルスはネムと外でセックスしていた。

二人は一応見張りとして外にいる。

だが少しムラムラしておっぱじめてしまった。

「にゃあっ、にゃっ、にゃっ！♡」

「な、何度してもキッツ……！」

ネムのしっぽを握り、後ろから突く。

しっぽの毛は逆立っていた。

しっぽの根元を叩《たた》いたりするとネムは強く反応する。

ネムの膣内は非常に狭い。本当に引きちぎられそうなほどで、かなり力を入れないと動くことすらままならない。

ダンジョンの中で二人して全裸《ぜんら》だ。

命の危険のある場所で繁殖《はんしょく》行為を行うという倒錯《とうさく》感、ネムのような小柄な少女相手に硬《かた》い欲望の塊《かたまり》をねじ込む背徳《はいとく》感、その両方でマルスの腰は激しく動く。

「にゃああっ！♡　は、速いにゃっ、にゃうっ！♡」

「ご、ごめん、も、もう出そうで！」

退屈なダンジョンで刺激を求め続けていた身体《からだ》はすぐさま快楽に溺《おぼ》れる。

ただ歩き続けるだけの日々だったせいで余計に性欲が強まっている。

性格に似た生意気な反発をする膣肉《ちつにく》でしごかれ、射精感がすぐこみ上げてくる。

──外でするの超興奮《こうふん》する！

「き、きもちいいにゃ、にゃっ！♡」

「な、ならもっと参加すればいいのに……！」

「こ、こーび見られるのは恥《は》ずかしい、にゃあっ！♡」

「そ、そうだったのか、う」

全裸でうろつくのは平気でも、快感に溺れている姿を見られるのは恥ずかしい。

身体はみんな持っているものだから気にならないが、セックスに関しては別という羞恥心《しゅうちしん》をネムは持っていた。

「にゃうう、にゃううっ！♡」

ふるる、と全身を震わせ、ネムは両手足に力を込めた。

絶頂が見えてきていた。

ただでさえちぎれそうだというのに、さらに締まりが強くなる。

「イク……出るっ！」

マルスも上半身を反らし、びくんと痙攣《けいれん》して腰を突き出す。

膣圧《ちつあつ》で思うように出ず、どろどろっとゆっくり射精が始まり、長い時間をかけて一回の射精をした。

握りしめていたネムのしっぽがへたり込むまで、射精の勢いは全く衰《おとろ》えなかった。

「にゃああっ……にゃっ、にゃっ……♡　びくびくするにゃあ……」

「す、すっげぇ長い射精だった……」

ぽん、と軽妙な音を立てて、マルスはネムの中から出ていく。

ネムはへたり込み、息を大きく吐く。

「みんなが風呂から上がったら俺たちも入ろうか。見張りを交代してもらってさ。――って、うわ⁉」

首だけ【夢幻《むげん》の宝物庫】から出してハズキが見ていた。

外から見ると、空中に首だけ、それも横向きになっていたので普通にホラーな場面だった。

「お風呂空《あ》きましたよー、――って言いに来たらもう……わたしもお外セックスしたいんですけどっ⁉」

「も、もっとこう、リリアみたいに怒るとかしてくれたほうが気が楽なんだけど⁉」

その後出てきたリリアに見張りは真面目《まじめ》にやろうと怒られ、不思議な安心感を抱きながら、マルスとネムは一緒に風呂に入った。

しかしその後も結局シオン以外の面々と外で隠れてセックスした。

全員刺激が欲しかったのだ。

第17話

「まーもーのーにゃ！　ズバッと戦いたいにゃ！」

「空気と戦ってるみたいな空《むな》しい感じがしますねぇっ……！」

翌日、今日も今日とて床でダラダラ過ごす。

下りのほうが案外疲れがたまり、またもや足はパンパンだ。

足の裏が熱を持ってじんじんと痛み、ヒザは勝手にガタガタ震える。

マルスでさえ疲労が抜けていないのだから、みんなはそれ以上だろう。

「……明日休みにしよっか。一応何度か外の確認はするけど、基本は休みの日ってことで。ちょっと気分転換しないと危ない気がしてきた」

仰向《あおむ》けになって天井を眺《なが》めながら、マルスはボソッと提案した。

みんなのためだけではなく自分にも必要な休息だと思ったのだ。

明らかに精神状態がおかしい。

疲れは当然として、妙に気が抜けている。

やることがたくさんあるのに、何もやる気がしないから結果的に暇《ひま》に感じる。勉強や仕事などで同じような状態に陥《おちい》ったことがある人は多いだろう。それに似た感覚だ。

「にゃ！　休みならこの前買ったパズル全部やっちゃうにゃ！　１０００個もあるんだにゃ！」

「いいですねぇっ！　わたしはめっちゃくちゃセックスしたいですっ！　パズルみたいに凸凹《でこぼこ》埋めたいっ！」

「痴女《ちじょ》……私は正直丸一日寝ていたい気分ですよ。思った以上に精神的に消耗《しょうもう》しているようで。身体《からだ》も疲れがたまっています。実は筋肉痛がひどく」

はぁ、とリリアは深呼吸しながらため息を吐いた。

足が痛いようでしきりに揉《も》みほぐしている。みんな似たようなものだった。

この状況に一番強かったのはシオンだ。

精神的に平常だった。身体は誰より疲れているはずなのに。

広い海と言っても、大半は代わり映《ば》えしない景色だ。

そんな世界に七百年も生きているのだから慣れが違う。退屈に慣れ親しんでいる。

「皆さん、今日はわたくしがお食事の用意をしても？　お疲れのようですし」

「シオンさんの料理っ⁉　人魚さんのお料理希望ですっ！」

「お、楽しみだ。俺も郷土料理がいいな」

シオンは地上の調理技術にもすんなり順応した。

巫女《みこ》といっても主婦だったからか、料理の基礎があるのだ。

作り慣れた人魚の料理ならもっと上手に作れるだろう。

「皆さん方の味の好みもわかりましたので、少々修正して作ってみようと思います。その間にお風呂などどうぞ。材料はどれ使ってもよろしいですか？」

「もちろん。自由に使ってくれ」

「魚がいいにゃあ！　手伝うかにゃ？」

「ネム先輩、ありがとうございます！　でしたらお願いしたく」

先輩、と呼んでいるものの、シオンはもうネムの扱いを心得ている節《ふし》がある。

実年齢十五歳、さらに外界の情報をほとんど得ていなかったネムは子供同然だ。

本質を見抜く能力はあるが、その精神年齢はせいぜい中学生程度でしかない。

「魚の処理の上手《うま》さはさすがだね……無駄が一つもない」

マルスはそう言いながら、シオンは七百年も魚を扱ってきたプロ中のプロだと気づく。

「地上の刃物は非常によく切れますから。わたくし自身、自分の上達に驚いているほどですもの」

「ネムも上手になってきたと思うんだけどにゃあ……」

「いや、上手いよ。やっぱり器用だね。このぶんだと俺もすぐ抜かれちゃうな」

まだ粗《あら》さはあるものの、ネムの三枚おろしも相当上手い。

何か作ったりすることに対してネムは真摯《しんし》だ。

——やっぱりこういう時間が大事だ。でも、今じゃない気もする。

のんびりぼんやりした時間だった。

楽しいには楽しいが何か物足りない、刺激がないように感じられる。

単調な時間が精神から焦燥感《しょうそうかん》や危機感を消し去っている。

不味《まず》いなと思っていてもスイッチが切り替わってくれない。

簡単に言うと気力がないのだ。

先の見えない道を進む、終わりの見えない、何も変化しない時間が永劫《えいごう》に続くかもと思うと心がしぼむ。

未知の場所で身構えていたから余計に反動が大きい。

「俺も先に風呂入ってくるね。——今日は風呂だけだからすぐ戻るよ！　せっかくシオンさんが作ってくれるんだから」

承知《しょうち》しました、とシオンは微笑《ほほえ》んで短く返答する。

ネムだけは少し疑いの目線だ。

禁欲中のハズキが風呂場にいるからである。と言っても、たった一日の話なのだが。

◇

「で、このダンジョンどう思う？」

三人横並びに浴槽《よくそう》に浸《つ》かりながら、マルスはリリアとハズキに聞いた。

タオルを乗せて目を休めていたリリアが疲れた声で答える。

「うまく言えないですが、心を折りに来るダンジョンだなと。今までは安全であればあるほどいいと思っていたのに、現実にそうだと気が抜けて仕方ありません。戦闘がない肩透かし感がどうしても」

「わたしも魔法ぶっ放したいですっ。魔力が溜《た》まって変な感じなんですよねぇっ……出してスッキリしないとダメな感じでっ」

同じように顔にタオルを乗せていたハズキはそれを取って答えた。

ハズキの言葉にリリアは瞬間的に反応を見せ、直後その真顔《まがお》を赤くし始める。口元の様子があからさまだった。

湯船の温度のせいだけではないだろうとマルスは察し、茶化《ちやか》すことに決めた。

「……」

「リリア、今精液みたいだなって思っただろ」

「!?　お、お、思っていませんよ、そんなこと！　私は痴女ではないのですよ!?」

「うわうわうわわっ！　これは痴女ですねぇっ！　でも確かに言われてみれば魔力も精液みたいなものかもしれませんっ！　びゅーってしないと変になっちゃうぅっ！」

つんつんとリリアの二の腕を突っつき、ハズキは最大限茶化して笑う。

リリアは悔《くや》しそうに歯を食いしばっていた。

「最初のうちはどっちかっていうとエロいことは嫌ってたのにな……あの頃のリリアが懐《なつ》かしい」

「あ、あの頃は……人間にも嫌悪がありましたし」

最初はツンデレ以前にツン、それもかなり攻撃的なツンだった。

目を合わせてくれないし、会話も必要最低限だけ。眠る場所もかなり離れていたし、食事もマルスが食べ終えて毒が入っていないことを確認してからでないとしなかった。

施《ほどこ》しを受けること自体、不本意といった感じだった。

寝首《ねくび》をかこうとしていたことすらあった。

それが自分に芽生《めば》えた感情の裏返しによるものと気づいてからは態度を軟化《なんか》させた。

要するに、リリアは照《て》れくさくて素直になれなかったのだ。

「二人の恋バナ聞きたいですっ！」

「こ、恋バナって……まぁ普通と言えば普通ですよ。一緒にいて、この人は私を大事にしてくれるのだな、この人は特別なのだなって思い始めて、そうしたらどんどん好きになったというだけで、劇的だったわけではなく……終わり！　この話は終わりです！　恥《は》ずかしい！」

「ひゅー！　もっと！　もっとくださいっ！　リリアさんのメス顔きゅんきゅんくるっ！」

「メス顔とはなんですか！」

——俺も来る。

プライドが高いリリアが照れているのを見るともっと見たくなる。

「こういうとこが最高に可愛《かわい》いんだよな。素直じゃないとこ」

「わかる～っ！　わたしのことも結構しっかり見てくれてるんですよねっ！」

「もう！」

ぺちんとタオルを乗せ、リリアは照れた顔を隠して湯船に沈んだ。


「美味《おい》しいっ！」

「こういう調理方法もあるんだな……！　初めての味だけど食べやすい！」

シオンの料理を囲んでみんなで褒《ほ》める。

素材の味を大事にして最大限高めたものだった。

調味料がないからこその料理だ。

マルスの場合、やはり少々ごまかして調味料に頼ってしまうが、シオンは違う。

どちらかと言えば自然派のリリアは何度も確かめるように味わいつつ口に含み、そのたびに頷《うなず》いて感心していた。

まるで高級懐石《かいせき》のような丁寧《ていねい》な作りだ。

「私これとても好きです！　実のところ、私はあまり魚が得意でなかったのですが、これは生《なま》臭《ぐさ》くなくて食べやすいです」

「やっぱり苦手だったか……薄《うっす》らそうなのかもなとは思ってたんだ。だからいつもリリアも食べられるものと一緒に作ってたんだけど」

「申し訳ありません……食べ慣れていないというのがやはり大きく。種類によりけりではありますが。好きな魚は好きなのです」

日頃の様子でわかっていた。

なのでマルスは野菜料理も肉料理も絶対同時に作るようにしていた。

三人の食性はそもそもバラバラだから苦労はしない。リリア以外は肉食女子だ。

「よかった……これでお口に合わなければどうしようかなと思っていました。自分の料理が誰かに喜ばれるというのは、こんなに充足感があるものなのですね！」

ぱあっと嬉《うれ》しそうな表情を浮かべ、シオンは一安心していた。

「これでわたくしも仲間になれますか……？」

仲間になるうえでこれはシオンなりの最初の儀式《ぎしき》だったのだろうと思う。

最初からどこか遠慮がちではあった。一線を引いている空気があった。

馴染《なじ》んだとはいえ、やはりかなり根本的に種族が違い、その意識がシオンに疎外《そがい》感を抱かせていたのだろう。

食事という原初の欲望を共有できたなら、共に生きていける。

寝食を共にし、長く過ごせばもう仲間だ。

「もちろんさ。これからもよろしくね」

「はい！」

じゃあ残りも食べてしまおう！　と宴《うたげ》が始まる。

第18話

「こんなことならルチルちゃんとこの車もらって来ればよかった」

「ダンジョンでは使い物にならない、と置いてきてしまいましたものね。揺れが激しいので馬車道すらまともに動きませんでしたし」

「なんだよなぁ。向こうにあったほうが研究も進むかと思ってさ」

「ええ……こんな迷わない迷宮があるだなんて思いもしませんものね」

翌朝、再び長い直線が続く。

朝までは元気だった面々もダンジョンに戻った途端《とたん》、沈んだ顔になった。

「……？　また海の匂《にお》いするにゃ」

昼頃まで歩いていると、ネムが唐突《とうとつ》にマルスの袖《そで》を掴《つか》んで言う。

「もしかして、ついにこの地獄が終わるんじゃないか⁉」

浮き足立って走り出したくなる。

だがこれも罠《わな》かもしれない。だから何とか自分を抑える。

しかしみんなも同じ気持ちのようで、リリアに限っては、ほっとしてへたり込んでしまったほどだ。

顔は安堵《あんど》そのもので、これまでの道程が如何《いか》に精神に影響していたのかが十二分に伝わってくる。

「終わりが見えてきたってだけで超テンション上がるな。でも、一旦《いったん》ここで休憩《きゅうけい》しようか。次はきっと、肉体が試される場所だろうから」

両手いっぱいにお菓子を取り出し、レジャーシート代わりの毛布を床に敷《し》く。

全員早々と座り込みダラけ始めた。


「改めてネムちゃん、まだ海の匂いする？」

「するにゃ。気のせいではないにゃあ」

クッキーを両手で摑み、端っこを削《けず》るようにかじりながらネムは頷《うなず》いた。

「ということはまた海の中か……潜水艦回収してきて正解だったな。とはいえ、海中戦闘はできないからここからは危険だ」

戦えないのが一番怖いと十分理解した。

「あの……わたくし、海の中で戦えますよ？　なのでわたくしが先導しつつ単独で戦い、手に負えないと判断した時に空気を作って皆さんに加勢していただく……というのはどうでしょう？」

「助かる。頼みにくかったけど、本当はそれが一番いいと思ってたんだよね」

「いえいえ。むしろ海の中にいたほうがわたくしも気が楽ですから」

単純に最も危険な役目だから、出会ったばかりの仲間には言い出しにくかった。

「私たちも準備しましょう。実のところ、今回私は自信があったりしますよ！　先に海中に向けて電撃を放てば一網打尽《いちもうだじん》ではありませんか！　魚釣りのときもやろうか迷っていたのですよね」

「電撃系を持ってるのはリリアだけか。保管してる【禁忌《きんき》の魔本】にもない」

「リリアにゃんの髪がすごいことになる面白《おもしろ》いやつにゃ！」

ネムは思い出し笑いする。使用後は静電気でリリアの髪がハリネズミのようになってしまうのだ。平常の空気に戻ると真顔《まがお》なものだから途端《とたん》にシュールな光景になる。

「わたしは今回もダメダメそうで……水と火なんて相性最悪じゃないですかっ！」

「大丈夫。【禁忌の魔本】の使いどころだよ。前回は魔法が効《き》かないから意味なかったけど、今回は違う。ということでハズキちゃんの強化をしよう。氷なんていいんじゃないか？」

海水は真水よりは凍《こお》りにくいが、魔力増幅の魔法を併用すればきっと強い技《わざ》になるだろう。範囲広めの魔法は、ハズキのように魔力の出力が大きい者が習得するほうが効果的だ。

「氷……ゼリウスが前にちょろっと使ってたので良い印象ないんですよねっ……」

「で、でも炎と氷の組み合わせなんてかっこいいじゃないか！　相反する属性なのに、って」

「かっこいい……かっこいいなら良さそうですねっ！　技名もかっこいいの考えなきゃっ！」

「やっぱり、技名って自分で考えてるの？」

「いえいえ、教えてもらったのそのままですよっ。ただいつか自分で考えた技名も使ってみたいなって時々たまに思ってましたっ」

——たまに痛いからな、この子。てっきり自分で考えてたのかと思った。ポエム帳とか作ってるし……。

「私の技も伝わっている名称そのままですからね！　断じて自作ではありません！」

「わ、わかってる」

リリアまで顔を赤くして突っかかってきた。

みんな、技名を多少恥《は》ずかしく思っていることに笑いがこみ上げてきた。

せっかくだしみんなで色々覚えるかと、ノリで【禁忌の魔本】の何冊かを発動させる。

ここまで量があると物品としての価値が相対的に低く感じられる。リリアのチョコレートのほうが貴重なレベルだ。

攻撃魔法などは交渉《こうしょう》材料にもなりにくい。何しろそれを欲しがる者は、マルスが欲しい不老不死の魔本など持っていないだろうからだ。

なら自分たちの戦力増強に使うほうが有用だ。

◇

少し先に進むと景色が変容する。

待ち望んでいたが緊張もした。

「鍾乳洞《しょうにゅうどう》っぽいな……足元気をつけて。たぶん滑る」

次なる空間は真っ暗な岩場で、天井からは尖《とが》った岩が数えきれないほどぶら下がっていた。

足場は自然岩でボコボコしていて安定感がない。

「ヌルヌルしてて臭いにゃ……」

「海の匂いを五十倍くらいにしたような生臭《なまぐさ》さですね……」

鼻を覆《おお》いながら一同は目を半眼にして歩く。

生臭さが鼻を衝《つ》く刺激臭になっていた。

「それにちょっと暑いですねっ……」

バサバサと服の胸元を振って、ハズキは空気を取り込んでいた。

だがそのせいで外の悪臭も流れ込んできたらしく、思わず鼻をつまむ。

これまであった明かりもなく、ハズキの魔法で照らしても不規則に反射し見通しがよくない。

くぼんだ空間はより暗くなり、出っ張ったところだけが極端に明るくなる。

ある意味ダンジョンらしい空間になり安心するも、ここからは魔物が出てくるのだろうという嫌な予感も湧《わ》く。

ひんやりまとわりつく湿っぽい空気が不安をかきたてる。

海、というほど水はなく、足場の岩のくぼみに少し水が溜《た》まっている程度だった。

「……これがダンジョンでなければ幻想的で綺麗《きれい》な光景とも言えるのに」

「うん。ダンジョンって場面場面だけ見れば珍《めずら》しい光景も多いんだよな」

足元に気をつけながら一同は進む。

「ゲコ」

「？　ハズキにゃんなんか言ったにゃ？」

「えっ？　何も言ってないですよっ？」

「ハズキにゃんのお腹《なか》の音みたいなのが聞こえたんだけどにゃあ……」

「ゲコ」

今度はネムのみならず全員に聞こえる。

「全員固まれ！　背中合わせ！　陣形《じんけい》を整えろ！」

マルスの声に皆、反応し背中合わせになる。

ここに来て初めての魔物だ。

どこにいるのかわからない。三百六十度警戒《けいかい》しないとまずい。

このダンジョンは反響しやすく、ネムの耳でも正確な方向がわからないようで、視線を向けても首を振るだけだった。

「誰か震えていますか？　ゆらゆらしていて狙《ねら》いを定めにくいのでやめてください。できるかぎり」

弓を構えたリリアが注意した。

「……あの岩、めっちゃ動いてるように見えるんですけどっ」

ハズキが前方の壁面の一部を指さす。

マルスはすぐに理解した。そこだけじゃない。

「違う。この空間が全部……！」

ぐらりと足元が揺らぐ。

「ゲコ」「ゲコ」「ゲコ」と空間の様々なところから声がする。

目の前の地面が隆起《りゅうき》し、いきなり岩が出現する。

そしてその岩は目を開いた。

現れたのは、いや、最初からいたのは巨大カエルの魔物。

サイズは二メートル前後ある。

「この場所全部がこのカエルの魔物の巣なんだ！　俺たちが歩いてたのは岩じゃなくてこいつらの背中だ！」

岩の皮膚《ひふ》を持つ巨大カエル。

まんまと誘い込まれてしまったのだと気づいたマルスは瞬時に頭を回転させる。

カエルは大なり小なり毒を持つものが多い。

安易に斬《き》りつければ体液が飛び散り、倒したにもかかわらずダメージを受けるかもしれない。

致死性の毒ならそれで終わり。

しかもこいつらはマルスたちがある程度入り込んでから動き出したくらいだ。

つまりこの状況はカエルにとって必勝の策の可能性が高い。

「ハズキちゃん、さっきの氷の魔法！　出し惜《お》しみしなくていい、全力でこの空間を凍らせろ！」

「はいっ！　え、えーと、『よく冷え～る』！」

ハズキ以外の者を【夢幻《むげん》の宝物庫】に入れ、マルスはハズキの背中に張り付いた。

試し打ちもしていないので、どのようなことになるかわからないため、みんなをここにいさせるわけにはいかない。そしてマルスはハズキを守るため彼女から離れるわけにはいかない。

──世界が止まった。

そう思ってしまうくらいあっさりとカエルたち──空間は動きを止めた。

マルスたちを食おうとして伸ばした無数の舌《した》がその状態のまま停止し、急速に奪われた体温が蒸気を発生させている。

真っ白な視界は濃霧《のうむ》同然だ。

「すげえ……」

「──く、悔《くや》しいっ！」

「え？　めっちゃ上手《うま》くいったでしょ。ハズキちゃんは本当に天才だ。正直同じ人間だとは思えないレベルですごいよ」

この空間は広大で、それこそ総面積でいうなら野球場よりも大きい。

だというのに、たった一回の魔法で動くもののいない死の空間を作り出した。

いくら【禁忌の魔本】の魔法でも、これは使用者本人の資質が大きく影響している。

マルスが同じ魔法を習得しても、きっと一体か二体凍らせて終わりだ。

「とっさだったのでかっこいい名前思いつかなくてっ……『よく冷え～る』って、『よく冷え～る』って……」

「――そこか！　まずは戦果を誇ろうよ！」

国に仕《つか》えれば即首席魔導士にでもなれそうなスペックなのに、ハズキは強さに関してはあまり興味ないようだった。

環境に恵まれず燻《くすぶ》っていただけで、ハズキの才能は国家レベルだと改めて認識する。

冒険者としての人生は短い。長い者でもせいぜい十年に満たないキャリアで冒険者はやめる。

実績を積んだ後の進路として、剣士なら騎士に、魔法使いなら宮仕《みやづか》えの魔導士にと、結局官職に収まることが非常に多いのだ。

ハズキなら引く手あまただろう。

そんなハズキの頭を撫《な》で、マルスはへたり込む。

「どんな罠より怖い罠だった……ハズキちゃんがいなかったら全滅してたかも。こいつらさ、剣で斬ったら毒を撒《ま》くかもしれないんだ。カエルだからね」

「へぇ……カエルさんってそんなに危ない生き物なんですねっ……ケロケロピョンピョンって可愛《かわい》い生き物なのかなって思ってました。実際に見たら全く可愛くなかったですけど」

「小さいのは可愛いかもね。その辺にいるようなのは。とりあえずみんなを出そうか」

再び【夢幻の宝物庫】を開くと、恐る恐るリリアが出てくる。

周囲の様子を確認した後、ネムとシオンを呼んだ。

「これは……全部凍っているのですか？」

「ああ。見た目的にはそのまま止まってるだけだからちょっと怖いよな。もっと氷っぽい姿になるかと思ってたんだけど」

「……なんで痴女《ちじょ》は沈んでいるのです？　自分のおかげだと騒いでもいい状況でしょうに」

「技の名前が思いつかなくてダサいのになったんだってさ」

「『よく冷え～る』ですよっ……必殺魔法『よく冷え～る』ですよっ……」

マルスと同じように、そこかとツッコむ。

「名前など後で決め直せばいいこと。実が伴《ともな》っていればとりあえずいいではありませんか。

──ふっ、格好悪いどころか……『よく冷え～る』って」

「ほら、やっぱりダサいって思ったっ！」

ハズキは半べそでリリアの肩を何度か軽く叩《たた》いた。

「ハズキ総帥《そうすい》……すごいです。わたくしでさえこんな魔物見たことありませんよ。それなのにこんなあっさりと」

「いつもはダメダメだけど、戦いはすごいのにゃ！」

「ネム先輩が誇らしげ……!?」

ハズキ本人よりもネムのほうが自慢げに胸を張る。

「気持ち悪いけど、この中を進もう。触らないようにね。そうだ、手袋をしておいたほうがいい。使い捨てるからお気に入りじゃないのにしなよ」

「じゃあネムはハズキにゃんのにしようかにゃあ」

「お気に入りのじゃないでしょうけど、それじゃわたしのがダメになるじゃないですかっ！」

仲がいいんだか悪いんだか……と呆《あき》れ笑いがこみ上げる。

「ようやく普通のダンジョンっぽくなってきたな！　変な話だよ、危険なほうが安心するなんて」

夜になり一行に疲れが見え始めた頃、今日の探索は終了となった。

確実に安全とまでは言えないものの、比較的安全そうな壁にくぼみを作り、そこで【夢幻の宝物庫】を開く。

ダンジョン内で出入りするのは危険だ。なので壁に穴をあけ空間を作り、入り口を岩でふさいで中で開くのだ。

壁の中にはダンジョンワームと呼ばれる魔物がいることがあるため必ずしも安全とは言えないが、見通しのいい通路で開くよりは安全だ。

ダンジョンワームは壁の隆起などで形跡を残すから、あまりいないだろう場所を探すこと自体は苦労しない。

「私も疲れたのに妙に元気です。弓を射《い》るのがあんなに楽しいだなんて、童心《どうしん》に帰った気分ですよ」

今日は宝物庫に帰ってきても床には転がらず、全員生き生きとした顔で動き回る。

久しぶりに活気が戻ってきたようだ。

「にゃああっ！　にゃおおおん！　叫びたい気分にゃーー！」

「めっちゃ元気じゃん」

「今日は楽しかったにゃ！　もっと走り回りたいにゃ！」

「油断しないよう気をつけてね。このダンジョン、思ったより魔物は弱いけどさ」

そう、本当に七大ダンジョンなのか疑問に思うほど、海底都市クリティアスの魔物は弱かった。

理由はいくつか考えられる。

一番の理由は簡単で、マルスたちが魔物のホームグラウンドで戦っていないこと。

戦ったのは地上に上がってくる両生類《りょうせいるい》型の魔物だけであり、水棲《すいせい》生物とは戦っていない。

水の中での戦いになれば当然苦戦するだろう相手も、足場がある状況ならイーブン以上、つまり相手にハンデをつけさせて戦っているようなものだ。

リリアからすれば的当《まとあ》て、ハズキは溜まった魔力の発散、ネムもストレスの発散と、ダンジョン攻略というよりもレジャー感覚だった。

無論、ダンジョンの外にいたような巨大魚型の魔物など、純粋な水棲生物の魔物は強いだろう。

しかし戦わなければ相手の強さなどどうでもいい。

——案外、水の中で生きる人魚のほうが苦戦しやすい環境なのかもな。
自分も相手も全力を出せる状況だときっとこれまでの魔物も強いのだろう。
人魚たちが手も足も出なかった理由について答えを得た気がした。
納得できてしまう理由を。

第19話

食事を食べつつマルスは思う。

――急にムラムラしてきた。

ここ数日、やる気のなさからか性欲は少し減退気味だった。

みんなも同様で、倦怠感《けんたい》の強さからすぐ寝て一日を終えていた。

だが出さねば溜《た》まっていくものであるし、ましてマルスは一日に五回射精しても普通に勃起《ぼっき》してしまうほどの精力を持っている。

ある種の呪《のろ》いじみた性欲だ。

普段なら解消は簡単だ。隣に眠っているリリアとイチャついていれば全員何かしらの反応を見せてくるからである。

しかし今は一つ問題がある。

シオンの存在だ。最近はもう一緒のベッドで眠っている。

夫に別れを告げてから、と事前に言ってあるから簡単には手を出しにくい。

ハズキのときもそうしたから、なるべくなら遵守《じゅんしゅ》したい約束だ。

今のところマルスはシオンに優しく接していた。それなのに獣《けもの》じみた性欲に身を任せている
シーンをいきなり見せるのはどうなのだろうという懸念《けねん》もある。

激しく腰を打ちつけて、何度も何度も射精して。

当事者でない者に見せるべき姿とはどうしても思えなかった。

だが隠れてするのにも限度がある。

隠れてするのは背徳《はいとく》感があって気持ちいいが、誰も気にせず何も隠さず思うがままやりたい
願望もある。

うーん、と喉《のど》が自然に鳴った。

「あのさ。今日はセックス……あー、つまり交尾《こうび》がしたい。しかも出し切るくらいの回数はしたい」

「きゅ、急にどうしたのですか!?」

「俺も自分ながら何言ってんだって思ってる。だけどシオンさんの前でするわけには……と思って」

「人妻ですものね、一応」

吹き出したリリアは平静を装いつつシオンに視線を向けた。

「わたくしのことは気にせずしてくださって構いませんよ？　むしろ見たいです！」

「わっかるぅっー！　ほかの人が気持ちよさそうにしてるのを見るのって興奮《こうふん》するんですよねっ！」

ハズキはいつも待ち時間にマルスとリリアのセックスを眺《なが》めながら、オナニーをしている。

最初はマルスも見られるのが恥《は》ずかしかったが今は興奮材料の一つだ。

視界にオカズが多すぎる。

「い、いいのかな……普段の俺たちとだいぶ違うぞ？　幻滅《げんめつ》するかもしれない」

「性の交歓《こうかん》は全《すべ》ての生物共通では？　数を増やすのは大事なことです。それが気持ちいいなら最高ではありませんか」

「えええ……ハズキちゃん以来の痴女《ちじょ》かな？」

「経験はありませんが興味はあります！」

ネム——発情期を除く——以外は痴女ばかり集まってきている気がする。

類は友を呼ぶということだろうか？

嬉《うれ》しいような嬉しくないような気分だ。

最近ではマルスのほうが性奴隷《せいどれい》のような存在になりつつある。

一人二回するだけで計六回だし、その程度で満足する面々ではないのだ。

いくら絶倫《ぜつりん》でも有限であるマルスにはなかなか厳しい回数である。

「見ていられなくなったら黙って部屋を出てもらえると嬉しい。今日はちょっと見苦しいかもしれないからさ」

「承知《しょうち》しました」

本当にわかっているのだろうか。

シオンは興味のほうを優先した顔をしていた。

異種族まで含めてそうかはわからないが、性的能力に関してマルスはおそらくこの世界有数の存在だ。

だからシオンが知っているものと何もかも違う可能性は高い。

結果ドン引きなどされると非常に嫌だ。

性の不一致は別れの理由になるものである。

好奇心旺盛《おうせい》なのも一長一短《いっちょういったん》だ。

◇

風呂に入り寝床《ねどこ》の準備を整える。

もう慣れたものだ。

今日はあまり凝視《ぎょうし》されたくないので、明かりは暖色系の間接照明のみ。

いつもは完全に明るくしてみんなの肢体《したい》を隅々《すみずみ》まで見る。

面倒《めんどう》なのでマルスは風呂上りからずっとパンツ一丁だ。

シオンはそんなマルスの身体《からだ》をじろじろと見ていた。

平均的な男と比べれば、過度な筋トレなどはしていないものの、実働に見合っただけの筋肉がついている。走り回り剣を振り、魔物と戦闘していれば嫌でもつくし、こちらの世界では農家の出だから余計にだ。

それに『身体強化』はベースとなる肉体が強ければ強いほど効果が増すことがわかっているので、日ごろから最低限のトレーニングは欠かさないようにしている。

性的な目線を向けられる女性の気持ちが少しだけわかった気がする。

ハズキと同じくらい、シオンの目線には性的な興味が宿っていた。

少し誇らしく、少し怖い。

「ネム先輩、大丈夫ですか？　そんなに目をしょぼしょぼさせて……」

「暗くなると眠くなるにゃ……」

シオンに膝枕《ひざまくら》をさせ、ネムは目をこすっていた。

母性をくすぐるのか、シオンはネムの頭を撫《な》でたり耳の付け根をマッサージしていた。

シオンは穏《おだ》やかで優しい顔をする。もしかすると子供が欲しかったのかもしれない。

「今日は寝るかい？」

「ゴハン食べてお風呂入ると眠くならないかにゃ？　もうちょっとおっきくなったら眠くなくなるのかにゃあ……」

ネムを見ていると成長期という言葉が思い浮かぶ。

やたらとお腹《なか》が減り、やたらと睡眠が欲しい時期だ。

ネムはこれまでの栄養失調が改善し、急激に成長期がやってきている。

実際、出会った頃より少し大きくなった。

「発情期じゃないなら寝ててもいいよ?」

「ごめんにゃ、そうするにゃ……」

ネムはごろんごろんとベッドの上から転がり落ち、華麗《かれい》に着地して自分の部屋に戻っていく。

そして入れ替わりに二人がやってきた。

リリアは部屋の入り口でまごまごしていた。

「ちょ、ちょっと! シオンの前でこのような格好《かっこう》は嫌なのですが!?」

「手抜きはダメですよ! おチンポギンッギンにしてもらわないといけないんですからっ!」

「ち、痴女っ! 痴女!」

「語彙力《ごいりょく》皆無《かいむ》かなぁ~? もう効《き》きませんよ、そんな煽《あお》りっ!」

どんと背中を押され、リリアが寝室に入ってくる。

服装はメイド服——とは言いがたい代物《しろもの》だった。

白と黒のモノトーンでフリルがついているところはメイド服っぽさがあったが、スカートは穿《は》いておらず、股間《こかん》がギリギリ隠れるくらいのミニエプロンだけを着けていた。

足はニーソックス丈《だけ》の網《あみ》タイツ。

頭には白いヘッドドレス。

首には黒いリボンがつけられていて、ゴツい首輪は白いレースで隠されていた。

上半身は極小のビキニ。色は黒で、乳輪《にゅうりん》がギリギリ隠れるくらいのサイズだった。

下は透けているのを見る限り、黒い小さな紐《ひも》パンを穿かされているようだ。

照《て》れに照れた顔のリリアは、腰に巻かれたミニエプロンを必死に下げて股間を隠そうとしていた。

「海水浴でリリアさんに着せようと思ってたのこれなんですよっ！　でも濡《ぬ》れたら可愛《かわい》くないし、何もかも流されちゃいそうだったのでやめましたっ！　なので夜用装備かなって」

流されるのは性欲だけでいいんですよね、とハズキは上手《うま》いこと言ってやった顔で言う。

「エロい……けど可愛いな。リリアにはやっぱり黒が似合う」

「か、可愛いですか……？　ならまぁ、でも……」

ちらっとシオンに目を向ける。

ベッドの上でシオンは目を輝かせていた。

「すごいです！　地上ではこんな種類の服もあるのですね！」

「わたしが作ったんですよっ！　でもこれ、交尾用の服ですっ。マルスさんが『交尾してぇ……』ってなるように作るんですよっ！」

絶妙に似ているような似ていない声真似《まね》をし、ハズキは自身の作った服について自信満々に説明する。

「マルス様は交尾したくなりましたか？」

「ま、まぁ……直球すぎる質問だな！」

恥ずかしながら股間は膨《ふく》らみ、パンツの中で窮屈《きゅうくつ》そうにねじ曲がっている。

「わたしは逆に布面積多めで攻めてみましたっ」

ハズキの服装はチャイナドレスに似ている赤いもの。前面はほとんど隠れている。目に見える肌《はだ》は足だけだ。

スリットはかなり深く、腰の少し上まで開いていた。

しかし背中はほぼむき出しだ。固定するためのヒモが肩と腰に巻かれているが、背中の九割以上は露出《ろしゅつ》している。

これでもいつもより露出は少ない。

だからリリアが余計に「自分だけ」と責めていたのだろう。

「さぁ、今日はどっちからしたいですかっ？」

「わ、私が先です！　こんな格好まで見せたのですから、開き直りも人生には大事！　シオン、明日から態度を変えたりしないでくださいね！」

パンと頬《ほお》を両手で叩《たた》き、リリアは覚悟を決めた。

「そんなに気負われたら俺のほうが緊張するだろ！」

「ご主人様――マルスも覚悟を決めてください！　私は今晩乱れますよ！」

馬乗りになり、リリアは上から少々強引にキスしてくる。

「あれが接吻《せっぷん》……」

「シオンさんはしたことありますかっ？」

「いいえ……なんだか熱そう」

――実況されていると何か変な感覚だ。

すでに発情し始めている身体にリリアの熱が注ぎ込まれる。

甘い唾液《だえき》で溶かされるようだ。

マルスの手は勝手に胸に伸び、尻《しり》に伸び、リリアの身体をまさぐる。

どこを触っても柔らかく飲み込まれ心地いい。

パンツが窮屈で仕方なく、リリアが乗ったまま器用に脱いでいく。

すでにガチガチに勃起したチンポをシオンは驚愕《きょうがく》の表情で見ていた。

知っているのとあまりに違う。

まず形状が違う。

人魚の男性器は細長く突起がないのだ。

形状としてはつまようじのような先細り型である。

この世界の一般的な人間のものよりは長いが、マルスのほうがずっと長い。

そして何より形状が凶悪だ。

太い槍《やり》のように返しがついて出っ張っていて、グロテスクなほどに血管が凹凸《でこぼこ》を作っている。

本当に入るのかと疑問にさえ思う一物《いちもつ》だったが、リリアは自分の股間を擦《こす》りつけるようにして小刻《こきざ》みに前後していた。

シオンの隣に直立しているハズキは服をまくり上げて自分の股間を指で擦っていた。

表情は真剣そのものの真顔《まがお》で、していることと噛《か》み合っておらずシオンの目には不思議に映る。

「せっかくだし脱がさずしよう」

マルスは興奮しつつ考える。

せっかくの衣装なのだから、着たままのほうがいい。脱がしてしまってはコスプレの意味がなくなる。

小さすぎるビキニを上にずらした。

ぷっくりと膨らんでいた乳首が気になったのだ。

両手で揉《も》みしだき乳首に吸いつき、下半身はリリアの割れ目に挟《はさ》んで対面座位の体勢をとる。

紐のようなパンツに湿り気を感じ、くちゅりと音が聞こえる。

リリアを見ると恥ずかしそうな表情を浮かべ、それを見られないようにリリアはマルスの顔をその胸に埋《うず》めさせた。

顔が最高の感触に包まれ、リリアから漂う甘い香りで脳が犯される。

溜まった性欲が身体をけしかける。

霧《きり》がかった脳が理性を駆逐《くちく》した。

第20話

リリアとマルスのセックスをシオンは眺《なが》めていた。

ほかの人魚たちがしているのを見たことがあるが、それとは随分《ずいぶん》違った。

人魚の交尾《こうび》は一瞬だ。

交接器を挿入《そうにゅう》し、水のように粘性《ねんせい》の低い精液を注入して終わり。

水中での行為なのでどうしても漏《も》れだしてしまうため量は人間の平均よりは多いが薄い。

前戯《ぜんぎ》も愛撫《あいぶ》もなく、もっと言えば愛情表現ですらない、ただ繁殖《はんしょく》のための行為だ。

人魚は一個体が長生きすることもあり、繁殖にはあまり積極的ではない。

特にオスはその傾向が顕著《けんちょ》だった。

成長しきるまで数百年の年月を必要とする子供の存在が疎《うと》ましいのだ。

子供が欲しいと思うのは女だけで、男は子供を足かせとしか思えない。

だから、女の価値も低く見られている。

シオンの夫はそんな男たちの典型《てんけい》であり、戦士だから結婚したがシオンに対して何の興味もなかった。シオン本人は知らないが、名前すら覚えられていない。帰ってくる理由がないから、帰ってこなかった。

　通常、寿命《じゅみょう》が短い種ほど数が多く、長くなれば少ない。それが自然の基本だ。つまり強い者ほど数が少ない。そういう意味で言えば人間は例外であり、かなり性欲が強い生き物だと言える。

「あっ、あっ、あっ！♡」

　マルスに抱きつき胸を押しつけ、リリアは上下に腰を振っていた。

　付き合いは短いが、これまでの期間でリリアが一回も見せたことのない淫靡《いんび》な顔と声だ。

　騎乗位で自分の気持ちいい場所にマルスのモノを擦《こす》りつけていた。

　——すごく気持ちよさそう。そして、幸せそう。

　マルスもリリアも顔を真っ赤に染めて息を荒くしている。

　互いの凸凹《おうとつ》を埋め合って、そこから生じる摩擦《まさつ》の快感に身をよじらせて。

　喜悦《きえつ》と愉悦《ゆえつ》と恍惚《こうこつ》が融合《ゆうごう》しているかのように腰をくねらせていた。

　嫌がっている様子も痛がっている様子もない。ただ快楽と愛情だけがあった。

　二人は周囲のことなど微塵《みじん》も気にしていない。

　気にする余裕がないのだろう。

　早くも体表に珠《たま》のような汗《あせ》を浮かべて溺《おぼ》れ切っていた。

　人魚にはない情熱が絡《から》み合っていた。

「マルスっ、あっ、マルスっ！♡　イッく、イッく……！♡　ああああっ！♡」

ぶるる、と腰を痙攣《けいれん》させ、上下していたリリアが止まり、顔をマルスの頭に押しつけた。

直後リリアが全身の空気を大きく吐き出す。

「ふっ、あっ、んんんっ……！♡　あああ……♡」

震えた嬌声《きょうせい》が混じっていた。

まるで泣いているような鳴き声だった。

——あれが絶頂？

呼吸に合わせて震えるリリアの身体《からだ》は、制御《せいぎょ》できているとは思えない。

マルスに与えられるがまま快楽に沈んでいるようにしか見えなかった。

「いいなぁ……」

隣のハズキはぐちゅぐちゅ音を立てて激しく自慰《じい》をしていた。

太ももには愛液が輝く。

すぐできるように準備しているのか、ただ抑えきれなくなっただけなのか、どちらなのかは
シオンにはわからない。

素直に羨《うらや》ましいと思う。

セックスが、というより、他人の温度を感じられる場所にいられるのが羨ましかった。

マルスたちとともにいるようになって、自分は何かを他人と共有したかったのだと気づいた。

ちょっとした家事でもいいし、雑談でもいい。

お互いに感じたことを話して感想をもらう。

そんな小さな共有の積み重ねが人生に色をつけるのだとわかってはいた。

きっとみんなもそうで、目の前で繰り広げられる光景もまた、その一環《いっかん》なのだろう。

快感を、体温を、身体の形を共有して、不定形な自分の心を探っているのだ。

結局、誰かを通さないと自分のことはわからないのだとシオンは妙に納得した。

他人というフィルターを通して、初めて自分の純粋な部分が濾過《ろか》されて出てくる。

どうしたって単独では不完全な生き物なのだ。

どうしようもない空虚《くうきょ》感を抱えていたシオンは、ここに来てようやく共有こそが自分の願望なのだと心から理解した。

――寂《さび》しかったのでしょうね、わたくしは。

何も分かち合えないことが嫌だった。

何ができても何を持っていても、分かち合えないのなら空《むな》しいだけだ。

リリアの呼吸が落ち着いてくると、マルスは倒れ込んでリリアに馬乗りさせた。

そして両手を繋《つな》ぐ。

倒れ込んできたリリアがマルスにキスをして、また腰を上下させ始める。

上下左右前後に滑らかに動く腰が慣れを感じさせた。

「んっ、んっ、お、奥っ！♡　この体位だとっ、あっ！♡　体重で奥まで刺さって……！♡」

「な、何回しても気持ちいい……もうすぐ出そう」

「だ、出して、中、中にっ！♡」

マルスは下から突き上げる。

腰の上下に合わせてマルスは息遣《いきづか》いを大きくしていた。

そんなに気持ちいいのだろうか？

シオンがマルスの快楽を想像していると、腰を突き上げたマルスがビクンと止まる。

「あっつっ……♡　びゅくびゅくがたくさん……♡」

ぐりぐりと腰を回し、リリアは恍惚の表情を浮かべてマルスの顔を見ていた。

しばらく倒れてキスを続けるが、やがてリリアは起き上がって結合を解く。

リリアの股間《こかん》からだらりと半《なか》ば固まった精液が垂《た》れる。

精体というよりは固形物に近く、ぼとぼとと重みのある垂れ方をしていた。

そしてリリアは精液と愛液にまみれたマルスのチンポに躊躇《ちゅうちょ》なく口を付け、いやらしく音を立てながら舐《な》め始めた。

精液でテカるチンポが無性《むしょう》にいやらしく見える。

気づけばシオンは自身の下半身に手を伸ばしていた。

リリアをベースに作った性器はべっとりと濡れていた。

外見だけで、中身は自分の生殖器そのままのはずなのに。

興味はずっとあった。してみたい気持ちもあった。

しかし、発情していたわけではなかった。

ふと自分の胸に手を当ててみると、信じられないほど高鳴っていることに気づく。

身体の奥底が熱い。

体温の低い身体なのに、身体の中から焼けてしまいそうな熱が発生していた。

熱源は下腹部、卵子のある子宮《しきゅう》だ。

もしかして自分はマルスの子供を妊娠したいのか？

少なくとも身体はそう思っているのか？

そう思うと同時に羞恥心《しゅうちしん》が湧《わ》いた。

夫にすら身体を許していないのに、出会ったばかり、それも違う種族の男の子供が欲しいなんて。

だが、しょせん動物である以上そんなものなのかもしれないとも思った。

感情という高度なものの土台には本能が存在し、本能は正直に相手を選ぶのだ。

本能は所有しているものや立場など関係なく、ただ生物としてのスペック、強い子供を作れるか否《いな》かを重視する。

その本能が選び、感情がそれらしい理由付けをして衝動を装飾する。

「あの……！　わたくしとも交尾していただけませんか!?」

これまでと同じように黙っていればこのまま何も進まない。

七百年も繰り返してきた失敗を忘れるな。

衝動を隠せば訪れるのは絶望だ。

思うと自然に声が出た。

自分でも少々驚いている。

すると、マルスがシオンを見た。

ほんの少しだけ怖さを覚える。

マルスの視線はこれまでと違って、品定めでもするようなものだったからだ。

目線で全身を舐められているように感じられた。

今までのマルスはシオンに対して紳士的だったが、性欲を隠す必要は微塵もないこの状況だと、オスの部分を全開にしてしまうのだろう。

今なお下半身を気持ちよくしてくれている女と、自慰をして発情していることを微塵も隠さない女。

その二人と比較して、体力を割いてまで交尾したいかを吟味《ぎんみ》している。

どうしたらいいか迷い、シオンは立ち上がって借りていた服を全《すべ》て脱ぐ。

こちらからちゃんと働きかけねば相手にする気も起きないだろうと思った。

元から裸《はだか》同然の格好《かっこう》で海にいるから、羞恥心は少ないほうだ。

ただオスを誘うために身体を晒《さら》した経験はなく、とても恥《は》ずかしく感じられた。

同じ行為でも状況によって感情は変わる。

どう動けば正解なのかよくわからなかったが、ベッドに上がり直してM字に足を開いてみる。

性器を見せるのが手っ取り早い気がしたからだ。

外側はリリアのものでも、中身は自分のもの。

他人に見せるべきでない場所を見せて交尾欲をそそらせるだなんて、なんてはしたないのだろうとシオンは自分を責めたくなった。

だが衝動は抑えきれなかった。

自分もまた、熱い血の通う生き物だ。他人より深いところにその熱があっただけ。

とろとろになった性器が衝動を証明し、衝動が自《みずか》らの行いを肯定する。

反応し、寝そべっていたマルスが上体を起こす。

その視線はシオンの性器に向いていて、自分の行動が間違いでなかったと確信した。

第21話

――なんか、細かいこと気にするの馬鹿《ばか》らしくなってきた。

シオンさんの夫みたいに何もしてこなかったやつの権利なんて、本当に尊重する価値があるのか。

マルスはぼんやりと考えながらシオンを見つめていた。

目の前で性器を見せつけてくる女が三人もいる。

そのうちの一人は既婚者で、相手をすれば明確に不貞《ふてい》行為だ。

不倫《ふりん》である、夫からすれば。だが、シオンからすると見方は少し違うはず。

浮気される側も悪いと聞いたことがある。

個人的には浮気する方が悪いと思っていたのだが、今回のような場合は必ずしもする側が悪いとは言えない気がした。

両者が満たされた状態なら、当然する方が悪いだろう。

ただシオンの場合、夫はシオンに何も差し出してはいないのだ。

ルールを強制できるほどの義務を果たしていないのだ。

寝取っても何も思わないかもしれない。むしろ、興味のない女を引き取ってくれてありがとうと礼を言われるかもしれない。

自分がシオンの相手をしないと決めたなら、シオンに帰る場所はないも同然だ。

身体《からだ》も心も行く当てなく漂い続けるだろう。

倫理《りんり》だとか社会規範はある程度満たされた者たちが決めること。

満たされない者の気持ちまでも汲《く》んで作られた万能《ばんのう》の基準ではない。

「おいで」

まるで捨て犬のようにシオンはマルスの声に応《こた》えた。

自発的に寄ってきたところを見るに、先ほどの言葉は本心からのものだったに違いない。

顔を伏せていたシオンの顎《あご》を持ち上げ、間髪《かんはつ》入れずキスをする。

他人とここまで顔を近づけるのは今でも少し恥《は》ずかしく緊張した。

パーソナルスペースの侵害はそれなりに勇気のいる行為だ。

びくついた身体の反応から驚きや恐怖を感じたが、抱きしめて舌《した》を入れると次第《しだい》に肩の力は抜けていった。

舌先で突っついてみたり歯茎《はぐき》を舐《な》めてみたりを、くすぐったさが性的快感に変わるまで執拗《しつよう》に続けた。

「はぁっ、はぁっ♡」

口を離すとシオンは苦しそうな荒い息遣《いきづか》いをする。

呼吸困難気味だったのだろう。
一度も鼻で息をしていなかった。
しかし顔は蕩《とろ》けていて、嫌そうな空気どころかもっとしてと言いたげな表情だ。
「俺のほうがシオンさんを幸せにできる。これまでの七百年を忘れるくらい」
――こういうのを寝物語と言うのだろうか。
確証も自信もない無責任な言葉だ。
でも言うのと言わないのとではシオンだって安心感が違う。
どんな言葉だって結果が伴《ともな》わなければ嘘《うそ》になる。
宣言して努力する以外に言葉に説得力を持たせることは不可能だ。
だから白々しいと思いつつも言った。
努力する覚悟はある。
「よろしくお願いします……」
薄く眼《め》を開け、か細く囁《ささや》く。
この瞬間、二人の間に細い糸が繋《つな》がり、契約は結ばれた。
背中を支え、ベッドに優しく倒す。
リリアはなんだか蠱惑《こわく》的な表情で見守っており、ハズキは心底《しんそこ》羨ましそうに見ていた。
初めての相手とするときは最大限紳士的にリードする。
背中や首筋、鎖骨《さこつ》やわき腹など、あまり他人に触れられない場所に指を這《は》わせていく。

産毛《うぶげ》に触れるか触れないかの高さで、少しじれったさを感じるように撫《な》でた。

次第にシオンのほうからマルスの指に肌《はだ》が当たるよう身体を動かし始める。

もどかしさと快感への興味が身体を勝手に動かしているのだろうとマルスは冷静に捉《とら》えた。

受け入れてもらい、性交へ前向きになってもらう。

前戯《ぜんぎ》の役割は準備と気分の高揚にある。

シオンの乳首は勃起《ぼっき》し、太ももがもじもじと動く。

だがマルスは触れない。

乳輪《にゅうりん》の周りをなぞるように指を滑らせても、一番敏感なところは触らない。

下乳から胸の輪郭《りんかく》をなぞり、期待だけを向上させ、また別な部位に触れたりする。

「マルス様、その、あの……」

「──ちゃんと触ってほしい?」

「……はい。疼《うず》いて変になりそうで」

欲しかった言葉を聞き、マルスは少々強めに胸を揉《も》む。

ここまで大きいのはリリア以来だなと思った。

背中に押しつけられたときは硬《かた》く感じられたが、実際に触ってみると、水がパンパンに詰まったような柔らかさがあった。

面で触ると硬いが、点で触るとその感触がよくわかった。

水面を叩《たた》くと硬さを感じるが、水の中に手を入れれば少しも硬くないことがわかるだろう。

それに似ていた。

水のようなものが詰まりに詰まっているから、かろうじて形を保っているだけで、その柔らかさは肉体とは思えないものだった。

一番柔らかいリリアの胸よりもさらに柔らかい。

崩《くず》れないゼリーに触れているようだ。

揉んで乳首に吸いついて、左手を腹伝いに股間《こかん》まで伸ばしていく。

指が割れ目に到達すると、触り慣れた柔らかな肉がぬめりのある液体に覆《おお》われていた。

愛液にしては粘性《ねんせい》が高い。

喉奥《のどおく》から出る粘性の高い唾液《だえき》に似ていた。

「あっ……」

ローションのような液体に導かれ、マルスの指はシオンの膣《ちつ》内に侵入する。

外側はリリアのものに近いのに、中身はまるで違う。

膣口《ちつこう》の締まりはそれほど強くなく、マルスがいきなり挿入《そうにゅう》してもきっと抵抗なく受け入れてくれるだろうことが予想できた。

処女相手だからと気を遣《つか》って愛撫《あいぶ》していたが、もう挿入を試《こころ》みてもいいかもしれない。

リリアに火をつけられた性欲は全身を焼いていて、また、既婚者と性交するという初めての経験に興奮《こうふん》してしまっていた。

マルスが挿入について尋《たず》ねると、シオンは顔をそらして口元を隠しつつも頷《うなず》いた。

起き上がったマルスはシオンの足を開き、少し前のめりになって正常位で挿入する。

「入れるよ」

「ど、どうぞ……うっ」

予想以上にあっさり亀頭《きとう》が呑《の》み込まれる。

シオン特有の潤滑《じゅんかつ》性の高い愛液がそれを可能にした。

「んんんっ、ふ、太いっ……！」

かは、と体内の空気を吐き出しながら、シオンは涙目でマルスを受け止める。

体内の強烈な異物感と圧迫感に身悶《みもだ》えしていた。

「ふっ、うっ、い、痛くない？」

「だ、大丈夫ですがっ……お、大きすぎてっ、く、苦しいですっ……！」

膣内から内臓を押しつぶされてしまいそうに感じ、シオンは薄《うっす》らとした気持ちよさとともに不安を抱いていた。

太くて長く硬いチンポは初めてのシオンでも存外《ぞんがい》、気持ちいい。

初めてはもっと痛いものと思っていたのだが、すんなりと受け入れることができた。

それでも苦しい感覚はぬぐえない。

マルスは腰を突き入れて膣内の感覚に夢中になっていた。

——みんなと全然違うぞ……！

まず体温が違う。

膣内までが体温と同じく生《なま》ぬるい。

そして構造があまりに違う。

侵入は簡単だが、抜け出せないのだ。

膣口が緩《ゆる》くても中の締まりは異常なほど強い。

そして引き抜こうとするとコリコリした硬い返しに阻《はば》まれ、さらに奥まで引きずり込まれる。

まるで子宮口《しきゅうこう》に突っ込んでしまったようで、射精して萎《な》えないと抜くことができそうにないほどだった。

さらにその大きなヒダがカズノコ状の突起《とっき》で覆われていて、握りこまれるような圧力とともに刺激を与えてくる。

海中生活をメインとする人魚は交尾《こうび》も海中だ。

人間のように体勢を固定できないため、膣内のほうが挿入してくるオスを逃がさない構造になっている。

また、射精された精液が流れ出ないようにもなっていた。

返しの部分が閉じるのだ。

突起のないオスの肉棒を射精させるため、中身は凶悪な作りだ。

エイやイルカなど体内で受精する水棲《すいせい》生物もこれと似た、射精させるための構造が整っている。

「な、なんだこれ、す、すご、刺激強すぎる！」

奥に引き込む膣内の動きのせいで、腰がカクカクと前に出る。

膣奥までたどり着くと、そこにはひらひらした薄いヒダが密集していた。

ピストンのストロークでさえすぐ射精してしまいそうなほど刺激が強いのに、亀頭にまとわりつく不思議な刺激まで加わり、思わずぐっと歯を食いしばる。

それなりに経験を積んだ男として、つい今しがたまで処女だったシオンにあっさりイカされたくはない。

矮小《わいしょう》でもやはりそんなプライドはあった。

だが腰が止まらない。

強い刺激が欲しくて欲しくてたまらない。

ピストンの度《たび》にゴリゴリとした感触が肉棒から全身に波及する。

あまりにも射精を促《うなが》すことに長《た》けた性器だった。

「あ、う、うっ！　お、大きくてっ、ううっ！　な、長いっ、知らないです、こんなのっ！」

「お、俺も知らなっ、ぐうっ！」

体内に別な生き物でも飼っているのかと思うくらい、膣奥のひらひらしたヒダが複雑に絡《から》みつく。

突くたびに感触も違う。

竿《さお》はゴリゴリと扱《しご》かれ、根元から精液を搾《しぼ》り取られるようだ。

普通なら動けないほどの締まりなのに、ぬるぬるの愛液の潤滑性が高くスムーズに動けてしまう。

どうしても我慢《がまん》できず、腰の動きがどんどん激しくなった。

激しくするとシオンの反応も比例して激しくなっていく。

「あ、熱いっ、熱いですっ！♡　中が火傷《やけど》してしまいそうっ、あっ！」

我慢の限界が近づいて、マルスはますます前のめりになっていく。

シオンの両足の間に完全に挟《はさ》まり、シオンが動かないよう両手を握りこんでベッドに押しつける。

引き抜いて外に出すことはできそうにない。

射精して萎えるまで、シオンの性器はマルスを逃がしてくれないからだ。

何よりマルス自身が膣内射精したくてたまらなくなっていた。

――こ、こんなすぐイカされるなんて！

「だ、だめだ、出る、出るっ……！」

膣奥にぐりぐり押しつけ、体重を乗せ、両足をピンと伸ばし、こみ上げる射精感に身を任せる。

本当に守ってやれるのか、幸せにしてやれるのか、言葉だけで全く責任の取れない状況でありながら既婚者に手を出し、夫や本人すら知らない場所に欲望の塊《かたまり》をねじ込んでいる。

そして無責任に射精までしようとしている。

背徳感《はいとく》が頭をもたげ、背筋《せすじ》を通って腰に向かっていく。

他人のものだからこその好奇心だった。

他人の畑だからこそ種をまきたい。

自分の根底にそんな背徳への憧《あこが》れがあることに気づいたとき、マルスは射精した。

びゅるびゅるびゅるびゅるびゅると、リリアの膣内で出した時以上の量が小便でもするように流れ出た。

いつも二回目のほうが射精の勢いは強かった。

一回出して硬い精液が出ることにより、二回目以降はスムーズに出てくれる。

どくんどくんと注ぎ込まれる精液の温度にシオンは絶叫した。

「ああああっ!?　熱いっ！　熱いっ！」

体温が低いから、体温の高いマルスの精液の温度がみんなより遙《はる》かに強く感じられる。

熱湯でも注ぎ込まれたように感じた。

膣内から焼かれるような感覚だったが、同時に凄《すさ》まじい快感でもあった。

じりじりした熱さが快楽に変わり、内臓を通して全身に染《し》み渡り、脳まで焼く。

それは本能が満たされたとしか言えない感覚であり、肉体的には絶頂状態だった。

しかし精神のほうが強く満たされていて、目の前で苦しそうな顔で喘《あえ》ぐマルスがやけに愛《いと》おしく思えてくる。

大切であるはずの人物から冷たくされ続けた自分を受け入れてくれたのはマルスだけだったからだ。

「んあ、あ、あ！」

眼を完全に見開いて、上のマルスを抱き寄せる。

視界が真っ白で、眼で見ている景色が上手《うま》く認識できなかった。

口は呼吸に合わせて短い声を発することしかできず、頭の中の語彙《ごい》は全《すべ》て消滅する。

七百年生きてきて初めての絶頂だった。

自慰《じい》以外でまずすることがないにしても、身体の機能として絶頂に達せる素質は備わっていた。

その後、シオンの膣内から出るため抜かずでセックスは続いた。

勃起したままではつっかえて出られない。

情けないことに一時間もしないうちにマルスは三度射精し、ようやく抜け出ることに成功する。

そして不満げな顔なリリアとハズキに襲《おそ》われ、朝方まで行為は続いた。

もはや性奴隷《せいどれい》はマルスのほうで、合計するとこの日だけで十五回絞《しぼ》られてしまった。

第22話

「げっそりしてるにゃあ……」

「あ、ああ、腰もなんか変な感じだ」

翌昼、疲れ切ったマルスにネムが苦笑いした。

たった一晩でマルスの体脂肪は一キロ近く減っており、反面、女たちはツヤツヤしていた。

特に顕著《けんちょ》だったのがシオンで、これまであまりなかった人妻の色気のようなものをむんむんと醸《かも》し出している。

「皆さんがどこでもしたくなる気持ちがわかりました！　今晩もお願いできますか？」

「こ、今晩もか……！　今日はちょっと控《ひか》えめにしてくれると助かる」

一度覚醒《かくせい》したシオンは様々な体位を求めてきた。

騎乗位での腰振りは仲間の中でも随一《ずいいち》の激しさで、その膣《ちつ》内構造もあってマルスは何度も射精させられた。

出したばかりでもお構いなしに乱れ、絶頂に絶頂を重ねる淫乱《いんらん》っぷりだった。

ハズキが自分と同等レベルの変態に遭遇《そうぐう》し驚いていたほどだ。

純粋に行為が気持ちよく、ハズキやリリアのように羞恥心《しゅうち》を刺激されて感じるということもほとんどなかったので淫語《いんご》は控えめだったが、激しく求められれば興奮《こうふん》する。

おとなしい者ほど案外性欲が強い。ハズキのときに思ったことをもう一度思った。

朝は起きられなかったため、昼になってから風呂に入り身支度《みじたく》を整えてダンジョンに戻る。

攻略を急ぐつもりはないが長居する気もない。

一日単位の休みはなるべく減らしていくつもりだ。

今日は引き続き洞窟《どうくつ》の中を進む。

カエルの洞窟以後、人工物らしきものは減って、これまでのダンジョンと似た感じになっていた。

「にしても、次の階層までの階段がないな。一階層が長すぎる」

「ええ。これまでも一階層に二日かかるようなダンジョンはありましたが、それは迷宮らしく道に迷っていたからですしね。ここまで大きくはありませんでした」

「そうなんだよな。ここは単純に広すぎる。ただまぁ徐々《じょじょ》に下って行ってるからもしかするとこういう形式なのかも」

序盤《じょばん》の百キロ以上続いた直線だけでなく、海底都市クリティアスは何かが変だ。

現状だけを踏まえるならダンジョンというより魔物のいる神殿である。

海神を押し込んでからダンジョンを建てたのかもという推測《すいそく》もしたが、真偽《しんぎ》は不明だ。たぶん、誰に聞いてもわからない。

「夫はどうなったのでしょう。ほかの戦士たちとともに乗り込んでいるはずですが、今のところ全く痕跡《こんせき》がありません」

「そもそも地上ばっかりだったけど大丈夫なの？」

「わたくしと同じように足を生《は》やしているとは思いますが……まぁ戦士たちは強いので、これくらいの障害でしたら苦労せずに進んでいるのかもしれませんね」

——俺たちの力を知っても強いと言えるのか。

これは本腰入れないと人魚に先を越される可能性があるな。

シオンさんに手を出してしまっているから、交渉《こうしょう》はきっと上手《うま》くいかないだろうし。

「俺たちも急ごう。ダンジョンの構造はわからないけど、前に進むしかない」

全員に発破《はっぱ》をかけ、マルスたちは歩き出す。

遙《はる》か上空に謎の飛行物があることをマルスはまだ知らない。

不幸は唐突《とうとつ》にやってくるものだ。

何の脈絡《みゃくらく》もなく突然に理不尽に——。

◇

「なんかこの下、臭いにゃ。おしっこみたいな匂《にお》いするにゃ」

「わたしじゃないですよっ!?」

「いや、漏《も》らしてるとは思ってないよ⁉　魔物の匂いだろうね。気をつけよう」

下りの道の途中、ネムが鼻をつまんで言ったところ、ハズキが過剰《かじょう》反応した。

「広いとこに出たな。たいまつじゃよくわからないから、明かりの魔法を使ってくれるか？」

「がってんしょうちですっ！」

ハズキが天井に向け明かりの魔法を放つ。

だいたいワンフロア全《すべ》てが見渡せるようになる魔法だ。

だだっ広い円形の水辺にたどり着く。

まさに地底湖だった。

「ぎゃ⁉」

明かりが灯《とも》るのとほぼ同時に、ハズキの叫び声が響いた。

目があって、目が合った――。

車そのものと大差ない大きさの目玉が全員を射抜《いぬ》く。

巨大なイカの魔物がいた。

天井の高さは十メートルほどだが、イカはそれ以上に大きいように思えた。

水の中にいるから全体像はわからない。

見えているのは湖から出ている一部だけだ。

「きっもちわるっ⁉　何ですあれっ⁉　眼《め》デカっ！　ぜんっぜん羨《うらや》ましくない大きさですよっ⁉」

「どう見ても巨大イカでしょう！　ハズキ、イカ焼きにしてしまいなさい！」

ハズキが魔法を使う前にイカの魔物は触腕《しょくわん》を伸ばし、一同を薙《な》ぎ払うように攻撃してくる。

マルスは『身体強化』を使用し、迫りくる触腕を斬《き》り落とす。

しかし切れた触腕はそのままマルスたちのほうへ飛んできた。

ネムがその触腕に蹴《け》りを入れ、勢いを殺して地面に叩《たた》き落とした。

「あ、ネムこれダメにゃ！　匂いが無理にゃ！」

鼻をふさぎ、ネムは涙目で座り込んでしまう。

強みである嗅覚《きゅうかく》が弱点に切り替わってしまった。

その生臭《なまぐさ》さは尋常《じんじょう》でなく、とりわけアンモニア臭がひどい。

浸透圧の関係で、海にいる多くの軟体《なんたい》生物は尿素《にょうそ》を体内に大量に保有している。

マルスでさえ目に染《し》みて涙が出てくるレベルだ。

斬ってしまったせいで体液が飛び散り、臭気《しゅうき》は一層ひどくなってしまった。

触腕はまだまだたくさんある。

そのうちの一本がハズキの足を摑《つか》んだ。

「ぎゃーっ⁉　なんか摑まれてるっ⁉　助けてくださいっ！」

「ハズキ！　今助けます！」

「リリア、電撃はダメだ、ハズキちゃんが死ぬから！」

電撃を纏《まと》わせた矢を放とうとするリリアをマルスは止める。

マルスが踏み込んで助けようとすると、イカはハズキを天井めがけてぶん投げた。

「と、飛んでっ、あっ死ぬっ⁉」

天井は高いが、イカの力から考えると天井まで到達することは確実だった。

ぶつかって落下し地面に叩きつけられれば、まず間違いなくハズキは死ぬ。

マルスは瞬時に複数『身体強化』を使用し、イカの触腕を階段代わりにして飛び上がった。

天井付近でハズキを先回りして受け止め、背中から天井にぶつかる。

力の加減などできなかったから、マルスの背中は尖《とが》った岩が突き刺さり一瞬でボロボロになった。

「ぐっ！　ハズキちゃん、上から魔法で焼け！」

「紅蓮《ぐれん》の方陣《ほうじん》『流星火《りゅうせいか》』！」

天井からハズキの魔法が炸裂《さくれつ》する。

名前の通り隕石《いんせき》に似た高速の火球だ。

イカの本体部分に当たると、急速に全身が縮《ちぢ》みあがって触腕が本体に収束していく。

真上にいるとハズキの魔法が如何《いか》に強力かがわかる。

この一瞬で上昇気流が発生し、二人分の体重がしばらく支えられるくらいだ。

代償《だいしょう》は呼吸の苦しさ。

狭苦しい空間で使用すると酸素が一気に燃え尽きる。

選択ミスを後悔しても、やってしまったことについてはどうしようもない。

この一瞬の攻防だけでいくつもミスをした。

――まずい、このままじゃ二人とも死ぬ！

地面に落ちたとして、たぶん俺は無事じゃすまない。

水もダメだ。この高さから落ちれば衝撃はコンクリートに叩きつけられるのと大差ない。

しかしどちらかを選ぶなら、水のほうしかない。

マルスは天井を蹴り、水のほうへ身体《からだ》を誘導した。

「ハズキちゃんだけは助ける！」

「マルスさんはっ⁉」

返答する時間はなかったし、返せる答えもなかった。

マルス自身をクッションにすれば、ハズキだけは助けられると思った。

死を覚悟しかけたとき、二人の全身は水の柱に掬《すく》いあげられた。

水中なのに呼吸できる。

顔の周りに空気があるのだと一瞬遅れて気づいた。

そのまま水の柱は地面に向かい、二人をゆっくり降ろした。マルスとハズキは何が起きたのかわからないまま助かった。

「はぁ……よかった……」

ぺたん、とシオンが腰を抜かしたように地面に座り込む。

水を操《あやつ》る魔法、空気を作る魔法、それらを同時に行使し、シオンが救い出してくれたようだった。

イカの魔物は沈んでいき、死んだのかまではわからないが、ひとまず脅威《きょうい》は去った。

「あ、あ、ありがとうございますっ！　ほ、ほ、本気で死ぬかと思いましたぁっ！」

ハズキは号泣《ごうきゅう》してマルスとシオンに土下座《どげざ》した。

毎度自壊しつつ戦うマルスはともかく、ハズキは本当の死線を知らなかった。

実際今回はマルスすら死を覚悟したほどだ。

シオンがいなければ間違いなく死んでいた。

「ぐっ、海水が染《し》みる……！」

マルスの背中にはそこそこの深さの傷が多数あった。

岩が突き刺さってできた傷だ。

リリアとハズキが急いで治癒《ちゆ》を開始した。

特にハズキは泣きながらで、逆に申し訳ないレベルだった。

「シオンさん、本当にありがとう。俺たちだけなら死んでた。やっぱり気が抜けてるんだな」

「いえいえ、お役に立てたなら光栄です。思わぬ実演でしたが、わたくしはあのような魔法が使えます。戦略に組み込めるようでしたら、ぜひ」

「うん、お願いする」

ハズキは濡《ぬ》れた身体を温めるために火を起こし、それを機に全員で休憩《きゅうけい》することに決めた。

マルスは正直動ける状態ではなかったし、気が動転していて心拍《しんぱく》数が異様に高い。

この状態で挑《いど》んでもきっと同じようにミスをする。

今回の場合、最初はリリアの電撃に頼るべきだった。

ハズキの氷の魔法でもいい。

どちらかを選ぶ前に事態を悪化させたのがまずかった。

つまり、マルスの判断力が低かったのだ。

長らく続いた動きのない時間が判断力の低下を招いたのだ。

考え続けるという基本を忘れてしまっていた。

——この傷は戒《いまし》めだな。

かなり痛むがこの痛みは忘れてはいけない。

「お、あっちのほう、先に進む道がある」

地底湖の奥に真っ暗な洞窟が続いていた。

「くしゅんっ！　あっ、本当ですねっ！」

「鼻水を拭《ふ》きなさい。全くもう……ほら」

びしょ濡れのハズキは鼻水を垂《た》らしていて、リリアにハンカチを渡されていた。

涙やら鼻水やら、ありとあらゆる体液が顔を覆《おお》っていた。

身体が冷えてしまっているようだ。

「にゃーにゃー？　ここの水、どこに繋《つな》がってるのかにゃ？」

地底湖を見つめ、ネムが疑問を口にした。

さっきのイカがどこから来たのか。ダンジョンは基本的には独立空間のはず。

ここは大きな地底湖ではあるが、あのサイズのイカが生息するには少し小さい。

水の底に死骸《しがい》が沈んでいたが、さらにその奥に海底洞窟のようなものが見える。

「もしかして、人魚たちはこっちに行ったんじゃないか？」

「あり得ますね。わたくしたちが陸路と水路どちらかを選ぶかと言えば、やはり水路でしょうから」

「どっちが正解なんだろう……とはいえ、ここまで来たら陸路がいいとは思ってる」

「先ほどの魔物、ああいったものがたくさんいるのだとしたら、水路は危険かと思います。わたくしも戦えますが、戦えるだけで勝てるとは限りません。ハズキ総帥《そうすい》のように一撃でとはいきませんし」

海中は一気に死亡リスクが上がる。

陸路が用意されているならそちらを選択したい。

なんとなく、海中を進むほうが近道なのではという気もするが、やはりホームグラウンドで戦いたい。無用なリスクは冒《おか》すべきではない。

「リリア、治癒ありがとう。もう大丈夫だよ」

「で、ですがまだ完治しておりませんよ？」

「いや、今はまだ完治しなくていい。痛いままでちょうどいいんだ。俺のせいでハズキちゃんを失いかけた」

「――わかりました。ですが夜には完治させますからね。身体に傷を残すべきではありません」

リリアはマルスの意図がわかっている。しかし、心配もしていた。

自責の念を持つことは大事だが囚《とら》われすぎてもいけないと誰より知っている。

「マ、マルスさん、ごめんなさい……わたしが不注意だったせいでっ……」

「まぁ気づいても躱《かわ》せる速度じゃなかったと思うよ。もっと早い段階で判断しなきゃいけなかったんだ。相手に攻撃させてしまったのがいけなかった。今回は俺の判断ミスだ」

そんなことないとハズキは反論するが、今は自分を責めたい気分だった。

ダンジョンを舐《な》めすぎた。いくつか踏破《とうは》したくらいで何もかもわかった気になっていた。

この状況は自分の驕《おご》りが生んだ結果でしかない。

「俺の判断が間違っていると思ったとき、何でもいいから意見してほしい。ハズキちゃんも今回のことは自分も悪いと思っているなら、それを償《つぐな》いにしてほしい」

「わ、わかりましたっ……」

――俺だって状況によっては守られる側だ。

ハズキの濡れた髪を整えてやって、マルスは笑いかける。

痛みを糧《かて》にし、一同は進む。

緩《ゆる》んだ心が再び引き締まったのをマルスは感じていた。

――マルス・アーヴィングに引っ張られるな。

俺は子供じゃない。
忘れるな。日本人、行町行人《あるきまちゆきと》だったことを――。

第23話

「！　前方！　何かいます！」

進行中、リリアが叫んで弓を構える。

地面に倒れていたのは男の人魚だった。

「この方は……戦士です」

近づいて確認すると、その人魚はすでに息絶えていた。

死因は明らかだった。

上半身の半分が欠損《けっそん》していたからだ。

何かに嚙《か》み千切《ちぎ》られたような痕《あと》があった。

遺体の様子を見るに、死んでからしばらく経《た》っているようだった。

かろうじて原形をとどめているという状態だ。

血は地面に続いていて、致命傷を受けてからもしばらく動き続けていたらしいことがわかる。

「あの、人魚さんの埋葬《まいそう》の仕方はわからないですけど、よければわたしが埋葬しましょうかっ？」

「埋葬……？　わたくしたちは海に流して見送ります。魚やほかの命の糧《かて》にするために」

「わ、わたしは墓守《はかもり》の一族で、一応埋葬や供養《くよう》には詳《くわ》しくて……このままじゃ忍びないと思うんです。地上では燃やしたり埋めたりして、自然に還《かえ》してあげるんですよね。ここで誰にも見送られず放置されるのは可哀相《かわいそう》かなと……」

シオンがそういうものならと了承《りょうしょう》したので、ハズキが燃やして灰《はい》にする。

◇

旅は長らく続く。

一カ月以上かけて進んでも階段は一つも見つからなかった。

階層が分かれているのではなく、いくつもフロアが連なっている形状だとこれまでのマップから推測《すいそく》した。

この頃になると、人魚の死体に遭遇《そうぐう》することが増えてくる。

ただ人数は少なく、陸路と水路の二手に分かれて進んでいるのではないかと思われた。

同じ種族と言っても戦士たちとは関《かか》わりはないようで、シオンはあまり悲しんでいる様子を見せなかった。

話を聞いている限り、シオンは限りなく引きこもりに近い生き方をしてきたようだった。

「正攻法だよな、このダンジョン。進めば絶対に何かの魔物がいる」

「しかも倒さないと先に行けないしにゃあ」

戦いを避けながら進めないせいで進行速度は遅い。

「変な魔物ばっかりですしねぇっ……ここの魔物、みんな目が怖くないですっ？」

「妙に無機質なのですよね……感情がこもっていないというか。まさに死んだ魚の眼《め》です。生きてますが。大きいから無駄に迫力がありますし」

普通の魚でさえ少々不気味なのに、それが数メートル以上だとなおさら不気味だ。

さらにタコやイカなどの軟体《なんたい》生物はそもそも不気味である。

陸の魔物と違い、敵意があるのかどうかさえ判別がつかない不気味さがあった。

――とはいえ、迷う要素がないだけ、かなり気は楽だ。

戦闘だけなら気をつければどうとでもなる戦力はある。

各関門を越えて進めばいいなら単純明快だ。

「……」

「シオンさん？」

一番後ろを歩くシオンは何やら物憂《ものう》げな顔をしていた。

普段からほとんど目を閉じていて表情はイマイチわかりにくいタイプだが、様々な顔を見てきたからある程度はわかる。

「あ、いえ、何も」

「絶対に何かあるでしょう。不安に思うことがあれば言ってください。場合によっては私たちまで危険に陥《おちい》るのですから」

はぐらかそうとするシオンをリリアは咎《とが》める。

「……今まで同族の亡骸《なきがら》を見て夫ではないと言っていたでしょう？　実は、わからないのです」

「わからない？」

「はい。夫の顔がわからないのです。大昔に一度、婚礼の際に会って以来、見ていないので覚えていないのですよ。だから亡骸の中に夫が混じっていたかもと。――口にすれば薄情に思うでしょう？　皆さんに嫌われたくなくて、言い出せませんでした」

沈んだ声でシオンは言った。

適切な回答は思い浮かばない。

薄情かどうかさえ判断しがたかった。

「正直、もし死んでいても悲しく思える自信がありません」

「別にいいでしょっ！　大事にしてくれない人を大事にしなきゃいけないんですかっ？　むしろこれはボコボコ案件ですっ！　もし会ったら殴らなきゃっ！」

「私もそう思いますね。形式だけなのですから義理立てする必要はありません。寝取られてよかったでしょう？」

リリアとハズキはシオンの夫に対してボロクソ言った。

こういった案件に関しては女のほうがシビアだなとマルスは少し戦慄《せんりつ》した。

自分もしっかりしなければ。

「音が響いてきたにゃ！　この先にでっかい場所あるにゃ！」

「お、戦いだな！」

少し重苦しい空気と、いずれ自分に波及しそうな予感から逃げるようにマルスは前を指さした。

察しのいいリリアはその後ろ姿にジト目を向けるが、すぐに微笑《ほほえ》みに変える。

できるできないはともかく、これまでも誰かのために尽力してきた実績が信頼の源《みなもと》だ。

第24話

「は？」

次のフロアに到着した瞬間、マルスの口から空気が漏《も》れ出るような声が出た。

「馬って水の上歩けるのにゃ……!?　うちのも実はできるのにゃ!?　本気出してないだけなのかにゃ!?」

「え、いやいや、えっ？」

水の上に馬が三頭立っていた。

真っ黒な毛並みで、眼《め》はヤギのような黒目をしていた。

水面下に足場でもあるのかと疑ったが、水深五十メートル相当の海のど真ん中に馬はいて、見た限りでは歩けるような足場はない。

「気をつけてください！　今までの魔物とは違いますよ！　その魔物の名はケルピー、魔法を使います！　わたくしたちは海神と同じく神の分類に入れています！　知性が高いのです！」

シオンが珍《めずら》しく声を張って叫ぶ。

まずリリアが弓を引き、矢が勢いよく飛んでいく。

狙《ねら》いはばっちりで馬――ケルピーに向かう。

しかし馬の足元から水柱が発生し、矢は水に呑《の》まれてしまった。

「水を操《あやつ》るというわけですか……！　小癪《こしゃく》な！　次は電撃をお見舞いして差し上げます！」

ぎりり、とリリアは歯を食いしばった。

「凍《こお》らせちゃいますよーっ！　もうこの場所ごと凍らせてもいいですかっ⁉」

「よし、お願い！」

ハズキが覚えたての魔法で空間ごと凍らせる。

巨大な魔力ありきとはいえ、このダンジョン特攻の魔法だなとマルスは少し申し訳なくなる。

水場にいる以上、凍らせてやればどんな魔物も大した障害ではなくなるのが現状だ。

マルスは凍りついた馬のそばへと歩いていく。

水はしっかり凍っていて、歩くことに不安はない。

強い魔物をしっかり観察しておきたかった。

海神の分類にいるなら、先にいる本物についてわかることがあるかもしれないからだ。

「これが海神と同じ分類ね……」

――楽勝なのでは？

もしかすると、ハズキの存在がかなりのヌルゲーにしてしまっているのではないか。

人魚は海を凍らせて戦うようなことはできない。

自分たちも凍ってしまうからだ。だから勝てなかっただけで、氷の魔法が使えるのなら話は違うのではないか。

気を抜いてはいけないとわかっていても、さすがにここまであっさりだと緩《ゆる》んでしまう。

「マルス様、離れて！　この程度ではケルピーは殺せません！」

「え？　氷漬《こおりづ》けだぞ？」

叫ぶシオンに振り向いてみたところ、蒸気が発生して視界が白む。

蒸気の発生源は三頭のケルピー。

どろどろと氷が溶けて何事もなかったような顔で歩き始める。

「水を操るって温度もかよ……！　くそ、油断した！」

慌《あわ》てて剣を抜き、一頭の首に斬《き》りつける。

早く離脱しなければ足場が溶けてなくなってしまう。

だがマルスの剣は氷で勢いを失い、首を切断できなかった。

ケルピーが自《みずか》ら氷を生成して防御《ぼうぎょ》したのだ。

ケルピーは笑う。

醜悪《しゅうあく》な顔で、嘲笑《ちょうしょう》するように。

お前たちがしたことと同じに殺してやる。

馬とは思えないそのいびつな表情から、マルスはそう言われた気がした。

「――舐《な》めるなよ！」

明らかな油断がケルピーの顔にはあった。

だから、新しく習得しておいた【禁忌《きんき》の魔本】の魔法を発動する。

マルスの前方、つまりケルピーの後ろに、もう一人マルスが出現した。

そしてそのもう一人は後ろから油断しきったケルピーの首を刎《は》ね、消えた。

ほんの一瞬の具現化だが、『身体強化』など他の部分で底上げしたステータス等も引き継がれる正真正銘《しょうしんしょうめい》のもう一人の自分だ。

強みは装備もそのままコピーされること。

弱点としては、怪我《けが》などの状態も引き継がれてしまうところと、魔力の消費が凄《すさ》まじく、マルスの魔力量だと二回使えば『身体強化』すらできなくなってしまうこと。

分身は直前の自分の思考まで全《すべ》てトレースしているため、マルスの反射速度ならほぼラグなしで思い通りに行動できる。

これもまたハズキの潜在能力と同じように、術者の能力によって強さが増すタイプの魔法だ。

一頭を殺し、すぐにみんなのもとへ戻ることにした。

体重をかけると足元の氷から溶けた水が染《し》み出てきていたからだ。

長居すれば深い水の底に落とされる。そうなれば、水中での戦闘能力がないマルスは確実に殺されるだろう。

一歩進むたびに、ビキビキ音を立て氷に亀裂《きれつ》が入っていく。

後ろからは残った二頭のケルピーが仲間を殺された怒りを露《あらわ》に追いかけてきていて、不安定で力を込めきれない足場では追いつかれてしまう公算が高かった。

しかし仲間たちが傍観《ぼうかん》しているわけもなく、リリアの電撃矢が飛び、マルスの進む先の氷はハズキに再度凍らされ補強される。

そしてマルスが戻ってきたタイミングでネムが飛び出し、両手に巨大な爪《つめ》を具現化する。

さらに、数歩だけ駆けて跳《と》び上がり、空中で身体《からだ》をひねってケルピー二頭の後ろに回りこんで斬り裂いた。こちらもまた【禁忌の魔本】の魔法の組み合わせである。

近接攻撃力ならマルスの次に高く、速度だけならマルスより速いのがネムだ。

相手が追うことに気を取られているならそう苦労はしない。元々王子クルーゼの先槍《さきやり》として使われていた奴隷《どれい》だから、戦闘能力も戦闘センスもずば抜けていた。

「海神があの程度ってことはないよね？」

「まぁケルピーは危険度は高くてもそれなりにいる魔物ですから……あくまで分類が同じというだけですね」

小休止で、そのままの場所にて休憩《きゅうけい》する。

全員体力だけでなく魔力的な消耗《しょうもう》も激しく、倦怠《けんたい》感があった。

動くのが億劫《おっくう》にならない程度に食べまくり、眠気のある者は昼寝して体力を回復する。

「だよなぁ……だんだんとただの力押しじゃキツくなってきた。まぁ今のは俺の確認ミスだけど……」

「普通凍れば死にますものね。実際、魔法を使えるような魔物でない限りは問題ないと思います。これまでもそうして進んできましたし」

トドメを刺すところまでは戦わない展開は多い。

適当に切り上げてさっさと移動が一番消耗が少ないからだ。

「あとどれくらいあるのかにゃー。お日様が見たいにゃ……」

「ダンジョンに入ると恋しくなりますよねぇっ……」

「私も緑を見たいです……ここ、水と岩しかありませんもの」

リリアたち三人は疲れた顔で愚痴《ぐち》を言い合っていた。

ダンジョンでは定番の内容ではあるが、あまり長く続けばこの環境は相当ストレスがたまるのだともわかる会話だ。

自由度を制限され命の危険もある環境にストレスに感じない生き物はいない。

「今までの経験から言って、そろそろ終わりも見えてくるはずだ。もう少しだけ頑張ろう」

「迷っている時間がないことを考えれば、もうダンジョン一つ分以上は進んでいますものね。いつもは同じところをぐるぐる回りますし」

「まぁ広い海の中だし、これまでの常識が通用するとは思ってないけど、魔物の強さが上がってきてるから終わりも近いと思う」

「これまでも後半はなぜか小さくて強い魔物ばかりがいましたものね……」

強い存在は見た目での威圧《いあつ》などしない。

だから大きい身体を持っている必要がそもそもない。

最後の最後はわからないが、後半は単純に個体として強いものばかりが出てくる。

それは肉体の強さよりも勝負強さに依存《いぞん》していて、生き延《の》びることや相手を殺すことに長《た》けた存在だ。前半までにいた魔物の中でも強い個体などが再び、唐突《とうとつ》に現れることもある。

「実際のところ、人魚たちはどこまで進んでいると思いますか？」

「かなり奥まで。ダンジョンがまだ崩壊《ほうかい》してないところを見るに攻略はしてないだろうけど、それに近い場所まで行ってるかもしれない。水路のほうがどうなってるかわからんから何とも言えないけど、死体が少なすぎる」

——食べられてるだけかもしれないけど。

シオンの質問に優しく答える。

真偽《しんぎ》なんて誰にもわからない。なら暗い回答をする必要はない。

ただ、まるっきり適当に答えたわけでもなく、本当に先にいると思ってもいる。

先ほどのケルピーのように、人魚しか詳細《しょうさい》を知らない魔物がいたからだ。

シオンは人魚でも一般人に近く、ケルピーは都市付近にも現れるから知っていただけで、基本的にはそう詳《くわ》しいわけではない。

しかし、日常を戦いに費《つい》やす戦士ならば違うのではないか。

楽な倒し方——弱点を熟知しているかもしれない。

——俺の覚えた弱点のわかる魔法、実はあんまり使えないんだよな。

肉体の弱いところがわかるだけで、相手が何してくるかはさっぱりわからん。

知識がないと結局どうしようもない。

休憩しつつ雑談をしていると、海を裂くような轟音《ごうおん》が鳴り響く。

ネムもほかのメンバーもほぼ同時に反応した。

聴覚に優《すぐ》れたネムでさえみんなと同じタイミングで反応した。

つまり、その物体が近づく速度は音より速かった。

そして何かが爆発するような音がして、ダンジョン全体が揺れる。


「何の音だ⁉」

「キイイン、ゴォーって音だったにゃ！」

「そ、それは俺にもわかった。そうじゃなく、音の種類のほう」

真顔《まがお》でツッコんで、マルスはどこかで聞いたことのある音に違和感と恐怖を覚えていた。

ネムは他に表現の仕方がなかったようで困った顔をしていた。

「か、身体の中を叩《たた》かれたような振動……この音は⁉」

「ちょ、ちょっと漏《も》れそうになりましたっ……──あっ、も、漏らしてないですよっ⁉」

ズズズ、とまだダンジョンは鳴動《めいどう》しているが、みんなの適応力は高く、テンションはすぐ普段通りに戻る。

「時々大きな石が空から落ちてくることがありますが……それでしょうか」

「隕石《いんせき》かな？　まぁ確かにその可能性はあるのか……」

――本当に？　ダンジョンの中でそんなことがあり得るのか？

自分で言いながら信じられない。

何かしらの乱入があったのだと、根拠はないものの考えてしまった。

「ネムちゃん、俺たちの前か後ろ、どっちから音がしたのかわかるかな？」

「前にゃ。あとにゃ、たぶん中に水入ってきてると思うにゃ……ざぁぁって音が色々なところからするようになったにゃ。前も後ろもにゃ」

「水没の危険あり、ってことだな」

シオンに最悪の場合、空気の魔法を頼むと告げる。

水没しても、自分たちの周りに空気を作ってもらえばこのまま歩いて行ける。

潜水艦で行くのとは状況が違うため、進行そのものについては、マルスに大きな焦《あせ》りはなかった。

焦りはイレギュラーの可能性について。

ダンジョンの最奥《さいおう》に直接、それも破壊して侵入してくるような奴《やつ》がいるのだろうか。

いるとしたら、相当ぶっ飛んだ考え方をする奴だ。

将棋《しょうぎ》で言うと、家から持ってきた駒《こま》で初手に王手をかますようなルール無視である。

徒競走で言うと、スタートラインから一歩下がり、そこから一歩進んでゴールを主張するようなものだ。

いやいや、とツッコんでしまうだろう。

だがダンジョンの場合は話が違う。それに、できることならマルスだって絶対にやるくらい有効だ。

道中の危険は全てなくなり、食糧《しょくりょう》だとかの備えもいらず、ボスを倒すことだけに専念できる。

ボスとの戦いだって万全《ばんぜん》の体力と装備で挑《いど》めるのだから、勝ちの公算は普通に攻略するよりずっと高いだろう。ゲームと違ってレベルを上げるなんて手間はいらないのだから。

「そりゃいきなりボスと戦えるほうが楽だろうけども……あり得るのか？」

独《ひと》り言がこぼれる。

わかっていてもやらないのはできなかったからだ。

それは倫理《りんり》の面においてもだし、物理の面においてもだ。

ダンジョンの外壁を吹き飛ばして最奥に挑む超攻撃力をマルスは持ち合わせていない。

それにダンジョンという形式が存在する以上、どうしたってそのルールにのっとって行動する方向で考えてしまう。マルスの根底は常識人だった。

仲間を集めて準備をし、傾向から対策を練って。

そうしたほうがリスクも少なかった。

乱入者がいるのだとしたら、その人物は考え方の根底が違う。

例《たと》えば、ほかの国に嫌いな人間がいるとする。そしてその人物を殺したいと考える。

マルスはその場合、本人だけを殺しに行くが、乱入者は国ごとミサイルで吹き飛ばすような危うい考え方だ。

目的のために選べる手段が豊富すぎる。

まだ未確定ではあるものの、もし存在するのなら、その人物は確実に敵だ。

分かち合う感覚など持っていないだろうと確信できる。協調性などない。

「ダンジョンだけでも大変なのに、どうしてこうも毎度面倒《めんどう》な存在がいるのでしょうね……」

「――リリアも敵が来たと思う？」

「ええ。この状況でこの深度まで都合よく隕石など落ちてきませんよ。もし偶然なら確率の計算さえできないでしょう。だから敵だと判断します。まして、ダンジョンは人を呼びますから」

普通に生きていれば叶《かな》わない夢が叶う場所、それがダンジョン。

富んだ国の王族が本気で驚くような財産や、武の極地にたどり着ける素質を持つ人物が一生かけて手にするような力が手に入る。

そう、ダンジョンは人生をやり直せる場所だ。

これまでのことなど関係なく、いきなり世界の頂点を目指せるそんな場所だ。

持たざる者は夢に人生を賭《か》け、持つ者はさらなる力を求めてやってくる。

その頂点である七大ダンジョンなら集まる者は猛者《もさ》ばかり。

当然、常識の外に生きる者だって多い。

「またまたゼリウスだったりしませんよねっ？」

ハズキが真っ青な顔で言う。トラウマを刺激されたようだ。

「めっちゃ嫌そうな顔。まぁないとは言わないけど、たぶん違うんじゃないかな。あいつはあれでも結構常識的じゃん。普通にまともに攻略してるからな」

「うーん……もしゼリウスだったらイヤですねぇっ……この前の時もセックス見せろってめっちゃ言ってたじゃないですかっ？　あれホント気持ち悪くて……」

「それはまぁ……」

俺のせいだ、とマルスは複雑な気分になった。

ゼリウスに関してはまず間違いなく悪い方向に人生を捻《ね》じ曲げてしまった自信がある。唯我独尊《ゆいがどくそん》を地で行く男だったのに、今では寝取られでしか興奮《こうふん》できない男になってしまった。

一度脳に染みついた負けの快感はそう簡単には消えないだろう。

「ここから先は常《つね》に集中。一歩一歩気を引き締めて行こう。もし先に冒険者の敵がいて戦いになったとき、倒せそうになかったら逃げていい。距離を取って誰かの宝物庫に避難だ。戦いにならないのが一番いいけど……場合によるから」

「最悪全財産を差し出して逃げましょう。目的にもよりますが、向こうだって争いは得がありません。それに生きてさえいればどうとでもなりますよ。みんなで畑を耕《たがや》すような生活も楽しそうです」

リリアがさらりと言う。

「お金があるに越したことはないですけど、なくても割と何とかなりますしねっ！　食べられるサボテンには詳しいですよぉ？　うち、おばあちゃんと二人暮らしで貧乏《びんぼう》だったのでっ！」

「ネムも何でもいいにゃ。昼寝してたら楽しいしにゃ」

ねー、と楽し気にハズキとネムは話していた。

金銭がなければ駄目だと考えているのはマルスだけで、ほかの面々はそれほど気にしていなかった。

地方では自給自足で生きている者のほうが多いし、資本主義が浸透しきった世の中ではない。

例えばシオンのような人魚は完全に資本主義の世界から離れている。

その場所で手に入らない物と交換するために金銭が必要という程度の認識の者は多かった。

ハズキはまさにその典型《てんけい》で、リリアやネムは奴隷だったから金銭を持った経験が少ない。

「じゃあ戦わない方向で！」

何も解決していないが少しだけ気が楽になる。

大丈夫だろう。今までだって様々な敵と遭遇《そうぐう》してきた。そのどれもが同じ人間のくくりなら超常の域《いき》にいた。だから、大丈夫。いつもと同じだ。

拭《ぬぐ》いきれない不安は背中にべったり張り付いていたが、マルスは気にしないようにした。

背中の重みはもう慣れた。

いつまでだって、どこまでだってついてくるから。

第25話

シオンの夫、ゲオルグ率《ひき》いる一行は順調に進んでいた。

彼らは知る由《よし》もないが、エリアをあと一つ攻略すれば最終階層にたどり着けるところまで来ていた。

水路を進んでいたが、時折地上からも進み、一番楽なルートを効率よく選ぶ。

魔物とも常《つね》に戦うわけではなく、面倒《めんどう》な相手ならば逃げもした。

マルスたちが遭遇《そうぐう》したイカの魔物は彼らがスルーしたものだ。

火に対して致命的な弱さを持つが、物理にはめっぽう強い。

「温《ぬる》い。こんな場所に先祖たちは苦労したのか」

「我らの時代とは違うのだ。先祖たちが武器や魔法、技術を伝えたから簡単に思える。数千年の積み重ねが今の我らにはある。だから楽に思えるだけだ」

ゲオルグの軽口に側近《そっきん》が答える。

先祖たちを馬鹿《ばか》にするような発言は人魚だって歓迎しない。

ゲオルグ・ヴァスティは戦士の名門の家に生まれた。

持っている武器も受け継いだもので、戦闘技術もまた受け継がれたものだ。

軽々にこういったトゲのある発言をするから、ゲオルグは好かれているほうではなかった。

戦士の能力は評価されている。だから人はついてくるが、暴力で得た評価はそれ以上の暴力があれば簡単に覆《くつがえ》るものであることをゲオルグは知らない。

もしダンジョンで通用しなかったなら、ゲオルグは仲間に置いていかれただろう。

本心から簡単なダンジョンだとゲオルグは考えていた。

多少の苦戦はあれど、これまで倒してきた魔物の力と大きな差異を持つものはいなかった。

しかしそれを先祖たちの力のおかげだとは微塵《みじん》も感じない。自身を含めて数千年の積み重ねがこの結果を生んでいるというのに、感謝の念は全く感じなかった。

全《すべ》て自分の優秀さの結果であり、ほかの存在の力のおかげであると捉《とら》える精神的な奥行きはなかった。

自分一人の力で生きていると考えてしまう。

戦士として優秀であってもその精神性は子供と変わらなかった。

仲間内では子供の邪悪さが消えぬまま大人になってしまった者と評されている。

結婚しても自分以外の者への責任感は一向に芽生《めば》えず、全てのリソースを自分にだけ使用していた。

いくら強くても、自分のことだけを考える者は尊敬されない。

誰かを守るための剣でないのなら、それは単なる武器だ。

妻であるシオンは巫女《みこ》だから選んだ。
戦士は巫女と結婚するもの。そういう風習があった。
海神を追い詰めるのは戦士の仕事だが、海神を封じるのは巫女の仕事。
両者が合わさって初めて海神に対峙《たいじ》できるとされていた。
興味があったのはシオンではなく巫女の力だけ。
巫女だけが使える魔法に興味があった。
海神を討伐《とうばつ》したという栄誉が欲しい。
「我《われ》が討伐する」
戦士の最上級の名誉をもたらすものが海神討伐だ。
まず間違いなく人魚における最高の栄光である。
力の化身《けしん》に憧《あこが》れる男が求めないはずがない。
――もうじき誰からも羨望《せんぼう》の眼差《まなざ》しで見られる存在になれる。
戦士の直感としか言えないが、終わりは見えてきたと思う。
確かな手ごたえを感じつつ、ゲオルグは歩を進める。
彼は最期《さいご》まで気づかない。
巫女の魔法と違い、自身の力、戦士はいくらでも替えが利《き》くのだということを。
突如《とつじょ》、ダンジョン内に轟音《ごうおん》が響く。
マルスたちも観測した爆音だ。

「なんだ⁉」

上空のほうから聞こえるその爆音があっさりと彼の野望を打ち砕《くだ》くことになるとは微塵も予想していなかった。

理不尽に理由はなく、また、他者を気遣《きづか》う優しさもない。

そしてゲオルグはこれまで他人に同じことをしてきたツケを払わされる。因果応報《いんがおうほう》だった。

「一体何が⁉」

天井が崩壊《ほうかい》し、真っ黒で巨大な何かが突き刺さってきた。

洞窟《どうくつ》内部に侵入したその飛来物は大爆発を起こす。

フロア全てを焼き尽くす巨大な炎だった。

周りの戦士たちはきっと死んだだろうと、見てもいないのにゲオルグは確信した。

自身の腹にも何かの巨大な破片が突き刺さっていて、上半身と下半身が引き裂かれてしまいそうだった。

流れ出る血はまるで熱湯のように熱く感じられた。

周囲は息もできないほど熱いのに、身体《からだ》から熱が抜けていくようだった。

足の魔法を維持《いじ》できず、地上で動くには適さない魚の下半身が出現する。

天井に大穴が開いているのに、どうしてか水は入ってこない。だから余計に厳しい状況だった。水さえあれば、温度の調整ができれば多少は違ったのに。

――こんなところで、こんな意味のわからない死に方をするなど……！

「せめて、せめて戦わせてくれ！　戦いの中で死なせてくれ！」

ゲオルグは熱と衝撃に揺らぐ視界の中、確かに見た。

真っ黒な甲冑《かっちゅう》を着込んだ人物が、猛炎《もうえん》の中をまるで散歩でもするように歩いてくるのを。

「人魚というやつか。実際に見てみると、なかなか醜悪《しゅうあく》だな。人魚ってより魚人間だ」

まだ息がある人魚はゲオルグだけだったようで、その人物は興味深そうに寄ってきて言う。

「助けてほしいか」

「た、頼む！　まだ海神と戦ってすらいない！　――こんなところで死ねるか！」

大股《おおまた》開きでしゃがみ込んで黒甲冑の男は問う。

ゲオルグが助命を乞《こ》うと、黒甲冑の男は顎《あご》に手を当て考え込むように首を傾《かし》げた。

「人魚って確か海難事故を呼ぶとかって話があったよな……歌で誘い込むだかなんだかって。

アンデルセンの人魚姫のほうじゃなく、そっちの化け物のほうだよな、こいつは。見た目的に」

黒甲冑の男はブツブツとゲオルグの知らない単語を並べていた。

知るはずがない。

〝アンデルセンの人魚姫〟なんて物語は、この世界にはないのだから――。

「助けてほしいか？」

再度同じ質問をされる。

いい加減痛みは厳しく、環境的にも最悪だ。早く連れ出して治癒《ちゆ》なりで助けてほしい。

自分はこんなところで終わりはしないのだ。

返答し、数秒後、黒甲冑の男は大きな声で笑う。

何がおかしいのかと怒りたくなるが、身体の痛みがそれを許さない。

「――イヤだね。オレの作る新世界に、お前のような醜悪な化け物は要《い》らない」

キン、と何かの金属音がする。

男の腰元の剣が音源だと気づいた瞬間、ゲオルグの視界は真っ黒になった。

戦いに生き、戦いの中で死ぬことが夢だった男の最期は、事故からの一方的な殺戮《さつりく》。

誰も大事にしてこなかった男は、誰にも大事にされることなくその人生の幕を閉じた。

ゲオルグ・ヴァスティの長い人生には意味がなかった。

◇

「へぇ、この槍《やり》、トライデントってやつか。フォークみたいな槍ね……使えなさそうだ。いらね。クソゴミみたいなのばっかりだな、この世界の連中の武器は。百均のほうがまだマシなの売っててんじゃねぇの？」

ゲオルグが受け継いできた家宝の槍を、《漆黒《しっこく》》はへし折って投げ捨てる。

「にしても、天空都市でかっぱらってきた戦闘機、アメリカのよりよっぽどすごいもんだな。まさか深海まで突っ込めるほど速度があるとは」

黒甲冑の男――本物の《漆黒》は一人笑いながら炎の中に消えていった。

第26話

「な、なんだよこれ……」

マルス一行《とも》が進んだ先は真っ黒な空間だった。

明かりが灯《こ》っても真っ黒な空間だ。

そこには焼け焦げた様々な物があった。

歩いているだけで肌《はだ》がべっとりと嫌な濡《ぬ》れ方をする。

空気中に燃えた脂《あぶら》の粒子《りゅうし》が漂っているのだ。

焼肉屋や中華料理の厨房などで体験できるそれを遙《はる》かに凌駕《りょうが》する量だった。

まるで戦場跡だ。

シオン以外の人魚に特別な思い入れはないが、さすがにこんな状態だとマルスも吐き気を催《もよお》す。

至《いた》る所に死体死体死体死体だ。

「これ、たぶん人魚さんたちですよね……」

「前に聞こえた爆発の音、発生源はここだったのですね……」

リリアとハズキは鼻を覆《おお》いながら燃え尽きた死体を見ていた。

だがマルスの目を引いたのは死体でも焼け跡でもない。

「戦闘機……!?」

堂々と突き刺さっていたのは、原型を留めないほど崩壊《ほうかい》してしまっているものの、確かに飛行機の特徴を持った物体だ。

コクピットと思われる場所が開いていたため、飛行機であると気づけた。

よく見れば後部にはエンジンと思《おぼ》しきものもある。

真っ黒焦げではあったが、それは確かに戦闘機と呼べる形状だった。

「せんとーき?」

「その……飛ぶ機械だ、要するに」

「……どうしてご主人様がこれを知っているのですか?」

「似たような物を見たことがある。ここ以外でね」

リリアの追及を躱《かわ》し、戦闘機とその周辺を観察する。

人気《ひとけ》はない。つまり乗ってきた者はもうここにはいない。

「この武器……たぶん、これが夫だと思います」

シオンが折れた槍《やり》を持ってくる。

指さす先には人魚の死体が一つ。下半身と首がない。

首を刎《は》ねられていて、頭がどこにあるのかはわからなかった。

全《すべ》てが黒く焦げた空間で頭一つを捜すのは至難《しなん》の業《わざ》だ。

ここで、マルスはこの戦闘機に乗ってきた人物が敵であることを確信する。

シオンには言えないが、夫の死体の首の切り口は明らかに刃物だった。

黒炭《くろずみ》になっていても剣を日常的に使うマルスにはわかった。

最初こそ事故死かと思ったが、シオンの夫に関してだけは確実に殺人だと言える。

だとして、この状況でわざわざ殺したのはなぜか。放っておいても死ぬだろうに。

助ける気がないどころか殺した。こんな人物が味方であるはずがない。

「……わたくし、何も感じません。ここで死んでいるほかの戦士と同じようにしか感じられません。やはり、わたくし自身も良い妻ではなかったようですね……」

「あとから悲しくなると思うよ。多少でもさ」

沈んだシオンの声は十分悲しんでいるように聞こえた。

自分を非情だと感じているのはシオンだけだ。

自身のことであっても、言われないとわからないこともある。

「みんな、聞いてくれないか。これまではたぶんだったけど、この先に必ず敵がいる。ダンジヨンじゃない、冒険者の敵だ。そして、そいつは俺より強い」

「マルスさんよりっ……」

「大前提として、俺はそんなに強い方じゃないよ。才能がないなりに工夫しただけ。でもこの先にいる奴《やつ》は違う」

みんなが戦闘機の残骸《ざんがい》を見る。

強さだけでなく、発想の段階から普通とは違う人物なのは誰が見てもわかる。

「《漆黒《しっこく》》……でしょうね」

「ああ。本物のな。単独で七大ダンジョンを踏破《とうは》してる時点で俺より強い」

七大ダンジョンはそれぞれに特色があり、単純な力押しだけだと難易度はかなり高い。

相性によっては即詰みだ。

単独で踏破できるということは、それだけ技《わざ》や能力に幅があるということに他ならない。

豊富な戦闘手段に高いスペックを保持しているからこそ単独を選択できる。

「どんな奴なのかにゃあ」

「そりゃもちろんすっごい凶悪な人ですよっ！　それに卑怯者《ひきょうもの》ですっ！　こんな入り方するなんてっ！」

「自分の利益のためなら何でもする人物というのは確かでしょうね。この人魚たちにしても、助けようとした形跡がありませんし」

少なくとも善人ではなさそうだ。

一同は人魚の亡骸《なきがら》を集め、供養《くよう》することにした。

いくら何でもこのまま放置というわけにはいかないし、中にはシオンの夫もいるから余計にだ。

ハズキが取り仕切る葬儀《そうぎ》の途中も、シオンはあまり表情を変えず、ずっと悲しげな顔をしていた。

しかしそれは特別な誰かに向けての顔ではなく、同族が死んだことに対しての包括的な態度だった。

乱入者に先を越される可能性もあったが、優先順位は仲間を上にするとマルスは決めた。もうブレはしない。だからシオンの夫の葬儀も時短などせず真面目《まじめ》に参列した。

◇

「――海神と《漆黒》さんの決着がつくの待ってから行きませんっ？」

「卑怯者って言ったのに割と卑怯な提案だな!?」

少し進んだ先で休憩《きゅうけい》している時、ハズキが言ってくる。

疲弊《ひへい》しきったところを狙《ねら》おうという話だ。

「だけど実はそうしようと思ってる。戦力がわからないのが二人……二人って言っていいのかわからんけど、どっちも相手にするのは大変だ。片方だけでも負けるかもしれない相手だからな」

「私も賛成します。最悪の場合、両者が手を組んでこちらに……なんてことも考えられます。卑怯だなんだと言われても、目的を達成できないよりはよほどマシかと」

「勝てばよかろう、なのにゃ！　この前読んでた本に書いてあったにゃ」

「どんな本読んでるんだ……？」

状況は良くないのに笑ってしまう。

実際みんなの言う通りで、真面目に両方と戦うのは馬鹿《ばか》らしいにもほどがある。

こんな場所で矜持《きょうじ》を第一にするなど愚《おろ》かしいと誰もが思う。

「じゃあもうちょっと休憩して様子見しつつ向かおう。まだ音は聞こえないけど、音が聞こえて、それが止《や》んだら」

「任せるにゃ。ダラダラ待つにゃ。《漆黒》がズルして入ってきたならネムたちもズルするにゃ！」

「ならお菓子とか食べて回復しましょうっ！」

音を聞く都合があるので【夢幻《むげん》の宝物庫】の中には入らず、外でランチマットを広げて食事の用意をする。

「場合によっちゃ最期《さいご》の晩餐《ばんさん》になる。だから、みんなの好きなものを思う存分《ぞんぶん》食べよう」

「最後になどしませんよ。私は明日の朝食べるものまで決めていますもの」

「どっちにしろ好きなもの食べますけどねっ！」

臆病《おくびょう》風に吹かれていても仕方ないかと賛同する。

一度終わりを経験しているせいか、どうにも死を受け入れやすくなっている気がする。

今は明るく振る舞うべきタイミングだ。

――この世界の住人、マルス・アーヴィングとして。

難しい状況だと出てきてしまうもう一人の自分を封じ込め、マルスは食事を楽しむことにした。

この後、もうただのマルスでいられなくなるなど思いもしなかった。

第27話

「このチーズフォンデュって料理、すっごいお金持ち感ありますねっ……マルスさんは家でこんなの食べてたんですかっ？　羨《うらや》ましいっ！」

「……外でこんな料理しなくてもいいでしょうに。ダンジョンで、それも終わりが見えた状況ですするにはあまりに気が抜けている気がしますよ」

みんなで鍋《なべ》を囲み、マルスたちは豪勢なキャンプ飯を堪能《たんのう》していた。

提案したのはハズキだ。

味がどうこうというより、楽しむための料理をハズキは好む。

「実は俺もやってみたかったんだよ。チーズがこびりついて、あとで鍋洗うの大変だけどな。

――リリアにはこれもあるぞ。チョコフォンデュだ」

「!?　こ、これは心惹《ひ》かれますね！」

「ネムもそっちがいいにゃ！　ぜいたくだにゃー……！」

明らかに目の色が変わったのを見てマルスは微笑《ほほえ》んだ。

栄養補給がメインの目的であるため、少量でもカロリーの高いものを食べさせておきたかった。

魔法は一回使うだけで2000カロリー前後消費するようなものも珍《めずら》しくない。成人の一日のカロリー相当だ。魔力だけでなく体力も同様に消費する。

なので戦《いくさ》の前の腹ごしらえは必須《ひっす》である。できるなら少々昼寝などもしておきたい。

死ぬ気はさらさらないが、毎度七大ダンジョンの最後では死にかけている。

だからできる準備はしておく。それがスタートラインだ。

死地にて行うピクニックといった様子で、他人から見ればなかなかおかしな連中ではあったが、当人たちは楽しんで食事する。

ほかの冒険者から見たときの印象は、例《たと》えれば、エベレストの山頂付近でチーズフォンデュをして遊んでいる連中を見かけるようなものだ。意味がわからない。

食の細いリリアがデザートに移行し始めたあたりで異常が発生する。

「なんか美味《うま》そうな匂《にお》いするし、騒がしいなと思ったら……ダンジョンでチーズフォンデュ？　イカれてんのか」

マルスの後ろで声がした。

聞いたことのない男の声だった。

「誰だ⁉」

急いで振り返ると、そこには黒甲冑《かっちゅう》の男がいた。

——まさか《漆黒《しっこく》》⁉　全く気づかなかったぞ！

《漆黒》はヤンキー座りでしゃがみ込んでマルスたち一同を見据《みす》えていた。

「女ばっかりか……ハーレムってやつ？　まぁこの世界じゃ男だろうが女だろうが強さには関係ねーからなぁ。真面目《まじめ》に選んでも女ばっかりってのもあり得る話か」

「お、お前が《漆黒》か？　な、何の用だ！」

「なになに、オレそんな風に呼ばれてるわけ？　二つ名《ふたな》とかつくとファンタジーって感じするよな。──って、わかんねーか」

「は？」

──ファンタジー？　今こいつ、ファンタジーって言ったか？

この世界にそんな言葉はない。

「一つもらっていいか？　まさかこんなとこで食えるとは思ってなかったからさ。目の前にすると急に腹減ってきた」

ひょい、と串を掴《つか》み、了承《りょうしょう》も得ずに《漆黒》はチーズフォンデュを口にする。

甲冑の下の顔は見えなかった。

だが、声の質は若い。

おそらくマルスとそう変わらない歳《とし》だろうと感じた。

「美味っ！　──で、兄ちゃんたちもここを攻略しに来たわけ？　わりーけど、オレが攻略させてもらうぜ。あと一個、ここを攻略すれば世界はオレのものになるからな」

「あ、貴方《あなた》は一体何を言っているのです！　勝手に現れて好き放題して……！」

立ち上がったリリアは弓を《漆黒》に向ける。

《漆黒》は反応せず、ただそれを見ていた。

「リリア！　やめろ！　こいつとは戦うな！」

「お、兄ちゃんはわかるか。――オレは強いぞ。仲間なんていらないくらいな。友情努力勝利――なんてのは弱い奴《やつ》の話。蹂躙《じゅうりん》弑逆《しぎゃく》征服ってのが強者だ。生まれつきそういう力を与えられてんだ。チートってやつをな」

マルスの制止を押し切り、リリアは超至近《しきん》距離から矢を放つ。

目の前で放たれた銃弾を捕らえることができる人間がいないのと同じように、リリアからすれば必中必殺の距離だった。

しかしその矢はデコピンの要領で軽く弾《はじ》かれ、リリアに返される。

その矢はネムが撃ち落とした。

「無駄無駄。やめとけ。どうせあと何日かしか生きられないんだから、せいぜい余生を楽しめよ。世界が滅びるのがあらかじめわかっただけ幸せだろ？」

「どういうことだ！」

「あー、この世界の奴に言ってもわかんねーだろうけど……まぁ簡単に一言でまとめるとだな、七大ダンジョン、それを四つ、つまり過半数クリアしたとき、この世界を作り直す権利が与えられるんだよ。神っぽいやつにな」

「……は？」

《漆黒》は甲冑姿のまま、チーズフォンデュを我が物顔で食べつつ話す。

串を指揮棒のように振り回して、何か適当な話し方だった。

「神っぽいのが言うにはさ、この世界ってまだ未完成なんだってよ。七大ダンジョンってのは世界の要地にある。これくらいはわかってるよな？　こんなとこにいるくらいだから。で、その要地の半分を攻略すれば、世界を好きに変える権利がもらえる。そのときに世界が完成するってわけだ」

——何がなんだかわからない。

こいつは一体何を言っている？

単なる異常者か？

いや。

「オレはこの世界を好きに作り変えるためにここに来た。それでさ、わりーけど、一旦《いったん》この世界の生き物は全部殺そうと思うんだわ。人間も亜人《あじん》も魔物も全部な」

発言の深刻さと悪びれない態度が、あまりにも相反している。

軽妙な口調が逆に不気味だった。

通り名の通りの黒い心が透けて見えていた。

「な、何言ってんだ？　なんでそうなる？」

「いやさ、ダンジョン攻略を決める前に、どんな世界にしようか色々考えてみたんだけどな？　やっぱりオレって人間嫌いでさ。で、ほかの動物が好きか？　って聞かれると、やっぱりそっちも好きじゃないわけ。だからさぁ、とりあえず全部滅ぼしちゃってから考えればいいんじゃね？　って思ってよ」

あっけらかんと他人事《ひとごと》のように言う《漆黒》にリリアが憤慨《ふんがい》した。

マルスは頭がいっぱいで、何も言えなかった。

この《漆黒》の言葉が妄言《もうげん》とは思えない。

ファンタジー、チートなんていうこの世界にない言葉が出てくる人物の発言が適当なものだと思えなかったのだ。

「一体何を根拠にそんな世迷《よま》い事を！　滅ぼされる前に滅ぼしてやります！」

リリアの敵意を《漆黒》は受け流す。

この距離にいても《漆黒》の命を奪うには遠い。だから身構えてすらくれなかった。

そしてドスンと胡坐《あぐら》で座り込んでマルスを指さす。

「根拠ねぇ……難しいな。これぱっかりは聞いた奴じゃないとわからん話だ。ところで、せっかくだから兄ちゃん自己紹介してくれよ。お前がこのパーティのリーダーだろ？　わかるぜ」

「マルス・アーヴィング……」

「いやいや——そっちの名前じゃねぇって。もう一個持ってんだろ？　——お前、オレと同じだろ？　もしかしたらって思って、カマかけにチートとか言ってみたが、お前だけ反応が露骨《ろこつ》だった。ほかの女たちはわけわかんねーって顔してたのに、お前だけはわっかりやすく驚いてたからな」

リリアたちが何の話だと戸惑《とまど》った顔をする。

マルスは答えに詰まった。

――やはりそうか。

わかっていた答えを口にされ、納得して爽快《そうかい》感すらあった。

最初からわかっていた。

きっと、自分だけがこの世界に選ばれたわけではない。

そして選ばれた者の中で自分は選ばれていないほうに属している。

証拠に、チートなんてもらっていない。神とやらの言葉も聞いていない。

「なーんか変だと思ってたんだよな。オレがダンジョンの攻略始めたら、結構な勢いで攻略してる奴がいたからよ。お前らだろ？　ノルン大墳墓《ふんぼ》と魔鉱山を攻略したの。ピンと来たね。これはオレ以外にも転生者がいるって」

「……転生者？」

《漆黒》の言葉にリリアが反応する。

この男が只者《ただもの》でなく、マルスの何かを知っているのだということはリリアも空気でわかっていた。

だから敵意は抑えて事態の把握《はあく》に努める。

こんな状態のマルスは初めて見た。今にも泣きだしそうなほど頼りない顔だった。

今こそ自分がしっかりせねばならない状況だとリリアは気を張った。

「あ、言ってねーの？　それは悪いことしちまったな。でもま、もう言ってもいいだろ」

「やめろ！　それ以上言うな！」

「──オレとこいつはこの世界の人間じゃねぇ」

力ずくで止めようとしたマルスを《漆黒》は手から放つ魔力で抑え込み、リリアに向けて言った。

これまでずっと隠してきた真実が明かされた。

自分を見る目を変えてほしくなくて言えなかった事実が。

現実は一人の人間の決心など待ってくれない。

《漆黒》は天災だ。理不尽に唐突《とうとつ》にやってきて何もかもをひっくり返す。

修復はできても二度と元の形には戻れないほどに破壊する。

「言葉の反応を見るに、お前も日本人だろ？　そしてたぶん死因もオレと同じだ」

「それだけは言うな！」

マルスは剣を取り、《漆黒》に斬《き》りかかる。

だがその刃《やいば》は指でつまむようにして止められた。

「だから、やめとけって言ってんだろ。同じ日本人のよしみで手出ししないでやろうと思ってんのにさ。それに、なんでこの世界に来たのか知ってるからな。そんな奴から奪ってやろうとまでは思ってねぇ。まぁ、オレが世界を変えるまでの短い間だけどな」

ここで初めて《漆黒》の声音《こわね》に殺意がにじむ。

邪悪な殺意が黒いモヤとなって揺らめいた。

「そうだ。せっかくだし、お前もオレと一緒に世界を作ってみるか？　まぁこの世界の連中についてては諦《あきら》めてもらうけど、お互いこの世界では部外者同士だし、案外うまくやれるんじゃないか？」

「――断る！　お前はリリアたちを殺すんだろ⁉」

「オレが許可してねぇのに幸せそうな連中は殺す。お前だってわかるはず。――幸せそうにしてる奴がいるなら、殺したくなるだろ？　なんでお前なんかが幸せなの？　って誰かに思ったことあるだろ？　特別努力もしてねぇ、才能があるわけでもねぇ、不幸な目にあったわけでもねぇ。それなのに幸せなんだぜ？　運がいいだけで幸せなんだぜ？　普通、殺したくなるだろ？　できること全部やってんのに不幸な自分が報《むく》われねぇよなぁ？　お前はオレの側にいる。だから誘ってやってるんだ」

物騒《ぶっそう》な発言にもかかわらず、《漆黒》は明るく言う。

最初からずっとそうだった。

イメージしていたよりもずっと軽妙な態度で、強者というよりその辺の若者のような口調と態度だ。

「まぁいいや。誘ったのは半分冗談みたいなもんだったし。船頭《せんどう》多くして船山に上るってな。リーダーは、神は二人もいらねぇ。――レガリア大火山、クロートー大神殿跡、天空都市ドラゴニア。この三つはオレが攻略した。あと一つ、この海底都市クリティアスを攻略すれば、この既存《きぞん》世界は終わる」

《漆黒》は立ち上がり、吐き捨てるように言い放つ。

今度は冷酷な態度を見せる。むしろこちらが本性なのだろうとわかった。

他人の幸せを許せない人間が《漆黒》だ。

生まれが良かっただけ、環境がよかっただけ、そんな人間に嫉妬《しっと》し殺意を抱く人間はいる。

勉強も運動もできない。容姿もよくない。だけど親が金持ちだから、その人物の勝ちはほぼ確定している。そんな人物相手に、殺意を抱くこともあるだろう。努力では覆《くつがえ》しがたい差が最初からあるのは世の中の事実なのだから。

《漆黒》はそういう妬《ねた》みや憎《にく》しみの範囲が広いのだ。世界中の人間全《すべ》てが羨《うらや》ましく憎らしいほどに。

世界の何もかもが憎い。一定数そんな人間もいる。

滅ぼせる力が手に入るなら、案外手を出してしまう人間は多いだろう。

なぜ自分だけ――。

不利益があったとき、そんな思いが根底にある人間は、機会があればきっと。

「オレはオレの好きなように世界を作り変える。これはオレのやり直しの物語だ。オレが主役の世界だ。――イヤならオレを止めてみろ！」

「ま、待ちなさい！　何を好き放題……！」

「姉ちゃんその耳本物か？　もしかしてエルフってやつ？　そっちのもよく見りゃ猫耳じゃん。

コスプレじゃねぇんだ」

ネムは《漆黒》の目線が自分に向いたことで、より激しく威嚇《いかく》する。

「亜人なんて動物みたいなもんだと思ってたけど、たまにヤってみると悪くねぇんだよな。まあ無駄にしぶとくて処分すんの面倒《めんどう》だけど」

これまでより少し静かな声だったが、リリアの全身に鳥肌《とりはだ》が立った。

〝処分〟という言葉に込められたニュアンスを理解してしまったからだ。

この男は、犯って、殺《や》る。

どこかバカげた響きに聞こえた、世界を滅ぼすという言葉もここに来て現実味を感じさせる。

少なくとも他人の尊厳だとかを気にする人間性ではない。

いつの間にかリリアの真後ろに移動していた《漆黒》は、リリアの長い耳を指でつまんでいた。

「ひっ」

「お前！　手を放せ！」

リリアが恐怖に震えた声を出す。

我に返って頭に血が上ったマルスは立ち上がり、《漆黒》に近づいて全力で拳《こぶし》を振るった。

甲冑の頭を殴ろうとしたが、《漆黒》は微動だにせず、その拳を掴んでいた。

間に挟《はさ》まれたリリアは双方どちらにも驚いていた。

「――一発は一発だぜ」

怒気《どき》のこもらない声で《漆黒》は言い、マルスの拳を摑んだまま、腕を振り上げ、思いきり岩壁に叩《たた》きつける。

「かはっ！」

衝撃と痛みでまともに悲鳴すら出せない。

魔力的気配はなく、ただ力任せにぶん投げられただけだというのに、魔物と戦闘しているときよりも強い衝撃があった。

「マルスさん大丈夫ですかっ⁉」

「もうこいつ殺すにゃ⁉」

ネムとハズキが即座にマルスの前に来て構える。

リリアも弓を引き、シオンも魔法発動に備えた。

「やめとけ、お前らじゃ戦いになんねーよ。今のはこいつが殴ってきたからやり返しただけだ。──文句あるなら全員犯して殺すぞ。その前にこいつの腹裂いて中身をお前らに食わせてやる」

冷酷な空気が全身から噴《ふ》き出てトゲのようにリリアたちに突き刺さる。

決して冗談ではないと確信する。

それくらいのことは簡単にできるし、また、やることに対して良心の呵責《かしやく》など微塵《みじん》も感じない。

この男にとって世界は他人事だからだ。

何一つ自分事として捉《とら》えられない。

そんな空気を皆が感じ取っていた。

起き上がったマルスは自分の後ろにみんなを隠す。

戦いになるか不安だったが、自分でないと抑えられない気がした。

「みんな、こいつとは戦うな。戦えば絶対に誰か死ぬ」

「そうそう。クールに行こうぜ、クールにさ」

ヘラヘラした態度で《漆黒》は笑う。

「ああ、そうだ。面白《おもしろ》いことを思いついた。このダンジョンは譲《ゆず》ってやる。そうしたらお前らも三つ、オレも三つになるだろ。残るダンジョン、世界樹ユグドラシルを攻略したほうがこの世界を自由にできるって勝負はどうだ？　やっぱり張り合いがないと人生は面白くねぇからな。ま、お前らが失敗したら勝負にはならないが。その時はオレの無条件勝利ってことで」

何から何まで一方的だった。

会話が成立しているようで成立していない。

だがマルスもその提案には賛成だった。自分の中の怒りはやはり本人にぶつけなくては解消できそうにない。

リリアが逃がすまいと矢を放つも、《漆黒》はその黒甲冑からモヤを出し、その場から消えていった。

「待ってんぞ。抜け駆けはしないでいてやる」

消える瞬間、《漆黒》は高笑いしながら捨て台詞《ぜりふ》を吐いた。

あとに残されたのは困惑《こんわく》する一同と、放心しきったマルスだけだった。

第28話

「一体どういうことですかっ……？」

「この世界の人間じゃないのにゃ？」

放心状態のマルスを囲み、ハズキとネムが質問してくる。

ネムはさっぱり意味がわからないようだったが、ハズキは少し違い、事態を把握《はあく》したうえでの質問だった。

「で、でも《漆黒《しっこく》》さんは思ったより明るい人でしたねっ？　た、たぶん冗談みたいな感じで言ってたんですよねっ？」

「――冗談には聞こえませんでしたよ。冗談でこんな場所に来たりするものですか」

リリアは困惑《こんわく》とともに少しイラついた空気を漂わせていた。

「――あいつの言っていたことは本当だ。俺はこの世界の人間じゃない。別な世界からやってきて、こっちで生まれ直したんだ」

みんなの顔が見られなかった。

だから下を向いたまま言った。

するとリリアがやってきて、マルスの顔を両手で摑《つか》み自身に向けさせた。

「ご主人様。私は前からずっと、その可能性について考えてきました。はっきり言いましょう。気づいていましたよ」

むっとした顔は怒りより切なさが勝る表情をしていて、薄氷色《アイスブルー》の瞳《ひとみ》は潤《うる》んでいた。

「リ、リリアさんは知ってたんですかっ⁉　ズルいっ！」

「違いますよ！　ただ、料理といい、様々な知識といい、明らかに人間の十七歳の経験値ではないなと思っていただけです。それに、知識の前提にあるものが違うとも感じていました」

「そういう意味なら確かに……わたしの頭が悪いのかなっ？　くらいにしか思ってませんでしたけどっ……」

「私も最初は全く別な文化圏の人間なのだろうくらいにしか思いませんでしたよ。旅人のようでしたから。ですが、様々な知識を得れば得るほど、ご主人様の持つ知識の異様さに気づきました。どこの文献《ぶんけん》を読んでみても当てはまるものがありませんでしたから」

単語や料理など、とリリアは続けた。

——最初はそこまで本気で隠していたわけじゃなかった。

いつか言えたらなと思っていたから。

だけど、長く一緒にいて愛情が深まると言えなくなっていった。

この世界の人からすれば、俺の存在はズルでしかない。

例《たと》えば現代に転生者がいたとして、その事実を公表すれば叩《たた》かれるだろう。

明らかにズルなのだ。みんなよりもアドバンテージを得ての二回目なのだから。

知らない人に叩かれるのは構わないが、好きな人たちから嫌われるのは嫌だった。

言えなかった理由は保身だ。保身だから、なおさら言えなかった。卑小《ひしょう》なやつと思われたくないから。

「俺は……」

「驚きはしましたが、別にいいではありませんか。ご主人様が別な世界の出身でも、私の気持ちは変わりませんよ。こちらなんて種族すら違うのですよ？」

「ですねぇっ……わたしたちが好きなマルスさんって、今の前の人の記憶があるマルスさんですもんっ」

「それにゃあ。美味《おい》しいゴハンもそのおかげで食べられるんだしにゃ！」

「みんな……」

マルスの告白に対する動揺は少なく、思った以上にあっさり受け入れられた。

マルス・アーヴィングを形作っているのはまず間違いなく前世の自分であり、現世の自分だけではこのような状態にはならなかったのは確かな事実だ。

両方が合わさってようやく今のマルスになった。

彼女たちが一緒にいたいと思ったマルスはまさしくそのマルスなのだ。

だから、過去がどうであれ、評価は変わらない。

そんな当たり前のことに気づかず、足場が崩壊《ほうかい》し一人になるのではとマルスは怯《おび》えていた。

「言いたくない過去くらい、誰にだってあります。大事に思っている相手にだからこそ言えないような絶望を皆、一つは抱えています。――私はこれでも年上ですよ。きっと、マルスの前世まで合わせたって私の歳《とし》には及ばないでしょう？　だから、話したいことがあれば相談に乗りますよ。怒ったりしませんから、何でも話してください」

リリアはとても優しく言い、マルスの頭を摑んでその胸に埋《うず》めさせる。

性的な気配は微塵《みじん》もなく母性に溢《あふ》れていた。

――こうなるのはわかってた。みんなはきっと普通に受け入れてくれる。

一人で抱え込んで大人なつもりでいただけで、おねしょを隠す子供と何も変わらなかった。

ただ、怒られたり失望されるのが怖かった。

安堵《あんど》感から涙がこみ上げてくる。

「みんな、聞いてくれるか」

顔を上げ、みんなに告白することに決め、立ち上がった。

第29話

マルス・アーヴィング――行町行人《あるきまちゆきと》は日本人だった。

その出生については本人すら何も知らず、養護施設で育った。

行町という苗字《みようじ》は周辺の町の名前から取られており、本当の苗字は知らない。

出生届すら出ていない捨て子だった。そうした場合、苗字は知事なり何なりがつけてくれる。

小さな頃から自分には何もないのだという意識の強い子だった。

実際、何も持っていなかった。自分だけが、自分の存在以外何一つなかったのだから。誰とも共有していない苗字は心の支えにはならなかった。

親は養護施設の先生たち、家は他の子と同じ養護施設、服や物は見知らぬ誰かのお下がりだけ。

周りの同級生が持っているような玩具《おもちや》や流行《はや》りものは何も持たず、複雑な出自《しゆつじ》により差別され、友人もなかなかできなかった。同級生の親は、マルスのような子供と自分の子供を接触させたがらない。

それでも特に性格的に暗いということはなかったが、失ってまた何もなくなることを恐れ、自分から友人や恋人を作る気にはどうしてもなれなかった。

大事なものを手に入れるのが怖かった。

誰だって、役所や学校の書類に親の名前を記載した経験があるはず。

手術の同意書や賃貸物件の保証人、そういった機会があるたびに、自分には何もないのだと思い知らされる日々を送っていた。

縋《すが》る人も場所もなく、自分一人で何とかするしかないという意識が根付《ねづ》いたのは物心ついたときのこと。それはマルスになってからもずっとあって、転生して新しくできた家族とも距離は詰め切れなかった。

最初はダンジョンだって一人で潜った。誰かと上手《うま》く生きられる自信がなかったからだ。

他人の領域に踏み込むのは怖い。

誰だって大なり小なり感じる不安だが、マルスに限っては常人《じょうじん》よりもずっとその気持ちが強い。

いつだって部外者でいれば傷つかないで済む。関係者になれば傷つくことばかりだ。

リリアと出会って彼女といたいと思ったのは、マルスからすれば本当に奇跡だったのだ。

必死で特待生枠《わく》を摑《つか》み取って高校に行き、なんとかいい大学に進学し、前世のマルスはそれなりに名の知れた会社に就職した。

元から勤勉だったわけではなく、そうしなければ生きていけなかったから努力し続けた。

大多数から見れば安定した高水準の生活を謳歌《おうか》していたマルスだったが、その実情は虚無《きょむ》的としか言えなかった。

失《な》くす不安ばかりが先行し、金は使えず貯金ばかり、人間関係も壊滅的で、当時所持していた携帯電話には仕事関係以外の連絡先が一つも入っていなかった。

食事は出来合いの物を買ってくるだけで、自分で作ったりすることはなかった。

休みの土日もひたすら仕事だけをし、忙しさで時間と頭を埋めた。

仕事と買い物以外で外に出ないようにしたかった。

外に出ればどれだけ努力しようと手に入らないものばかりが目に付く。

夕方に住宅街を歩けば家々から食事の用意をする匂《にお》いがする。

誰かが誰かのために食事を作り、帰りを待っている。

そんな幸せの匂いを嗅《か》ぐと無性《むしょう》に腹が立った。

幸せそうな親子などを見ると、悲しさを通り越して殺意すら湧《わ》いた。

本質的に、マルスも《漆黒《しっこく》》も大差ない人間性だ。

他人を見れば劣等感ばかり覚える。排除《はいじょ》したいと思ってしまう。そして、そんな自分が誰かに受け入れられるはずがないと諦《あきら》める。

盤をひっくり返すことができるなら、きっとそうしていた。

全員が不幸ならば自分の不幸に納得できるから。

マルスが《漆黒》と同じようにならなかったのは、神とやらの声を聞いていないからだ。ただそれだけの話で、聞いていたなら《漆黒》と同じように行動していた可能性は高い。
希望よりも絶望を多く得てきた人間は誰だって鬱屈《うっくつ》する。
ただただ他人の幸せが妬《ねた》ましく、奪ってやりたいと感じるようになっていく。

前世では趣味も生きがいもなくただ時間を消費した。
それは人間の生活というよりも機械に近いものだった。
当時のマルスに欲らしい欲はなかった。
何も望まないことが心を守る術《すべ》で、マルスの処世術だったからだ。
どんなものも最初から諦めていれば平穏《へいおん》でいられる。
どうせ人間は最期《さいご》に全《すべ》てを失くす。
身体《からだ》だって失くしてしまうのだから、生きる過程で何を得ようと空《むな》しく思えた。
幸福を貯《た》める器《うつわ》を持っていなかったのかもしれない。
とはいえ、そんな生活をずっと続けていれば心は健康ではいられない。
ある時、行町行人は自分を辞《や》めようと思った。
仕事を辞めるのと何も変わらない。
いや、もっと簡単で、ゲームを止《や》めるときのような気分だった。
今日はここまでにしよう。——もう、飽きた。
それくらい、自分の中に大事なものは何もなかった。

全ての私財を養護施設に寄付し、身辺整理を済ませるのにかかった時間は三日。
その期間中、一切躊躇《ちゅうちょ》することなく旅立ちの準備は淀《よど》みなくスムーズに進んだ。
小学生が遠足にでも向かうようなテンションで準備した。
ろくに家具もない部屋で首を吊《つ》ったとき、初めて心の底から笑った。
激痛と苦しみで、生まれて初めて生きてる気がしたからだ。
ゼロがゼロに戻るだけ。
何もない人間が無になるだけ。
そう思うと蹴《け》った椅子《いす》が天国への階段のように思えた。
死因は自殺。《漆黒》も同じ。
これが行町行人の終わりで、マルス・アーヴィングの始まり――。

第30話

「やり直すことができるなら、今度は誰かと生きてみたいと思った。積み上げてみたいと思った。まぁ、リリアに会うまではあやふやだったんだけどさ。間違い続きはもう嫌だったんだ」

マルスの告白を一同は黙って聞いていた。

感情の動きが大きなハズキは泣いていて、リリアは真剣な顔。

別に同情を引くつもりはなかった。

しかしそう取られても仕方ない。

ネムはしっくりこない顔で、シオンは目をつぶってうつむいていた。

「――騙《だま》しててごめんな。このダンジョンが終わったら、みんな好きにしていい。前提が変われば答えだって変わるもんだ。無理について来いとは言わない。財産だって分ける。一生遊んで暮らすくらいはできるから」

申し訳なさそうにマルスは頭を下げた。

子供のフリをしてみんなを騙していた。いや、実際子供だったのかもしれないとも思う。並の大人と比べればマルスの精神年齢は低かったから。みんなが体験するようなことを何も知らずに死んだから。

決して悪意があったわけではないが、それは自分からの視点の話。

リリアたちから見れば違う意見が出てもおかしくないし、これは論理ではなく感情の話だ。

嫌だと思われたらそれで終わり。

奴隷紋《どれいもん》の繋《つな》がりは形式でしかなく、結局、感情だけがみんなを繋いでいるのだ。

「それ、謝ることなのにゃ？　普通にゃ。誰かといるほうが楽しいからにゃ。嘘《うそ》ってより、言う必要がなかったから言わなかったんじゃにゃいのかにゃ」

「そうですよっ。悪い嘘だったら怒りますけど、全然そんな嘘じゃないですし、というか可哀《かわい》相《そう》ですしっ……」

ネムは親を知らない。ハズキも親を失っている。リリアだってそうだ。

知らぬ虚無《きよむ》も、失う悲しみもそれぞれが知っている。

世界は喪失《そうしつ》者の集まりだ。みんな寂《さび》しいし、みんな辛《つら》いのだ。それを隠すのは嘘ではなく、生きていくために必要なことなのだ。

「私も何も変わりませんよ。——私たちを助けてくれたのは『マルス』でしょう。ハズキも言っていたではありませんか。前世と現世、その両方が合わさって、私たちが好きな『マルス』になった。それでいいのですよ」

マルスの頰《ほお》に手を当て、慈《いつく》しむような顔でリリアは笑う。

「貴方《あなた》が間違いだと感じてきた物事の一つ一つが現在に繫がっている。貴方だけで間違いだなんて決めないで。私たちが今こうしているのも間違いでしたか？」

「いいや」

間違いであってたまるか。

この世界のことについて、一つたりとも間違いだと認めてたまるか。

「むしろ頼り甲斐《がい》が増したって感じですよねっ！　だってこれまでは小出しにしてた知識が全部開放されるんですからっ！」

「！　その世界の話を書いたら売れるんじゃにゃいかにゃ……!?」

「ネムちゃん、それ天才っ！　絶対売れますよっ！　異世界転生、みたいな感じでっ！」

「前の世界じゃもう大人気だったよ」

ははは、と自然に笑い声が出た。

胸の内がスッキリしていた。

そして、涙が出た。

生まれて初めてこんなに泣いたと思うくらい、ボロボロと零《こぼ》れ出た。

安心感がこみ上げてきて全身が震える。

他人に弱いところを、脆《もろ》いところを見せるのは初めてだった。

――間違いや後悔ばかりを積み上げてきたと思っていた。

自分を囲む者たちを見て、必ずしもそうではなかったのだと肯定された気分になった。

生まれた意味も生まれ直した意味もまだわからない。

だけど、人生には最高の瞬間があって、その一瞬のために生きているのだと感じることはある。

改めて、皆と一緒に生きていきたいと強く思った。

最高の一瞬は誰かと分かち合うことでしか得られない。きっとそうだ。

万能《ばんのう》の器《うつわ》でないことなど知っている。

ボロボロの器で、何もかもを得ようとすれば零れ出てしまうような器だ。

神にえこひいきされたいわけでもない。

きっとこの世界の神はマルスの勝利など望んでいない。

それでも――。

「《漆黒《しっこく》》の好きにはさせない。このダンジョンも世界樹も俺たちが攻略する。そして――」

言いながらみんなの顔を見る。

「みんなが楽しく暮らせる世界を作ろう」

――今度こそ前に歩く。足元じゃなく前を向く。

「はい！」

相手は正真正銘《しょうしんしょうめい》、神に選ばれた超越者だ。

だがしかし、誰も反対はしなかった。

望む未来はその先にしかないとわかっているから。

「あんな男にこの世界を破壊されてたまるものですか」

「ああ。俺にとっても、この世界には大事なものが多すぎる」

こくりとリリアが頷《うなず》いた。

「《漆黒》さんって、この世界には何も大事なものがないんでしょうかねっ？　そ、それに、前の世界でもなかったんですよねっ？　……少しだけ、可哀相な気もします」

「あいつの気持ちはわかるよ。だけど、その疎外《そがい》感を悪意や敵意にしちゃいけないんだ。自分にも相手にも」

身をもって知っている。

悪意は何も生まないのだ。

何もかも壊して満足感を得ても、その先に待つのは虚無なのだ。

だから悪意を成就《じょうじゅ》させても、次に悪意を向ける対象を永遠に探し続けることになる。悪意の成功体験からどこかで抜け出せないと一生続く。

「俺はあいつみたいにチート……特別な力なんてもらってない。だから一人では勝てない。みんなの協力が必要だ。俺があいつに勝ってるのはそこだけだから」

「唯一《ゆいいつ》にして最大の弱点が一人であることですものね」

「ああ」

同じ結末と同じ始まりを経験した者同士、考え方はわかる。

ただ、今度は過程が大きく違う。

この世界で得てきたものが違う。

不思議と負ける気はしなくなっていた。

「じゃあまずはここの攻略ですねっ！　みんなで頑張りましょうっ！」

「だにゃあ！　世界を作り変えて、全員にネム先輩って呼ばせるにゃ」

「も、もしかして本当に総帥《そうすい》になれちゃったりっ……!?　あっ！　わたし、巨乳になりますっ！」

きゃっきゃとハズキたちが騒ぐ。

マルスの告白はそれなりに衝撃であったろう。だが、二人は気にしないようにしてくれているようだった。

前世の世界の人間と違い、そもそも転生の概念が理解できていないこともこの対応の要因だが、それ以上にマルスのこれまでの信用が色々追及する気を失《う》せさせた。

彼女たちからすれば、事実が明らかになっただけで、別段これまでと何も変わらないという結論だった。

清廉潔白《せいれんけっぱく》を求めてもいない。冒険者なんて職業を選んでいる時点で脛《すね》に傷を持っていないほうが珍《めずら》しいのだ。

何より、完璧《かんぺき》に何もかもできる者など存在しない。

「安心したでしょう。何が出てきてもこんな反応になると思っていました。他の仲間の過去がわかった時でも態度は変わりませんでしたからね。ご主人様のときだって当然そうなります」

「ちょっとだけ拍子《ひょうし》抜《ぬ》けはした。みんなの器のでかさ……」

「それより、どうして先に言ってくれなかったのですか？　信用されていないようで悲しいではありませんか」

頬を膨《ふく》らませて、リリアはマルスの頬を指で突っついた。

「嫌われるかもしれないからさ。だって、年齢だけ見ればそこそこおっさんだからな。おっさんに好き放題されてたと思うと、普通嫌だろ？」

「今は少年ですし。それに見た目や年齢で選んだわけじゃありません。マルスが老人でもきっと同じように決めていました」

「でも幼《おさな》いおっさんってのはやっぱりな。俺もいいとは思わないし」

「私がまさにそうですが、長く生きていようと精神はそう成長しませんよ。結局、体験したことや経験の数で精神年齢は決まっていくものです。——これから一緒に成長しましょうよ。みんなと一緒に」

上手《うま》く返答はできなかった。

言いたいことは山ほどあったのに、声が出てくれなかった。

喉《のど》が震えていたから。

第31話

「冷えてきた……」

「明らかに空気が変わりましたね……終わりが見えてきました」

三日後、一同はこれまで通り進んできた。

そしてようやく終わりが見えてきた。

ダンジョン最深部特有の、異様な気配と強烈な寒気が強まってきている。

マルスの告白後でも空気は何も変わらない。

というかむしろ距離感は近くなった。

半分は興味だ。

「向こうの世界ってやっぱり全然違うんですかっ？」

「ハズキ！」

これまで隠してきたのだから言いたくないだろう。

リリアは察してハズキをたしなめる。ハズキも言ったあと、気づいたようだった。

「いや、いいよ。もう隠さない。まぁこの世界とはだいぶ違うね。馬車なんて走ってないし、生活は機械任せの部分がすごく多い」

「機械ですか？　ルチルのところで車に反応していましたが、もしかしてあれが走っているのですか？」

「そうそう。もっと良い物だけどね。道路もしっかり整備されてる。それに海だって空だって機械で行けるんだよ」

「空も!?　ああ、戦闘機というのはそれのことなのですね！」

「うん。まぁ普通の人が空を行くときはもっと違うのに乗るんだけどさ」

さすがに戦闘機で旅行はしないかな、とマルスは続けた。

「便利さって意味ではこの世界よりずっといいよ。でも、不自由は不自由で楽しいんだよな。効率は悪いけど、自分の力で生きてるって気になる。この世界に来てからそう思う」

「わたしは便利なのもいいと思いますよっ？　空も飛んでみたいですねぇっ……」

「まぁ自由にってわけじゃないよ。決まった場所に行き来できるだけ」

「わたしたちが知らない便利なものがたくさんあるんですねっ。ちょっと羨《うらや》ましいような」

この世界で不自由なポイントはいくらでも挙げられる。

例《たと》えば明かり。未《いま》だに庶民《しょみん》の生活の基盤は火に依存《いぞん》している。

電気文明はまだ訪れていない。

なので当然、電子機器もない。現代人的には最大の不自由だろう。

何をするでも現代より時間も手間もかかる。炊飯《すいはん》に失敗することだってそれなりにあるのだ。

過度な自慢やひけらかしも死を招く原因になる。マウントを取れば物理的にマウントし返される。

酒場の喧嘩《けんか》から殺人に至《いた》る例は珍《めずら》しくはないほどだ。

例えば倫理《りんり》。遵法《じゅんぽう》精神などない人物は非常に多い。


「ない物ねだりをしていても仕方ありませんよ。この世界なりの長所もあるでしょうし」

「だね。たくさんあるよ。まず魔法がそれ。平均的な身体能力もこっちのほうが上かな。――

それに、みんながいる」

「す、少し恥《は》ずかしいですよ、そういう発言は！」

赤く照《て》れた顔でリリアはマルスの背中を軽く叩《たた》いた。

この世界は非常に自由だ。

自分で責任を取るつもりなら何をしてもいい。

社会基盤が定まっていない場所が多いせいだ。

誰も何も保証してくれない。代わりに誰も何も咎《とが》めない。

進学や就職など息苦しいルートが定められていないのは存外《ぞんがい》心地よかった。

踏み外す道がないから、どこに生まれても普通に生きられる環境が整っている。

もっとも、生活水準が低いとも言える。

「そっちの世界も興味あるにゃあ。マルスにゃんが来れたなら行けるんじゃにゃいかにゃ？」

「どうなんだろうな……可能性はあるかも」

死んだあとなら、と言いそうになりやめる。

きっとネムはそこまでの理解に至っていない。

「ところで、シオン、貴方《あなた》大丈夫ですか？」

マルスの告白以後、シオンの態度は目に見えて沈んでいた。

ほとんど会話に混じらず、どこか上《うわ》の空だった。

正直、今回の旅限りでシオンは離脱するだろうとマルスは考えていた。

付き合いの長いメンバーはマルスの前世をさほど致命的に考えていないようだが、一月《ひとつき》足らずの付き合いであるシオンの受け取り方は違う。

普通に考えればマルスは不気味な存在のはずだ。

異世界からやってきました、を受け入れられるほうが変な話なのだ。

みんなが受け入れたのはマルス自体の良さを知っているからで、シオンはそこがまず薄い。

「やっぱり居心地悪いよな」

「い、いえ、そういうわけではなく……」

「俺が怖いんじゃないの？」

シオンは首を横に振る。

「誰とも共有しなかった自分の未来をマルス様の話から連想してしまいました。ちっとも他人《ひと》事《ごと》ではありませんから。きっとわたくしの未来の一つなのでしょう。そう思うと無性《むしょう》に怖くなって……」

「シオンさんは大丈夫。まだ取り返しがつくよ」

やり直しは巡《めぐ》り合わせだ。

良い出会いがあったなら、人生はどうとでも挽回《ばんかい》が利《き》く。

マルスは誰より知っている。

◇

「なんかヤバげな雰囲気《ふんいき》の場所だな……ハズキちゃん、明かりを。各自戦闘準備！」

少し進んだ先は不可思議な空間だった。

これまでと打って変わり、真っ白なタイルに覆《おお》われた綺麗《きれい》な空間だ。

形状は正方形。

サイズはせいぜいドーム球場ほどで、大きさだけならこれまでのダンジョンと大きな差はない。

だが全く違う点として、その面積のほとんどが水面であること。

つまり巨大なプールがあった。

深さは想像もつかないが、水は澄《す》んでいて綺麗だった。

奥には黄金の扉。このダンジョンの宝物庫の扉だ。

フロアの入り口から様子を窺《うかが》い、マルスたちは小声で話す。

「……まだ何もいませんけど、凍《こお》らせちゃいますっ？」

水面は静かに揺れていて、生き物の気配はない。

「……そうしよう。リリア、同時に電撃お願いできるか？　ハズキちゃん、全員に魔力増幅を」

「了解ですっ！」

マルスとネムは身体能力の向上に、リリアとハズキは魔法の強化に。

簡易《かんい》的に魔力の総量を増やす魔法だが、シオンにだけは適合しない。

理由は不明だが効果がなかったのだ。

「シオンさんはひとまず待機。そう簡単に寿命《じゅみょう》を減らさせるわけにはいかないから。で、凍らせて敵が出てくる気配がなければ、俺が背負ってそのまま宝物庫へ。みんなもね」

「戦わないいんですかっ!?」

「そりゃ、できるなら戦いたくないしね」

もしかすると凍らせてそのまま宝物庫にたどり着けるのでは？

そう簡単ではないだろうけれど、可能性そのものはある気がした。

ダンジョン崩壊《ほうかい》のタイミングは宝物庫にある転移の魔法陣に乗ってから。

そして崩壊したダンジョンから魔物が漏《も》れ出たことはない。

つまり宝物庫に侵入さえできれば戦わずして倒せるのでは？

そうすれば海神は消え、海に平和が戻ってくる。

「確かに、戦わずして行けるならそれが一番いいですね。今回は動きを止めることに重点を置く、と」

「じゃあもうそろそろ終わりにゃ？」

「上手《うま》くいけば、だけどね。さすがにそう簡単にはいかないだろう。ケルピーですら氷を溶かすからね。それの上位種なわけだから」

物は試しという程度の提案だ。

全員に魔力のバフを済ませ、戦闘に不要なものを【夢幻《むげん》の宝物庫】に入れて戦闘準備は完了する。

「ふう……これで最後だ。みんなで生きて帰ろう」

全員が頷《うなず》いたのを確認し、マルスは前方へ手を振りかざす。

まず初めにリリアの電撃の矢が十二本まとめて飛んでいく。それを追うようにして、ハズキの氷の魔法が炸裂《さくれつ》する。

どの深度まで凍ったかはわからないが、表面は凍りつく。

電撃はプールの中で炸裂したはずだ。

「……何もいないのでしょうか？」

「え、いや、そんなことはないと思うけど……」

全く何も反応がない。電撃でも氷でもだ。

まさかただの巨大プール？　そんな疑問も浮かぶが、最終階層でそんなことがあり得るだろうか。

本当は急いで宝物庫のほうへ行くつもりだった面々も拍子《ひょうし》抜《ぬ》けして足が止まった。

その直後だった。

プールのど真ん中から巨大な何かが突き出てくる。

そして氷を天井まで弾《はじ》き飛ばし、それはマルスたちの前に姿を見せた。

「プレシオサウルス⁉」

現れたのは首長竜《くびながりゅう》だ。

ネッシーのイメージに近い。

それはマルスの知る恐竜に酷似《こくじ》していたが、知っているデータでは、せいぜいが五メートルに満たない恐竜のはず。

しかし目の前にいたのは首の長さだけで優に十メートルを超えるものだった。

「これはドラゴン⁉　海神とはドラゴンなのですか⁉」

リリアが大声で叫ぶ。

ドラゴンは言うまでもなく最強の魔物だ。

だが、すでに絶滅しているとされる古代種でもある。

特徴としては個体の数が異様なほど少ないことと、ありとあらゆる場所に適応した種がいたこと。

ノルン大墳墓《ふんぼ》にてドラゴンのゾンビとは遭遇《そうぐう》したことがある。

しかしそれは生きている時よりは明らかに弱くなっていた。

動くたびに自分の身体が破壊されていたからだ。

だがこの海神は違う。完全体だ。

——やばい。こいつは単純に強い。

策でどうこうなるのか？

相手の弱点は特にない。マルスの、弱点を見極《みきわ》める魔法には反応しなかった。

視線がギロリとマルスたちを射抜《いぬ》く。

どうやらようやく認識されたらしい。

その態度は威風堂々《いふうどうどう》としたもので、「神」と呼ばれる風格を持っているように見えた。

「ネムちゃん、ついてこれるか？」

「もちろんにゃ！」

「ハズキちゃん、魔法は俺たちの足場を作るのを優先してくれ！　リリアはそのサポートを！」

マルスは『身体強化』を限界まで使う。

「シオンさんは水柱を作ってくれ！　ハズキちゃんがそれを凍らせれば俺たちの足場になる！」

「かしこまりました！」

肉体的な弱点がないとはいえ、体躯《たいく》の大きさを考えると攻撃は大振りであるはず。

一撃食らっただけで即死するだろうが、マルスとネムならば直前で回避できる、と思いたい。

あとは三次元的な動きで翻弄《ほんろう》し、少しずつダメージを与えていく。

「ネムちゃん。攻撃は少しずつで、トドメは狙《ねら》わなくていい。いつどの状態でも逃げられるように深追いはしないでね」

「練習でやった一回攻撃して逃げるやつにゃ？　わかったにゃ」

戦闘訓練は日常の中でもやっている。

特にフォーメーション訓練は最重要視してきた。

いちいち言わずとも全員身体で覚えている。

前衛《ぜんえい》がメインの戦闘の場合、リリアとハズキはサポートに徹する。

場合によっては攻撃魔法も使用してくれる。

「積み上げたものを出すしかない！　俺たちが負ければ世界も終わりだ！」

ここを踏破《とうは》しなければ、《漆黒《しっこく》》が生きる者全《すべ》てを抹消《まっしょう》し、現行世界は滅ぶ。

関《かか》わってきた者、これから幸せにしたい者がこの世界には溢《あふ》れている。

だから滅ぼさせるわけにはいかない。

そして何より、これからもみんなと生きていくために死ぬわけにはいかない。

まずマルスが先行し、氷の上を走る。

分身の魔法を含め、一番トリッキーに動けるからだ。

今回の戦闘は戦い続けることがまず難しい。

海神が動くだけで足場が崩壊していく。

ハズキの魔力だって無尽蔵《むじんぞう》なわけではないから、早めにケリをつけねばならなかった。

強者なのだから構える必要がない、とでも言いたげな海神の無防備な首を狙う。

『身体強化』を使用しているがまずは様子見だ。

やはりすんなりとはいかず、まるで岩でも斬《き》っているような感覚で弾かれる。

「かってぇな！　ネムちゃん！　硬度は岩以上！　気をつけて！」

「わかったにゃ！」

岩くらいならマルスもネムも大した問題には思わない。

問題は食い込んで動けなくなることにある。

さすがに岩をあっさり斬り裂くようなことはできない。

二人は氷柱の上を飛び跳《は》ね、海神にヒットアンドアウェイで挑《いど》む。

マルスが目を狙おうと接近すると、海神の大きな口が開いた。

――やばい！

口の奥に光が見えた。

種類の多いドラゴンであっても、共通しているものがある。

それが必殺技《わざ》であるブレスだ。

体内器官で生成し、魔力と合わせて遠距離攻撃を可能にする。

ただでさえ強靭《きょうじん》な身体のうえ、そのような技まで持っているからドラゴンは最強なのだ。

ゴボボ、と音がした直後、レーザー状の何かが噴出する。

一直線に向かってくるそれは空中にいたマルスには躱《かわ》しきれない速度だった。

食らえば確実に死ぬ。

思うよりも早くマルスは分身を生み出し、自分を思いきり蹴飛《けと》ばさせ、射線から逃れる。

頭上を飛んで行ったレーザーは壁に当たり、何の抵抗も感じさせず穴を開けた。

「ウォーターカッター……！　みんな、絶対にあれに当たるな！」

聞こえているかわからないが、飛びながら叫ぶ。

高圧の水はダイヤモンドさえ簡単に斬り裂く。

その超強化版が海神のブレスだった。

出力のレベルだけで言うなら、大きなビルを両断できるほどの範囲と強さだ。

横薙《よこな》ぎに撃たれていれば、下手をすれば全員一撃で死んでいたかもしれない。

バック宙して着地し、すぐさまもう一度走り出す。

――分身をもう使わせられた。使えてあと一度くらいだ。

なのにダメージを与えている実感がない。

ネムのほうも同じような状態だ。

二人とも決定打を与えられずにいた。

――セーブして倒すのは無理だ！

「ハズキちゃん！　全力でこいつとその周りを凍らせてくれ！」

「は、はいっ！」

「ネムちゃんは離れて！」

「にゃ！」

ネムが離れてプールサイドから上がるのを見て、ハズキが海神を凍らせる。

大した効果はないとわかっている。

「――一秒止まればそれでいい！」

さらに『身体強化』を重ねがけし、自《みずか》らの負傷回避は諦《あきら》める。

最悪繋《つな》がっていれば腕がへし折れても構わない。もう何度骨折したのか数えていないレベルだ。

マルスは高く跳《と》び上がって自分の【夢幻の宝物庫】から別な魔法剣を取り出す。

自身の最大の強みは拡張性だとマルスは定義する。

はっきり言えばマルスは筋力を上げて物理で殴るような戦法しかできない。

ただ素体《そたい》は優秀なので、持つ武器の種類や属性で結果は大きく変わる。

高出力だが使いどころが限定されるハズキの魔法や、近接ではやはりうまく戦えないリリアの弓とは違う圧倒的な汎用《はんよう》性を持っていた。

物理が効《き》かない相手でない限り対応できる。

今回は剣の形状はしているものの、その実、魔法の杖《つえ》に似た魔法剣を使う。

たった一度きりだけだが強力な魔法を使えるのだ。

その出力は全開のハズキよりも強い。

「頼んだぞ、俺！」

海神の顔の前で上段に振りかぶり、分身を出現させる。

分身の位置は海神の後頭部だ。

完全に意図を理解しているもう一人の自分と挟《はさ》み撃ちにする。

両方から思いきり叩きつけて物理と体内への電撃をお見舞いするのだ。

如何《いか》にドラゴンといえど、生物であるならば頭を潰《つぶ》されて生きていられるとは思えない。

全力全開の一撃は凍りついた海神にクリーンヒットし、海神の頭は砕《くだ》け散った。

◇

「く、くそ、痛い！」

右半身の骨がバキバキだ。

左腕も最低でもヒビが入っているのがわかる。

腕を支える肩や肋骨《ろっこつ》も折れてしまっていた。

これまで以上に激しく肉体が損傷《そんしょう》している。

あまりの痛みに海神の状態を確認することもできず、氷の上でのたうち回る。

一応『痛覚鈍化《どんか》』の魔法を使っているのに、あまり効果を感じられなかった。

もう右腕は使い物にならない。

だが海神を倒した手ごたえはしっかりある。

一瞬で右半身が使い物にならなくなるほどの衝撃を与えたのだ。しかも二倍で。

「リ、リリア！　海神はどうなった⁉」

「頭が砕けています！　やりましたよ！」

「よかった……」

仰向《あおむ》けに倒れてマルスは一息つく。

発熱していると思うほど熱くなった右半身が氷で冷えて多少心地いい。

――これであと一つ。

ここで不老不死の魔本が手に入らなくても、世界を作り変えることができるのなら、どうとでもなるはず。

自然に笑みがこぼれる。

明確な終わりと明確な報酬《ほうしゅう》が見えてきたからだ。

「マルスにゃん、大丈夫にゃ？」

「ギリギリってとこかな……疲れた」

「ネムもああいうドッカンって技、欲しいにゃあ」

動けなくなったマルスのそばにネムがやってきて、若干《じゃっかん》不満げな声で言う。

「俺は普段の戦闘ではあまり強くないから、平均的に強いネムちゃんのほうがいいよ。ここまでだって俺のほうが倒した数は少ないからね」

ネムはアベレージヒッターだ。対してマルスはホームランバッター。一撃のデカさはともかく、平均的な能力値はネムのほうが優《すぐ》れている。

実際、マルスは本気で戦闘すればいつだってボロボロだ。

自分の攻撃に自分の身体がついてこれない。

なんとか起き上がって海神のほうを見ると、首だけがだらんと氷の上に倒れていた。

いつまでも氷の上にいるわけにはいかない。

ネムに手伝ってもらって立ち上がり、みんなのほうへゆっくりと歩いていく。

「だ、大丈夫ですかっ⁉　なんか腕ぐにゃぐにゃなんですけどっ⁉」

「たぶん全部折れてる。悪いんだけど治癒《ちゆ》お願い。痛覚鈍化でも痛すぎて」

「当たり前です！　すぐ治癒しますよ！」

リリアとハズキ二人がかりの治癒を受ける。

いつもながらみんなには心配をかけるなと少し反省した。

しかし身体を張る以外に誰かを守る方法を知らない。

「本当に海神を倒すとは……！」

「ほぼ相討《あいう》ちだけどね。毎回こんな感じ」

シオンが震える声で寄ってきてマルスの手を握る。

身体も震えていた。

「あとはそこの金色の扉の中で宝を回収して終わりだよ。みんな、お疲れ！《漆黒》は抜け駆けしないって言ってたし、明日は一日休みで祝賀会しよう！」

全員安堵《あんど》していた。

誰もが攻略したと疑わない。

「……にゃ？　気のせいかにゃ……」

「どうしたんですかっ？」

「さっきの魔物、動いた気がしたのにゃ」

「いやいや、あんな状態じゃさすがにないですよっ。アンデッドさんにはなりませんしね、術者がいないのでっ」

どう見たって生きているとは思えない。

死後硬直や体内のガスの移動、氷でずり落ちた、そういった要因で動いたように見えたのだろう。

マルスはそう考えて納得したし、ほかの面々もあり得ないと断じた。

しかし――。

死んだはずの海神の首が真上に伸びる。

そして何かが首の中を通っていく。

蛇《へび》が獲物《えもの》を丸呑《まるの》みするのを逆再生するように、球状の巨大な何かが動いているのだ。

二メートルほどの巨大な目玉が海神の口から一つ出てきて、ボトンと氷の上に落ちる。

「また目玉の化け物っ⁉」

「前の鉱山のゴーレムと同じか……⁉」

死んだ魚の目という感じで、血走った様子はなく、無機質にマルスたちを見ていた。

「たぶんあれが本体だ。わからんけど、あのドラゴンを着てたんじゃないか……？　前のゴーレムもそうだった」

「ならまた焼いちゃいますねっ！　あんまり強くなかったですしっ！」

「ネムはあれ触るのイヤだから任せるにゃ。ヌルヌルしてそうにゃ」

「ご主人様がこの状態ですし、油断は禁物ですよ」

言葉とは裏腹《うらはら》にリリアにも若干の油断があった。

「皆さん！　もしあれが海神の本体ならばここからが本番ですよ⁉　先ほどまでは水を操《あやつ》っていなかったではありませんか！」

「確かに！」

そう、海神と言いつつも、先ほどまではただのドラゴンだった。

何か特殊な技を使ってきたわけでもない。

つまり本番はまだ始まっていなかった。

目玉は水を纏《まと》い始める。

そしてその水は形を得たようにうねうねと動き出した。

まるで巨大な透明のクラゲのようだ。

その中を目玉は泳ぎ回る。

リリアが弓で狙うも水中での移動速度がやたらと速く当たらない。何をどうしているのか、電撃も効《き》いていないようだった。といっても、目玉だけなので効いているかどうか、はっきりとはわからない。

「ああもうっ！　まどろっこしいので凍らせちゃいますっ！」

ハズキが攻撃するも、それより先に水の壁に阻《はば》まれる。

先にそちらが凍って本体まで冷気が届かない。

全域を凍らせようとしてみたものの、海神が温度を操作し、あっという間に溶かされる。

リリアも苦い顔をした。

終わったと思っていたのに一転、絶望が襲《おそ》う。

魔法は効かない。マルスは動けない。

「――私たちではあの核に届かない」

ぼそっとリリアが絶望を口にした。

この巨大プール全域が海神の身体だ。

「ど、どうすればいいんですかっ⁉」

「無理矢理進んであの部屋に逃げるしかないんじゃにゃいかにゃ？」

核を引きずり出す方法を考えるが何も思い浮かばない。

まずマルスが動けない以上、思いついても実行不可能だ。

「皆さん。わたくしが何とかします」

「な、なんとかって？」

「生涯《しょうがい》一度だけ使える魔法があります。おそらくあの核を外に出せるかと。ただ、わたくしにできるのはそこまでです。なのでトドメはお願いします」

「生涯に一度……特別な魔法？」

「はい。とっておきです。人魚が海の防人《さきもり》たる所以《ゆえん》ですから」

——切り札だろう。本当なら使わないでほしいが、今はそんなこと言ってられない。

俺が役立たずな以上は。

「よろしく頼む」

何か引っかかったが、痛みで鈍《にぶ》る思考では答えにたどり着けない。

それよりも目前の絶望を解決するほうに頭を回す。

「行きますよ！」

シオンは両手を海神のいるプールに向ける。

そして歌い始めた。

全身に反響するような不思議な歌声はこれまでの魔法とは空気が違う。

ぼんやりとシオンの身体は淡く光り、その光は物理とは違う温かさをマルスに与えた。

「綺麗……」

ぼそっとハズキがつぶやいた。そんな状況ではないのだが、マルスも同じように感じていた。

どこか現実離れした美しさがシオンの全身から放たれていたからだ。

耳にというより、心に染《し》み入るような柔らかな声は凪《な》いだ海を思わせ、危険な状況だというのに心が安らいだ。

するとプールの水が巻き上がる。

つい先ほどまで海神が支配していた水はシオンの支配下に移っていた。

凄《すさ》まじい体積、水量だというのに、シオンは軽々と操ってみせる。

水に大量の魔力を流し、自らの身体を拡張する感覚で操作する。

莫大《ばくだい》な魔力が必要な魔法だった。

そして海神の本体である目玉がマルスたちのいるところへ飛ばされてくる。

水の支配がない状態ならただの目玉だ。

ネムが嫌がりながらも細切れに斬り裂いて、ハズキが燃やし、海神は完全に沈黙した。

再び最終階層はシンとする。

揺らぐ水は何者の意志も受けず、ただ物理法則に従って揺蕩《たゆた》っていた。

「終わったぁっ！」

「手が気持ち悪いにゃ！　あの目玉のせいにゃ！」

ハズキとネムが騒《さわ》ぎながら床に尻《しり》もちをついて座り込む。

リリアも膝《ひざ》から崩《くず》れ落ちた。

かろうじて上体を起こし、マルスも息を抜く。

「シオンさんすごかったよ！　おかげで踏破できた！」

「そ、それは良かったです……」

「シオンさん？」

「しょ、少々疲れました……」

床に寝そべり、シオンは荒い息遣《いきづか》いで深呼吸を繰り返す。

顔色は悪い。一気に消耗《しょうもう》しきって憔悴《しょうすい》していた。

「だ、大丈夫!?」

「は、はい、疲れただけで……そ、それより宝物庫に行きましょう。皆さんが望むものがあるかもしれませんから……」

全員よろよろと起き上がり、金色の扉に手をかける。


「え」

宝物には目もくれず、【禁忌《きんき》の魔本】のある場所に向かう。

今回は棚ではなく金貨の山の上に散らばっていた。

そして身体が不自由なマルスに代わってリリアが確認する。

直後、リリアは驚愕《きょうがく》し声を裏返らせた。

「え。え？　いえいえ、え？」

「ど、どうした？」

「あ、あの、その」

　リリアは完全にテンパっていて、言葉も出てこず、どんな顔をすればいいのかもわからなくなっていた。

「は⁉　こ、これ不死の魔本じゃん！　不老不死が叶《かな》うぞ⁉」

　じわ、とリリアは涙を浮かべる。

　嗚咽《おえつ》混じりにリリアは声を出して泣き出した。

　マルスもつられて泣きそうになる。

　長い道のりだった。口に出したのは最近のことでも、リリアと出会ってすぐマルスは不老不死を望んだのだ。

　一人で死ぬ寂《さび》しさを誰よりもよく知っていたから、一緒に死にたいと考えた。

　夢物語でしかなかった。だが、今その奇跡が手の中にある。

「おおおっ！　おおおおっ！　ついに、ついにですかっ⁉」

「にゃ⁉」

　宝の中からアクセサリーなどを探していたハズキたちも近寄ってきて喜ぶ。

　世界樹のダンジョンも攻略しなければならないが、それはそれとして当初の目的は叶《かな》った。

　戦闘後のハイなテンションも相《あい》まって全員、声が明るかった。

「み、皆さんの目的に貢献《こうけん》できたようで、よかったです……」

安心したような顔で、シオンはふらりと倒れる。

両足はヒレに戻り、顔面は真っ青になっていた。

「……シオンさん？」

「まさか、生涯に一度というのは、貴方全《すべ》ての魔力を使ってしまったのではないですか⁉」

人魚の魔力は回復しにくく、生まれ持った莫大なものを消費していくだけだ。

魔法を使ってしまうと回復の帳尻《ちょうじり》が合わないのだ。

寿命も残存魔力に依存している。

つまり、シオンは命を削《けず》って海神から水の支配権を奪ったのだ。

「な、なんでそんなこと！」

「役に立ってみたかったのです。長く生きてきましたが、今までのわたくしは誰の役にも立っていませんでした。だから一度くらい。マルス様、あなただって、わたくしと同じ立場ならきっと同じことをするでしょう？」

ぼんやりとした声でシオンは笑う。

シオンに後悔はなかった。

たとえ死ぬかもしれなくても、人生を誰かと共有してみたかったからだ。

「死ななければ回復していくのでは。魔力が寿命という根本の構造が変化して、私たちと同じようになるかもしれません」

リリアが真剣な顔で言う。

「それは……不死の魔法をシオンさんに使うってことで合ってるか？」

こくりと頷いたのを見て、マルスは少し迷う。

だがその迷いも一瞬で消える。

「そうしよう。どっちにしろ、この魔本だと一人にしか使えない。――世界を作り変えるほうに賭《か》けよう。それに、そっちは運任せじゃない。シオンさんにしても今生き延《の》びられればなんとかできる」

――結末まで人魚姫と同じにしてたまるかよ。

俺は王子なんてタマじゃない。

だけどシオンさんは自分の思うことを言う声を手に入れて、自由に動ける足を手に入れて、みんなと長生きして楽しく生きるんだ。泡《あわ》になんてさせない。

「ネムは賛成にゃ。仲間が死ぬのはもうイヤにゃ」

「ですねっ！」

惜《お》しい気持ちがないわけではない。

しかし、ここで見捨てるようなことをすればきっと一生後悔する。

「シオンさん、それでいいか？　俺たちのために命を張ってくれたような人を見捨てるわけにはいかない。――これからも一緒に冒険するんだろ？　受け入れてくれないか？」

「で、ですが」

「これまでの七百年以上に幸せにする。約束しただろ？」

「……はい」
——これで振り出しに戻る。
でもいい。
明確に方向性は見えた。
どちらにせよ、《漆黒》を倒さなければ俺たちに未来などない。
旅の終わりはもうすぐそこだ。
生まれ直した意味を定義する瞬間は目の前だ。
みんなと生きていく。そのために、世界を守るのだ。

エピローグ

「面白《おもしろ》くなってきたじゃねぇか。神の野郎、他にも転生者がいるなら最初に教えろっての」

空間転移でダンジョンの外に出た《漆黒《しっこく》》はニヤつきながら独《ひと》り言《ご》ちた。

与えられた莫大《ばくだい》な魔力や様々な超高位魔法はマルスの比ではない。

さすがにダンジョンの中には空間転移では入れないが、出ることはできる。

「さてさて、なら世界樹のダンジョンで待つとするか。——せっかくだし、オレ好みに作り変えちまうか。宝物庫を開けないかぎりダンジョンは壊れねぇからな」

普通のダンジョンではつまらない。

マルスだってつまらないだろう。

神の予行演習がてら作り変えてみよう。

最後《さいご》なのだ。最期なのだ。

戦いは必至《ひっし》。

どちらかの人生が終わる場所なら、ふさわしい場所であるほうがいい。

「あいつはオレを殺せるかな。最悪互角《ごかく》になるようにバフかけてやっかな？」

どうせ壊す砂の城なら、盛大に壮大に荘厳《そうごん》であるほど満足度は高い。
何日もかけて作ったドミノを蹴《け》り飛ばしてやりたい。
他人の人生を台無しにしてやりたい。
ましてこの世界で新しい生活を楽しんでいるマルスは尚更《なおさら》壊したい。
《漆黒》から見ると非常に滑稽《こっけい》だった。
絶望の果てに死を選んだにもかかわらず、この世界を楽しんでいる。
そんな奴《やつ》を壊すなら、希望を持たせて「惜《お》しい」と思わせないとダメだ。
あまりに圧倒的だと諦《あきら》めてしまうから。
何の感慨《かんがい》も持たず生きてきた男は、ここに来て自分の心が躍《おど》っているのに気づいた。
人は一人では生きられない。
正確に言えば、人は一人だと『人間』になれない。
人間を人間たらしめるものは社会性だ。繋《つな》がりがあって初めて人間性を獲得していく。
《漆黒》とて人の器《うつわ》を与えられたのだから、同じ理《ことわり》が適用される。
本人だけがその事実に気づかず、子供じみた価値観で全《すべ》てを壊す。
自《みずか》らの選択肢《し》を自分で壊す。
彼はまさしく怪獣だった。
足元の大事なものなど目に入らない。

おまけ　いつもの一幕

「あれ、リリア一人？　ハズキちゃんとネムちゃんは？」

私――リリアの主人であるマルスが両手に袋を抱えて帰ってくる。

行儀悪く足で扉を開けていたから、私も玄関に行き、扉を閉め、袋の片方を受け取った。

外で【夢幻《むげん》の宝物庫】を使用すると不審《ふしん》に思われるので、買い物の際は面倒《めんどう》でもこうして一度拠点《きょてん》に持ち帰ってきている。

「二人は本を買いに行きましたよ。ネムが引っ張っていきました」

丸ごと借り上げた家には今、私とマルスしかいない。

まともな宿がないと判断した時はこうして空《あ》き家を借りることが多かった。

少し前は人間など滅びてしまえ、いっそこの手で滅ぼしてやろうかと思っていた私だが、マルスが帰ってきただけで口が緩《ゆる》むようになってしまった。

口にすると恥《は》ずかしい限りだが、私はマルスのことが相当好きらしい。

一人で片付けさせるわけにはいかないので、買ってきた物を一緒に片付けることにした。

「ほとんど食料だから、適当に分類して宝物庫に仕舞っちゃおう。それと、これはリリアへのプレゼント」

「これ……！」

照《て》れた顔でマルスが差し出してきたのはブレスレット。

見覚えのある装飾がついていた。

マルスと出会った頃、露店《ろてん》で見かけて気になっていたものだ。その時の私は素直にそんなことを言える性格ではなかった。我ながら心底可愛《しんそこかわい》げがなかったと思う。

いらない！　と強情に断った覚えがある。

売っていた行商が買う前にどこかへ行ってしまったため、最終的に手に入らなかったものだ。

欲しいと言っておけばよかったと少しだけ後悔した。

「さっき、前に会った行商を偶然見かけてさ。前に欲しがってるように見えたんだよね。いらなかったかな」

──ああ、もう。

嬉《うれ》しくて涙が出そうになる。

欲しかった物が手に入ったからじゃない。

マルスがしっかり自分を見ていてくれたことが嬉しい。

普通、そんな些細《ささい》なことは覚えていないでしょう？

ああ、これが私のご主人様だと叫んで回りたい！

──若干《じゃっかん》、ハズキの悪い影響が私にもあるようだ。

「ありがとうございます！」

人間に絆《ほだ》されない？　違う種族？　――どうでもいい！

頭の中が好きでいっぱいだ。

買い物の最中、マルスが自分のことを考えていてくれたのだと気づいてさらに燃え上がってしまう。

早速《さっそく》はめてみると、ちゃんと大きさも合っている。これも宝物になるだろう。

ニヤけてしまいそうな表情を抑え、冷静な風を必死に装う。

「お、お茶でも淹《い》れますね！」

「ありがとう。じゃあ俺はその間に片付けちゃう」

――危ない。抱きついてしまいそうになった。ネムじゃあるまいし……。

平常心を取り戻しつつお茶の用意をする。

なんとなく、毒されているというか、私までハズキやネムのような振る舞いが染《し》みついてきている気がした。

二人のことは好きだが、同じようになりたいかと言われればもちろん違う。

私はもっとしっかりした者であるはずだ。そう思いたい。

手元の茶葉《ちゃば》を見ながら、自分の口元が緩んでいるのに気づく。

無意識に笑っていた。

マルスと一緒にいると様々なものに出会う。

それは人であり、物であり、事柄である。

自分の中の知らない自分にも出会う。

私は自分がこのような些細な幸せで微笑《ほほえ》むことのできる自分だと知らなかったし、誰かを好きになれる自分だとも知らなかった。

「マルス、好きですよ」

「え、さっきのブレスレットそんなに嬉しかった？」

「そういう意味ではありませんよ！　物欲が満たされてそのセリフはなんだか俗《ぞく》っぽいではありませんか！」

――こういうところは鈍《にぶ》い！

少し怒りたくなる。でも、顔は笑顔になってしまう。

「私のことを考えてくれているのが嬉しかったのです。会えない時間に相手のことを考えているだなんて素敵《すてき》ではありませんか？」

「まぁいっつもみんなのこと考えてるよ。特に買い物のときはさ。プレゼントもみんなの分、買ってきたしね。家族だし、当たり前さ」

ご機嫌取りでなく本心から言っているのだとわかる。

マルスの言葉には行動が伴《ともな》う。だから信用できるし好きなのだ。

「今日はご主人様の好きなメニューで食事を作りましょう！　私たちにできるお返しはこれくらいですから」

「リリアが作ってくれると嬉しいな。色々な意味で」

マルスが苦笑いする。

「ハズキですね……わかります。あれはある種の拷問《ごうもん》です」

ぱっと見は普通の女の子なのに中身が怪物な親友を思い出す。

基本はいい子だが料理は魔物並みの脅威《きょうい》だ。

「大丈夫、私が作ります！」

「そうしてくれると助かる。いや、ホントに」

二人で苦笑いしつつ、淹れたてのお茶を飲む。

「ただいにゃ！」

「すっごいたくさん本買ってきましたぁっ！　大好きな本の続きが売ってたんですよっ！　みんなのぶんもありますよっ！」

バン、と大きな音を立て扉が開き、怪物――ハズキとネムが入ってくる。

二人は大量の本を背負っていた。

彼女たちもまた新しい出会いを果たしたらしい。

きっとこれからも私たちは色々なものに出会っていく。

一人で歩くには広すぎる世界だけれど、みんなと一緒ならどこまでも行けるだろう。

出会いが自分を変えていく。世界が変わっていく。

最初は嫌だったその変化が今は楽しい。

私はもうエルフの王女ではない。
マルスの恋人で、ハズキたちの友達だ。
そこだけはきっと、これからも変わらない——。

おまけ　エキセントリックガール

わたし、ハズキ・アザトートは普通の女の子だと思う。

少なくとも自分ではそう思って十八年と少し生きてきたのに。

でも、みんなが言うには普通ではないそうです。

みんなのことは好きだけどこれだけは信じないようにしています。わたしは普通です。

マルスさんは「エキセントリック」と言っていた。意味はわからないけどきっと誉《ほ》め言葉だと信じています。

わたしはあまり悩まない。

悩んでも大抵《たいてい》のことは答えが出ない、もしくはないから。

数学で言うなら「解なし」がほとんどだ。だから悩まない。

お母さんは、「世の中の問題は考えてもだいたいどうしようもないよ。諦《あきら》めが肝心《かんじん》よ」と言っていた。わたしもそう思う。お父さんは呆《あき》れていたような気がするけど、きっとそう見えただけで感心していたはず！

そしてわたしは前向きだ。

反省するのは大事だけど、後ろばかり見ていても何にもならないから。

そんなわたしの趣味は色々あるけど、日課にしているのは日記をつけること。

ただ読み返したときの面白《おもしろ》さが欲しいと思う。

だって、わたしは創作者みたいなところあるので。きっとすごい作家になれると思うので。

だから起きたことを書くだけじゃなく、詩を入れてみたり試行錯誤《しこうさくご》している。

自分の才能に驚く日々だ。「永遠」とか、「愛」とか、キラキラした言葉をたくさん使ってしまうのが最高に才能って感じします。やっぱりにじみ出ちゃうんですよね。

ということで、今日の日記は、みんなから見たわたしについて書こうと思いついた。

そのためにはまず聞いてみないと。

「はい、まずはマルスさんからっ！」

「……どういうこと？」

リビングのソファーでリリアさんとイチャついているマルスさんに突撃です！

「日記に色々書こうと思ってて っ」

「いやいや、脈絡《みゃくらく》がない！　俺に何を聞きたいんだ⁉」

「マルスさんはわたしのことどう思いますっ？」

「えーと……まぁ可愛《かわい》いよね？　見た目が中身を裏切ってる感じは否《いな》めないけども」

「ほうほうっ！　裏切者、と……」

とりあえずメモしておく。

……裏切者？

「わたしは何も裏切っていませんよっ！　ダンジョンだって期待に応《こた》えて罠《わな》にかかってるでしょっ！」

「わざとなの⁉」

「いえ、わざとってわけじゃないんですけど、わざとかかったって言ったほうがかっこいいかなって。見切っていたさ……みたいなっ⁉」

「かっこよくはないな……あとはあれだな、ムードメーカー。空気作ってるよ」

「なんだか強そうな響きですねっ……技《わざ》の名前候補にしますっ」

マルスさんは時々よくわからない言葉を使う。

わたしは砂漠出身だから知らないだけで、都会の人はみんな使っている言葉なんだろう。

これもメモしておこう。

技名候補のノートは別に作っている。いつかかっこいい名前の技を開発するのが夢です。

「リリアさんはわたしのことどう思いますっ？」

「痴《ち》――」

「痴女《ちじょ》以外でっ！　おはよう、おやすみより聞いてますよ、それっ！」

「ほか、ほかですか……」

「そこ悩むとこっ⁉」

リリアさんはひどい人だ。すぐに痴女と言う。

ちょっと性欲があるだけなのに。

「無駄に頭がいい、ですかね。計算などに限りますが」

「無駄に、の部分要《い》りますかっ……？」

「だって、無駄にしていますし」

さらっと悪口言うっ！　でも嫌いじゃないんですよねぇ、リリアさんのこれ。

それこそ期待を裏切らないというか、わたしが振《と》れば絶対にちゃんと応えてくれる。

「優しいとは思っていますよ。あとは……才能の尖《とが》り方が変」

「あー、わたしはできることとできないことがすっごいはっきりしてるんですよねぇっ……」

「できないところは幼児以下ですよね」

「身体硬《からだかた》くて前屈できないところとかですねっ」

「そんな細かいところは言っていませんが！　どうでもよすぎるでしょう、それ」

はぁ、とリリアさんは呆れたフリをする。本当は呆れていないと知っている。そういうところがリリアさんの可愛いところだと思う。

厳しいのは口だけで、実はとても優しいのだ。わたしのいないところで褒《ほ》めてくれてるのも知っている。

ツンデレ、というらしい。

――頭が良くて、優しい、できるところは本当にすごい、と。

発言を前向きに直してメモしておく。

「ネムちゃんはわたしのことどう思ってますかっ？」

床に寝転がって、サメのぬいぐるみを抱いてダラダラしているネムちゃんにも聞いてみる。

わたしの作ったぬいぐるみがお気に入りのようですごく嬉《うれ》しい。こういうところもやっぱり才能ですよね。

「にゃあ？　そうだにゃあ……胸がないにゃ！」

「ありますよぉっ！　というかですね、みんながありすぎるだけっ！」

わたしは貧乳じゃないと思います。絶対違う！

相対的に見ればそうかもしれないけど、それはリリアさんやネムちゃんがすごいだけだと思うんですよね。

たぶん、わたしはみんなほど大胸筋《だいきょうきん》を鍛《きた》えていないだけ。

みんなはきっと中身の筋肉がすごい。柔らかいけどきっと筋肉だと信じている。

「ほかっ！　ほかをお願いしますっ！　褒められるところだけ！　あれです、あれ、欠点に向き合わない勇気っ！」

「それではただの現実逃避でしょう……」

リリアさんがすかさずツッコんでくる。

「にゃあ……ハズキにゃんの日記はすごくムズムズするにゃ。よく見せてくるやつにゃあ。詩？　だと思うんだけどにゃ？　どうでもいいことがそれっぽく書いてあるやつにゃ。当たり前のことをそれっぽく書いてるっていうかにゃ……見てるとこっちが恥《は》ずかしくなるにゃ。反応もしにくいにゃ」

「『……え？』

「『雨に濡《ぬ》れてもいいことなんてない』って変な絵と一緒に書いてるの見たにゃ。そりゃそうにゃ」

「な、なんか深いでしょっ!?」

「浅いにゃ。雨上がりの水たまりくらい浅いにゃ」

くすくすとマルスさんたちが笑う！　快心の出来だと思ったのに！

「ま、まぁ夢見がちではあるけど、俺は別にいいと思うよ！」

「ええ。本人が楽しんでるなら何も問題ありません。——ふっ、ふふふっ！　水たまりっ……！」

「リリアさんっ！」

全員が大きな声で笑う。

とても恥ずかしい。まさかそんな風に思われていたなんて。

——とりあえず、もう日記に詩を書くのはやめようと思います。

でも、詩集を作ってどこかで売ってみたいとは思っています。

おっぱいと同じです。ここだと小さいだけ。ここだと浅いだけ。ほかの人はきっといいって言ってくれるはず！

前向きに行こう！

天才ハズキちゃんは明日も頑張ります！

あとがき

四巻です。ここまでくると一つの壁を越えた気になります。

ダッシュエックス文庫の他作品よりページ数が多いので、実質的な文字数なら六巻分くらいあるかもしれません。

この巻の帯に告知されていますようにコミカライズの連載が始まります！

あれ？　こんな上手に書いたっけな？　と思うくらいテンポよしコマ割りよしになっています。

私の原作のほうから面白《おもしろ》い部分を抜き取った感じになってまして、読んだとき感動しました。

ネームがもうすごいんですよ。もちろんエロも全開ですのでお楽しみに！

さて、四巻の話ですが、実はこれは最初から考えていた前世の設定そのままになります。

ただ暗めということもあり、お蔵入りにしようと思っていました。

一巻では多少触れているのですが、一巻部分を書いたときから一巻の出版まで時間があいたこと、書籍化にあたり設定を変えたことでなくそうと考えていました。

しかし始めと終わりはいっそ初期案のままのほうが良いのではないかと思い、今回引っ張り出してきました。

ということで、終わり方も最初に考えていたものになります。

ちなみに、次巻が最終巻です！

この本が皆様の手元に届いたころには全《すべ》ての作業が終了していると思われます。

今書いちゃうの、と言われそうですが、読んでくださっている方々はご承知《しょうち》の通り、しっかり完結まで全部こなしての完結になります。

このご時世に完結まで書かせてもらえるというのは非常に幸運極《きわ》まりないことです。

これも応援してくださった皆様のおかげです。

ぜひ、最終巻までお付き合いいただけますよう。

最終巻のあとがきには制作の裏話など入れてみようと思います。

毎度私の遅筆での書下ろしに付き合っていただいている担当編集様。

にやっとしてしまうくらい美しいイラストを提供してくださるねいび様。

今回もたくさんの方にご尽力いただきました。

ではまた最終巻で。

火野　あかり

ダッシュエックス文庫

エルフ奴隷と築くダンジョンハーレム4
―異世界で寝取って仲間を増やします―

火野あかり

2022年5月30日　第1刷発行

★定価はカバーに表示してあります

発行者　瓶子吉久
発行所　株式会社　集英社
〒101−8050　東京都千代田区一ツ橋2−5−10
03(3230)6229(編集)
03(3230)6393(販売／書店専用) 03(3230)6080(読者係)
印刷所　株式会社美松堂／中央精版印刷株式会社
編集協力　後藤陶子

ISBN978-4-08-631472-5 C0193